FRANCESCO FIORETTI

LE LIVRE PERDU DE LÉONARD DE VINCI

Traduit de l'italien par Chantal Moiroud

ÉDITIONS HERVÉ CHOPIN

Titre original :
LA BIBLIOTECA SEGRETA DI LEONARDO

MIXTE
Papier issu de sources responsables
FSC® C003309

Pocket, une marque d'Univers Poche, est un éditeur qui s'engage pour la préservation de l'environnement et qui utilise du papier fabriqué à partir de bois provenant de forêts gérées de manière responsable.

ISBN 978-2-266-31087-1
Dépôt légal : octobre 2020

Avant de commencer

C'est ainsi que Léonard le dessine pour le livre *La Divine Proportion* de Luca Pacioli, « œuvre nécessaire à tous les esprits perspicaces et curieux », imprimée à Venise en 1509. Par dévotion à la grécité, tous les deux l'appellent *eicosiexaèdre*, ce qui veut dire « qui a vingt-six faces » ; nous l'appelons, nous, *petit rhombicuboctaèdre*, un solide d'Archimède aux admirables propriétés.

Les 26 faces sont 18 carrés et 8 triangles équilatéraux ; les 3 sections médianes, en longueur, en largeur et en hauteur, sont octogonales. Chacun le sait, le 8 et l'octogone sont des symboles d'éternité, de résurrection ou de nouvelle création, de renouvellement des temps. Les fonts baptismaux sont octogonaux, comme les baptistères, qui ouvrent la porte à la vie éternelle ; octogonales aussi une forteresse de Frédéric II dans les Pouilles, certaines tours-lanternes et des chapelles ducales de la Renaissance, ainsi que toutes les églises impériales – San Vitale à Ravenne et la chapelle Palatine à Aix-la-Chapelle –, mais aussi la Grande Mosquée d'Omar, à Jérusalem, et certains anciens *yantras* de la tradition hindoue.

Un mystérieux rhombicuboctaèdre en verre est suspendu derrière le frère mathématicien dans le *Portrait de Luca Pacioli* conservé aujourd'hui au musée de Capodimonte, à Naples, après avoir été pendant des siècles au Palais ducal d'Urbino. Dans les pages qui suivent, nous parlerons notamment des nombreuses énigmes que contient ce tableau célèbre et très discuté, peint en 1495. En revanche, nous ne dirons rien d'une architecture en forme de rhombicuboctaèdre récemment construite à Minsk, sauf pour signaler, *en passant*[1] – et en témoignage de la persistance de certains vices humains –, qu'elle héberge, faut-il le préciser, la Bibliothèque nationale biélorusse.

Au quinzième chapitre de ce livre, le lecteur tombera sur une sorte de *Rubik's rhombicube*. Pour ceux qui seraient désireux de prendre une part active à l'ouverture du passage secret que protège le mécanisme, ils trouveront sur Google Store l'application *Eicosiexaedron* de David Anniballi. Mais nous conseillons de résoudre d'abord les énigmes du *Portrait de Luca Pacioli* de Capodimonte pour accéder à son code chiffré.

La *divine proportion*, ainsi définie par Luca Pacioli lui-même dans son œuvre destinée aux esprits perspicaces et curieux, est ce que nous appelons aujourd'hui *section dorée*, et que les mathématiciens de l'époque appelaient habituellement la proportion d'« extrême et moyenne raison ». Beaucoup aujourd'hui encore se disent convaincus de ses propriétés magiques. Et il ne fait aucun doute qu'elle est à la base de mystérieux processus créatifs de Mère Nature.

---

1. En français dans le texte.

Il ne nous reste plus qu'à nous engager dans cette histoire, qui a pour protagonistes, en plus de l'*eicosiexaèdre*, deux extraordinaires pionniers de la modernité. Les faits authentiques que nous rapportons dans ce roman sont nombreux, et ceux inventés le sont tout autant, même s'il n'est plus possible, hélas, de démontrer qu'ils sont faux. C'est l'inversion de la charge de la preuve sur laquelle se fonde – le lecteur le sait bien – la littérature de tous les temps.

PROLOGUE

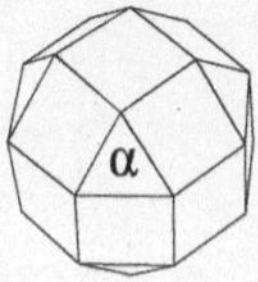

La cinquième essence, esprit des éléments,
Se trouvant renfermée dans l'âme du corps humain,
Désire toujours revenir à son mandataire.
Et je veux que tu saches que ce désir
Est dans cette cinquième essence compagne de la nature.
Et l'homme est le modèle du monde.

Apprends la multiplication des racines avec maître Luca.

[Notes de Léonard de Vinci]

TOUT REVIENT TÔT OU TARD AU CHAOS PREMIER
COMME UNE ÉCRITURE INVERSÉE LA VIE,
QU'ON NE LIT QUE DANS UN MIROIR
UNE FORCE S'AGITE DANS CHAQUE CHOSE,
QUI COURT AVEC RAGE VERS SA PROPRE DÉCOMPOSITION.
LE SPIRITUS MUNDI DÉSIRÉ ASPIRE TOUJOURS
À REVENIR À SON COMMENCEMENT…

Et il en allait pareillement à Sforzinda, la ville parfaite dessinée par Le Filarète : une étoile à huit tours, inscrite dans le cercle et dans l'octogone, avec ses bastions et ses murs puissants. Qui était sérieusement menacée, maintenant, par les forces obscures et agressives du Premier Chaos, de l'Oubli – la Desmentegansa –, *comme on dit ici. Mais il ne restait plus personne pour résister, pour vendre cher sa peau, comme nous le faisions nous-mêmes. Rien que Salaï et moi, un frère, une duchesse sans duché, personne d'autre, barricadés à l'intérieur. Par chance, tout était bien organisé. L'ennemi arriverait de tous les côtés, il pointerait de toute part contre les murs ses terrifiantes gueules de feu…*

Nous avons vécu une époque intense, et maintenant ils sont venus nous la reprendre. Nous avons volé leur feu aux dieux, pour la seconde fois : le destin voulait que les divinités de l'Olympe nous punissent. Nous nous sommes réveillés les premiers de la léthargie millénaire. Et maintenant, les voilà : ils viennent nous voler notre rêve éternel. Ils arrivent, et je les comprends : pauvres niais ! Car des rêves nous en avons à revendre, s'il ne s'agissait que de ça. Quelqu'un pourra peut-être même les copier, mais personne jamais nous les voler. Les rêves peuvent être contagieux, comme les épidémies, mais on ne les vole pas : dans la pire des hypothèses, on les oublie.

Nous avions installé tout le long de l'enceinte de murs des poutres repoussantes, constellé de chausse-trappes le terrain autour des douves. Tout était prêt. Les catapultes, les bombardes, les espingoles, les courtauds, les scorpions, les serpentines. Depuis les demi-lunes surélevées, depuis les chemins de ronde sur la guirlande des murs, nous scrutions attentivement l'horizon. Jusqu'à ce que le jour arrive brusquement. La brume grisâtre qui montait loin sur la plaine n'était pas du brouillard cette fois, mais la poussière de leurs chevaux.

J'ai regardé mes amis dans les yeux et j'y ai lu ma propre peur. Imaginer sa mort n'est jamais chose facile, même si on l'envisage comme un retour. Même si on sait que la Force *qui nous anime y aspire comme à un havre bienvenu. Nous avons aimé la vie et la beauté, nous nous sentions les héritiers authentiques de ces anciens Grecs dont nous redécouvrions les livres. Maintenant, les autres revendiquent eux aussi le droit de rêver le même rêve. Dans le bien, comme dans le mal, nous sommes la terre des croisements. Les idées et les armées, les livres et les rois, les paroles et les peuples : sur cette Terre, tout est de* *passage et nous ne sommes rien d'autre que des lieux d'échange et des carrefours. Nous devons garder les yeux ouverts, toujours, et l'esprit en éveil, si nous voulons tirer de ce chaotique tourbillon de courants l'*enèrgheia *nécessaire pour prendre une nouvelle fois notre envol.*

J'avais des sortes de bombardes très pratiques et faciles à transporter, qui lancent de la pierraille quasiment comme la tempête, des instruments très acérés pour attaquer et défendre, des balistes, des mangonneaux, des trébuchets et d'autres armes d'une remarquable efficacité. En quelques heures, ils ont encerclé Sforzinda, à une distance raisonnable, hors de portée de tir. Puis ils ont approché leurs bouches à feu et ont commencé à bombarder ses murs pour tester les points de moindre résistance. Depuis les tours nous avons répondu avec les canons-éventail de mon invention, la mitrailleuse qui tire des balles avec une ouverture de soixante degrés, dans toutes les directions, des balles de métal qui s'ouvrent en vol et dispersent partout une grenaille de petits projectiles, une arme dévastatrice...

Après deux jours de canons et de catapultes, ils ont tenté un premier assaut, avec des chars et des échelles. Quand ils se sont approchés de nos murs, les chausse-trappes que nous avions dispersées un peu partout ont blessé leurs pieds en traversant leurs semelles. Leurs seconds rangs sont parvenus à passer outre, alors nous avons inondé les fossés et leurs machines d'assaut se sont embourbées. Sous notre feu, ils ont rempli de terre tous les canaux, une opération qui a duré encore deux jours. Ceux qui, le troisième jour, ont réussi à atteindre l'enceinte de murs ont appuyé leurs échelles aux parapets, sans voir les poutres cachées dans le renfoncement sous les créneaux. Reliées à un levier placé à l'intérieur des murs par des planches qui passaient à travers des trous, les poutres servaient à pousser les échelles et à les faire basculer.

Le premier assaut avait été repoussé.

Alors, les ennemis ont concentré leurs bombardements sur le côté occidental des murs, où les parois semblaient sur le point de céder. Deux nouvelles journées de canonnades, et ils sont parvenus à l'enfoncer et à ouvrir une brèche, ignorant le piège. Ils se sont lancés à l'assaut, une nouvelle fois, en une masse désordonnée et furieuse. Et ils ont vu sortir par la brèche, et se mettre à tirer des coups de canon, les chars armés tournoyants, installés sur des machines qui se déplaçaient seules, simplement remontées par un ressort. Les chars tournaient sur eux-mêmes et tiraient automatiquement, jusqu'à épuisement de leurs charges. Aussitôt derrière eux, tractés par des chevaux sans cavaliers, sont partis les chars faucheurs où un mécanisme faisait tournoyer d'énormes faux à la hauteur des mollets des ennemis, sciant les jambes, mettant en pièces le corps de ceux qui étaient tombés.

Infinis les hurlements de douleur, terrible le massacre. Les forces obscures se repliaient encore en deçà de leurs lignes défensives, laissant sur le terrain des morts par dizaines, des blessés aux jambes brisées, dont la lente agonie nous déchirait le cœur. Mais la brèche était ouverte désormais et nous ne pouvions plus résister longtemps. J'ai appelé Salaï, j'ai appelé le frère et la duchesse sans duché, je leur ai dit de se préparer selon nos plans, de s'habiller chaudement et de me rejoindre au plus vite en haut du clocher de San Gottardo où nos machines de fuite étaient prêtes.

Nous étions déjà là tous les quatre, lorsque nous avons entendu les trompettes et les cris du dernier assaut, Sforzinda était perdue, mais nous étions déjà en train de glisser nos corps dans les anneaux de la machine, les mains sur la hampe, les pieds dans les étriers.

Nous avons vécu une époque intense, mais l'heure était venue d'abandonner le terrain.

Nous partons avec l'honneur des armes, le regard haut dans le ciel, sans regrets. Nous avons fait tout ce qui était en notre pouvoir, nous avons occupé notre poste jusqu'à la fin, même en sachant que tout était perdu. Ils ont pris Sforzinda, mais pas nous. Nous nous sommes lancés dans le vide avec les énormes ailes de toile cirée ouvertes et immobiles, et nous planions au-dessus des têtes des assaillants, nous les voyions, tout petits en dessous de nous, qui regardaient en l'air, terrifiés. Le vent nous soutenait et nous avons commencé à pousser avec nos mains, nos pieds et nos fronts sur les différents leviers pour battre des ailes avec plus de force et reprendre de la hauteur si nous commencions à descendre. Leur surprise quand ils ont compris que nous n'étions que quatre pour détruire la moitié de leurs forces ! Leur envie impuissante, lorsqu'ils nous ont vus voler au-dessus des toits, disparaître dans les nuages !...

Personne ne peut échapper à la desmentegansa, *mais nous résisterons le plus possible.*

Pourtant, nous avons soudain vu la duchesse sans duché tourner vers le sud. « Où allez-vous, madame ?... lui ai-je crié. Faites demi-tour ! » Je l'ai regardée disparaître vers le soleil du midi et j'ai compris. Pour elle, s'opposer aux forces obscures jusque par-delà les limites de sa vie n'avait aucune importance. Pour elle, où qu'elle fût, l'important était de chercher un duché quelconque dont elle serait la duchesse... Puis, en frissonnant, j'ai vu Salaï s'approcher trop du soleil, j'ai vu fondre la cire imperméabilisante de ses ailes, les ailes puissantes se déchirer, et je l'ai vu tomber.

« Salaï ! » ai-je crié aussi fort que je pouvais.

« Salaï ! »

— Maître…

— Hummm ?

— Maître !

— Qu'est-ce qu'il y a ?

— Vous m'appeliez dans votre sommeil…

PREMIÈRE PARTIE

Giulian Marliani, médecin, a un intendant sans main
Magnifique dame Cecilia, ma déesse adorée.

[Notes de Léonard de Vinci]

1

Milan, Corte Vecchia, 7 février 1496

Le garçon entra, à bout de souffle, sans son habituel air désinvolte et rebelle, tourment et délice de son maître. Léonard l'observa avec attention, mine de rien, en continuant à converser avec Fazio Cardano qui était venu le trouver dans son atelier de la Corte Vecchia, à côté du Dôme. Édenté et très laid, Fazio Cardano portait son éternel vêtement rouge sur lequel il enfilait une cape noire. Il était toujours habillé de la même façon : c'était un curieux personnage. Personne ne savait à Milan s'il était médecin ou jurisconsulte, mais ce qui est sûr, c'est qu'il s'occupait d'alchimie et de sciences occultes. Il venait juste d'avoir 50 ans, parlait quelquefois tout seul, « avec son génie familier », disait-il. Il savait énormément de choses, mais il était la confusion incarnée, mélangeant science et superstition, astrologie et astronomie, algèbre et mythologie égyptienne, en un savoir désordonné et brouillon où les démons et les théorèmes d'Euclide devenaient l'objet de la même matière d'étude indéfinie. Mais il possédait des livres rares, et Léonard faisait depuis longtemps la cour à la perspective d'Al-Kindi que Fazio se vantait de posséder, mais qu'il ne lui avait jamais montrée. Et il aurait voulu se faire enseigner les mathématiques dont messer Fazio se disait expert, tout en éludant chaque fois ses questions : comment circonscrit-on un triangle, et pourquoi est-il impossible de circonscrire un cercle ?

— Voilà, 119 sous. Recomptez-les vous aussi, pour plus de sûreté.

Cette fois au moins, messer Fazio s'était présenté avec une copie neuve, dont les pages n'avaient pas encore été coupées, de la *Summa* de Luca Pacioli. Il la lui proposait pour 130 sous, une somme plutôt élevée, plus du double de ce que lui avait coûté la *Bible* en langue vulgaire qui devait lui servir pour *La Cène* de Santa Maria delle Grazie. Mais le livre du franciscain de San Sepolcro était exactement ce dont Léonard avait besoin. Il y avait tout. C'était vraiment la somme de tout le savoir mathématique de leur époque : de l'algèbre à la comptabilité en partie double, de l'architecture à la perspective, de la géométrie euclidienne aux mathématiques générales... Il y avait vraiment tout. Après une longue négociation, ils étaient descendus à 119 sous, et maintenant, après avoir mis l'argent dans une petite bourse de cuir, Cardano s'était enfin décidé à partir. La *Summa*, soigneusement reliée, était là, sur la table de la vaste pièce.

Du coin de l'œil, Léonard suivait avec inquiétude les agissements de Gian Giacomo, son assistant de 15 ans que lui appelait Salaï, le nom d'un diable de *Morgante le Géant* de Luigi Pulci. Il avait remarqué que le garçon était rentré à la maison avec un paquet sale et mouillé, qu'il avait déposé sur la table, près du livre de Luca Pacioli. Puis il était allé s'assoir sur le banc derrière lui et il était devenu impossible de continuer à le surveiller en cachette.

— À bientôt, maître Léonard ! avait dit Cardano en prenant congé.

L'artiste l'avait accompagné à la porte, au rez-de-chaussée.

— À bientôt.

Puis il était remonté à l'étage au-dessus. Salaï était encore là, recroquevillé sur le banc, blême comme si, en chemin, il avait rencontré Belzébuth. Il tremblait aussi. Léonard se dirigea en toute hâte vers le paquet sanguinolent déposé sur la table par son assistant. Il l'ouvrit et, quand il vit son contenu, il fit un bond en arrière, dégoûté. Une main humaine, tranchée d'un coup net à la hauteur du poignet. Et le sang était frais.

— Tu es devenu fou ? hurla-t-il en s'adressant à Salaï, qui leva vers lui un regard qui semblait implorer la pitié. Je sais que tu es un voleur récidiviste, mais si maintenant tu te mets à voler à ton prochain des morceaux de ses membres…

Depuis le jour même où son père, un pauvre ouvrier de la Briance, le lui avait pour ainsi dire « offert », cinq ans auparavant, Gian Giacomo avait ce défaut, c'était un voleur impénitent. Pas par besoin – Léonard l'aimait comme un fils et dépensait pour lui plus que pour lui-même – mais poussé par une sorte de maladie. Il volait de l'argent, des bijoux, des objets plus ou moins précieux de toute sorte, et même les coûteux pigments du bleu outremer – 8 ducats l'once, un an de loyer dans le quartier du Borghetto. C'était plus fort que lui, il ne pouvait pas s'en empêcher, comme s'il avait dû se dédommager du fait d'avoir été abandonné par ses parents à 10 ans, comme si la nature elle-même avait des dettes envers lui, comme si tous les êtres humains, sans distinction de classe, de sexe ni d'âge, n'étaient pas autre chose que les titulaires de cette dette immense. Léonard s'était beaucoup attaché à lui, trop sans doute : dans cet enfant qu'il trouvait très beau, il se revoyait lui-même adolescent, mêmes boucles d'or, même regard insolent et impertinent que lui au même âge, quand il avait posé pour le *David* de Verrocchio, son maître florentin, et qu'il avait été immortalisé par cette statue dans toute son inconsciente et sombre insolence de l'époque. Ils avaient d'ailleurs un autre point commun : tous les deux avaient été abandonnés très jeunes. Mais, ce qui est sûr, c'est qu'ils avaient développé des façons opposées de se dédommager : Gian Giacomo volait tout ce qu'il pouvait, et Léonard n'aurait jamais rien volé d'autre à Mère Nature que ses secrets infinis.

— Alors ? Tu es devenu muet ?

Salaï commença à balbutier des imprécations en dialecte de la Briance. Lorsque son élocution se fit un peu plus audible, il sembla à Léonard comprendre ce qui suit : à la tombée de la nuit, le garçon longeait le Dôme, sous la tour-lanterne construite récemment et pour laquelle Léonard avait lui aussi présenté un projet, qui avait été refusé ; sous les échafaudages encore en place de cette partie de l'église en construction, il avait entendu un hurlement terrifiant qui venait d'en haut ; les ouvriers devaient avoir déjà plié bagage et il n'aurait dû y avoir personne. Il s'était arrêté pour regarder en haut, mais dans la pénombre du crépuscule il n'avait pu distinguer aucune silhouette humaine ; aussitôt après, juste devant lui, il avait vu cette chose tomber, il avait entendu le choc ; il s'était penché sur l'objet qui venait de dégringoler d'en haut : c'était la main coupée. Il l'avait ramassée, enveloppée dans du papier et fourrée dans son sac, se mettant à courir comme un fou vers la Corte Vecchia. C'est tout. Qu'on ne lui demande surtout pas pourquoi il s'était comporté comme ça, il n'y avait pas vraiment réfléchi, il avait spontanément pensé à emballer la main et à la rapporter à la maison.

— Lave-la ! lui ordonna son maître.

— Quoi ?

— C'est un signe du ciel, couper une main est la peine classique des voleurs. De plus, c'est une main droite, son propriétaire devait donc avoir volé quelque chose de très précieux. Ça t'est arrivé pour que tu saches ce qui t'attend si tu n'arrêtes pas de voler à droite et à gauche. Qu'est-ce que tu attends ? Je t'ai dit de la laver.

Gian Giacomo se leva et s'approcha de la table, encore titubant. Puis il referma l'emballage et descendit à l'étage en dessous. Il revint quelques minutes plus tard, avec la main, sans son emballage sanguinolent. Léonard la prit et l'observa attentivement.

— Belle main, dit-il. Pas de cals, ce n'est pas la main d'un paysan, ni celle d'un guerrier. Pas celle d'un prince non plus. À moins que… J'ai trouvé : c'est la main droite d'un gaucher.

— Un gaucher comme vous, dit le garçon, vous vous y connaissez…

— Contrairement à moi, c'est un gaucher qui a été obligé de se corriger, qui utilisait probablement cette main pour écrire, mais rien que pour écrire : il y a une trace d'encre sur l'index, signe qu'il devait savoir écrire, et il devait même le faire souvent…

— Peut-être que celui qui l'a perdue est encore là, dit Gian Giacomo. Si on se dépêche, on trouvera son propriétaire et on pourra la lui rendre.

— Mais nous pourrions aussi tomber sur son tortionnaire et, apparemment, il est armé, une hache ou un cimeterre : la coupe est nette, comme celle que fait un bourreau ou un estradiot albanais, tu vois de quoi je parle ? Il y en a beaucoup en ville, rescapés de la guerre contre les Français de Charles VIII. Ils nous ont été envoyés par les Vénitiens et sont tristement célèbres pour leur férocité : armés à la turque, ils décapitent leurs ennemis plus facilement que tu ne le ferais d'un champignon. Et puis dis-moi : son ancien propriétaire, qu'est-ce qu'il peut en faire maintenant, de sa main droite ? La garder dans une châsse, en souvenir ? Nous, en revanche, elle peut nous servir.

Salaï ne lui demanda pas à quoi, il avait déjà compris. Cette manie de son maître de démonter les choses, de les ouvrir, même les morts, que ce soient des hommes, des chevaux ou des oiseaux, pour en saisir – ou en ravir – le fonctionnement. Une manie qu'il ne comprenait pas. Lui au moins, il volait. Son obsession n'avait pas besoin d'explications particulières, le gain d'un vol était évident. Mais qu'est-ce qu'on pouvait bien gagner à ouvrir un cadavre ? C'était juste un truc dégoûtant, une passion malsaine, pire que la sienne. Mais, bien sûr, il ne se serait jamais risqué à faire la morale à son maître. Son maître était bon et il n'était pour rien dans tout ce qui lui était arrivé, qu'il ne parvenait pas encore à oublier, qu'il n'oublierait jamais.

— Nous enquêterons tranquillement, dit encore Léonard, pour le rassurer peut-être. Un homme sans main, s'il est encore vivant, ne passe pas inaperçu, ni un estradiot avec un cimeterre.

Après quoi, il se mit à travailler sur la main comme si elle était en plâtre, il la disposa dans un geste de bénédiction, puis il prit une sanguine et la dessina sur une feuille de papier. Il dessinait tout, avec une extrême rapidité. Il avait toujours avec lui des petits carnets qu'il fabriquait lui-même en découpant des feuilles qu'il cousait ensuite dans des formats pratiques, de sorte qu'il s'arrêtait parfois en chemin pour esquisser un dessin, ou prendre une note. Plus souvent, il suivait quelqu'un, ou s'arrêtait pour parler avec de parfaits inconnus, il racontait des anecdotes amusantes ou au contraire des choses très cruelles pour observer leurs visages, et il les redessinait fidèlement quand il revenait dans son atelier, sa « *fabbrica* », comme il disait. Salaï ne le comprenait pas vraiment, c'était un peu comme son besoin de voler. D'ailleurs, en fin de compte, Léonard volait lui aussi, même si l'argent ne l'intéressait pas du tout. Son maître aurait voulu leur arracher leur âme, à ces gens. Maintenant qu'il s'était remis à travailler pour cette *Cène* dans l'église des dominicains, son activité – si l'on peut l'appeler ainsi – de pillage des sentiments des autres était devenue incontrôlable. Il devait représenter les réactions des douze apôtres à l'annonce du Christ : « L'un d'entre vous me trahira. » Il voulait donner à chacun des douze une personnalité spécifique. Il voulait que la scène soit vraie.

Mais depuis qu'il le connaissait, depuis cinq ans maintenant, il l'avait surtout vu étudier des chevaux, en disséquer des cadavres et en dessiner la musculature avec une précision anatomique. C'était pour un projet qui aurait dû lui assurer une renommée éternelle et faire de lui l'artiste le plus recherché du moment. Il lui aurait donné la liberté désirée – et redoutée. Il devait faire le plus gigantesque monument équestre jamais réalisé, il était en train d'étudier la technique pour fondre la plus grande masse de bronze jamais fondue. Il travaillait jour et nuit, parce qu'il ne serait pas facile de porter à incandescence et de faire refroidir de façon uniforme une telle quantité de métal. Celui qui y parviendrait serait ensuite capable de fabriquer des canons terrifiants. Les Français de Charles VIII, qui venaient juste de faire pour la toute première fois, en une seule coulée, des pièces d'artillerie efficaces et très légères, avaient terrorisé les Italiens pendant deux années, en allant prendre le royaume de Naples, comme ils auraient fait une simple promenade.

Bien que sceptique quant à l'issue de l'entreprise, Ludovic le More, duc de Milan, s'intéressait beaucoup à sa réalisation. Ce devait être le monument équestre à la mémoire de son père Francesco, *condottiere* et premier des ducs Sforza, même si l'investiture impériale officielle tardait à venir. Mais la statue proclamerait aussi au monde entier qu'à Milan, si l'on fondait des chevaux de douze brasses de haut, on pourrait réaliser des canons d'une taille et d'une portée impressionnantes.

À vrai dire, le seigneur de Milan ne semblait pas avoir jamais cru que Léonard serait capable de réaliser un cheval de cette taille. Mais il avait dû changer d'avis quand l'artiste avait présenté un modèle en terre sur la place d'armes du château de porta Giovia. Le cheval seulement, mais un cheval de douze brasses de haut, le double du plus haut monument équestre jamais réalisé de mémoire d'homme. Le More s'était donc laissé convaincre, tout était prêt. Le duc avait fait réunir 160 000 livres de métal pour réaliser l'œuvre et Léonard avait étudié un système avec trois fours et une cage pour couler le bronze fondu autour du colossal moule en terre.

Mais le climat avait brusquement changé.

À cette époque, le More n'était pas encore vraiment le duc de Milan. Il était le tuteur de Giangaleazzo, fils de son frère, le défunt duc Galeazzo Maria. Mais la chose était devenue embarrassante, le jeune duc légitime commençait à avoir un âge raisonnable pour régner : à quoi sert le tuteur d'un garçon de 25 ans ? Que sa femme, Isabelle d'Aragon, fille de l'héritier au trône de Naples, incitait de plus en plus à revendiquer son royaume : c'était surtout elle, d'ailleurs, poussée à son tour par son père, qui entre-temps était devenu roi de Naples. Et Ludovic Sforza avait appelé le roi de France pour qu'il aille reprendre Naples et le débarrasse de ce trouble-fête de roi Alfonse. Seulement Charles VIII était venu en Italie avec ses canons, et le More, qui en avait eu peur, avait aussitôt organisé contre lui la Ligue de Venise. Il l'avait fait venir en Italie, et il voulait maintenant le chasser. Giangaleazzo, 25 ans, était mort de mal au ventre, empoisonné, disait le plus grand nombre. Éliminé par son oncle, disait le plus grand nombre. Par son oncle, ou par sa femme…

Et finalement, les 160 000 livres de métal pour la grande œuvre de Léonard de Vinci – que les poètes de cour célébraient déjà comme un nouvel Apelle, plus grand encore que celui de l'Antiquité – avaient pris le chemin de Ferrare, pour devenir aussitôt des canons capables d'affronter les terribles armes des Français. Au nom de la Ligue de Venise. Tous contre Charles VIII : l'empereur allemand, qui venait juste d'épouser une nièce du More, et le roi d'Espagne, et Milan, Venise et... Et le pape ? Le pape était Alexandre VI ; dans le civil : Rodrigo Borgia. Pouvait-on lui faire confiance ? En réalité personne ne se fiait à personne. Depuis des années, tous pouvaient combattre contre tous, les alliances se faisaient et se défaisaient comme des bulles de savon. Surtout depuis que Laurent de Médicis, le Magnifique, garant de l'équilibre entre les États italiens, était mort à Florence, trois ans auparavant, et que la péninsule était devenue un canon défectueux, de ceux qui explosent à l'improviste au visage des artificiers. Pourtant, de tous ces ennuis dans lesquels il était allé se fourrer tout seul, Ludovic Sforza avait tiré profit : son investiture officielle pour le duché par l'empereur Maximilien, une investiture que les Sforza attendaient depuis près d'un demi-siècle.

À contrecœur, Léonard avait accepté le travail dans le réfectoire de Santa Maria delle Grazie. Il s'agissait d'une grande fresque, dans une église dont le More avait l'intention de faire le mausolée de la famille. Mais ce n'était pas dans l'église même, accessible à tous : ce serait dans un lieu à l'écart, où les frères prenaient leurs repas. Et surtout, c'était une fresque. Léonard n'en avait jamais fait, non parce qu'il n'en aurait pas été capable, mais parce qu'il n'aimait pas les techniques de la fresque. La fresque se fait à la détrempe, et il aimait viscéralement la peinture à l'huile. La fresque demande de la rapidité d'exécution, passer l'enduit et peindre un secteur par jour avant que l'enduit ne sèche. Aujourd'hui un bras, demain une jambe, et lui aimait travailler sur le dessin d'ensemble, superposer les couches de couleur pour les estomper comme elles le sont dans la nature, pour rendre toutes les graduations de la lumière sur un visage, sur un drapé ; il détestait donc la hâte. La fresque fausse les couleurs des choses. Seule la toile permet de rendre les nuances infinies que la lumière dessine sur les objets.

À contrecœur, il avait accepté ce travail pour payer son atelier, ses quatre collaborateurs et tout le reste. Il s'était aussitôt mis à chercher s'il y avait un moyen de contourner l'obstacle, de travailler sur le mur comme on le fait sur le bois, à l'huile sur un mur sec, plutôt qu'à la détrempe sur l'enduit frais. Accepter la commande du More était devenu un énième défi technique. Il essayait la détrempe grasse, c'est-à-dire une détrempe enrichie en mêlant aux pigments de l'huile et des jaunes d'œufs. Mais une fois encore, sa lenteur d'élaboration passait pour de la paresse. Sur le mur face au sien, Donato di Montorfano avait réalisé une *Crucifixion*, plutôt médiocre, il est vrai, mais pleine de personnages, et en quelques mois, sans se poser toutes les questions que s'était posées Léonard.

Il changea la position de la main coupée, l'index qui pointait vers le haut, il la dessina. Ce pouvait être l'index le plus célèbre de l'histoire, celui que l'apôtre Thomas, le maître, si l'on peut dire, de la vérification empirique, glisserait quelques jours après la Cène dans les plaies du Christ. Thomas qui, pour croire, doit voir : son maître.

Puis il se leva, appela Salaï d'un signe.

— Donne-la aux chiens errants, demain matin, dit-il en lui remettant la main.

2

Toutes les interruptions forcées de son travail lui faisaient perdre sa concentration. *La Cène* était désormais son obsession – ou sa distraction – principale. Mais le duc l'appelait aussi pour mille autres choses, et si ce n'était pas lui, c'étaient ses fonctionnaires. Il lui avait fallu un peu de temps pour entrer dans les bonnes grâces du More. Il était arrivé à Milan comme musicien, si l'on peut dire. C'est Laurent le Magnifique en personne qui l'avait envoyé de Florence, quatorze ans plus tôt – il avait 30 ans à l'époque –, en même temps qu'un musicien, son ami Atalante Migliorotti, pour se produire avec une lyre portable de sa fabrication, une lyre avec une caisse en argent, plus sonore que le bois, et en forme de crâne de cheval. Puis il avait soumis à l'attention du More des machines de guerre terrifiantes et inhabituelles, convaincu qu'en tant que duc, le sujet ne manquerait pas de l'intéresser. Mais le More n'avait accordé à ses dessins qu'un regard distrait, sans doute avait-il de la guerre une idée très traditionnelle. Et pourtant…

Il lui avait même semblé, à l'époque, que Ludovic Sforza se méfiait de lui et il le comprenait très bien :

si vous êtes un prince, et si un autre prince vous recommande un musicien ou un architecte, comment pouvez-vous être sûr que la personne recommandée n'est pas un espion ? Il avait vite compris que la confiance réciproque pouvait exister entre deux artistes qui s'estiment, mais pas entre deux hommes de pouvoir. Les premiers temps, il avait donc fait un peu de tout. Des petits travaux entre Vigevano et Pavie, si possible loin de la cour, et son premier tableau important, mais pas pour le More : pour la Confrérie de Santa Maria della Concezione à San Francesco Grande. On lui avait commandé un retable qui célébrerait l'Immaculée Conception, un dogme récent, et il avait fait tout sauf ça. Il avait travaillé pour lui-même, plus que pour les frères. Ce qu'il avait peint n'avait pas grand-chose à voir avec l'Immaculée Conception : il y avait Marie, un ange sans ailes qui en vérité était une femme, Jésus et le Baptiste enfants, leur rencontre dans le désert que seuls racontent les Évangiles apocryphes ; dans le fond, enfin, une masse sombre de grottes et de rochers. Les gens de la confrérie n'avaient pas aimé son travail, ils le lui avaient rendu aussitôt sans rien lui payer, sauf un remboursement très insuffisant de ses dépenses. Mais au moins maintenant, à Milan, tout le monde savait qu'il savait se servir d'un pinceau, et bien, même.

Il était entré à la cour aussitôt après, pour peindre l'amante du duc, et, surtout, comme scénographe. La fête du Paradis, organisée pour célébrer l'épouse un an après le mariage du jeune duc avec Isabelle d'Aragon, avait été un véritable triomphe. Il avait recréé tout le cosmos ptolémaïque, un énorme hémisphère avec les sept ciels qui pivotaient, scintillants de lumières, le zodiaque tout autour, les douze signes dans des ampoules de verre illuminé qui créaient, en tournant, des suggestions fabuleuses. Dans chacun des ciels se mouvait le dieu païen correspondant au nom de la planète, des acteurs qui récitaient les textes – à vrai dire un peu mièvres – de Bellincioni, le poète de cour. Après quoi, Mercure – représentant de Jupiter –, puis le Soleil Apollon, descendaient jusqu'à la loge d'honneur pour rendre hommage à l'épouse.

Une épouse qu'il voyait parfois traverser les cours de la Corte Vecchia, vêtue de noir, inquiète comme un corbeau malade. S'il la croisait, Isabelle lui lançait des regards lourds d'accusation muette. À lui. Peut-être simplement parce que tout l'apparat qu'il avait conçu pour célébrer ses noces avait contribué, à l'époque, à alimenter chez elle un rêve creux de future duchesse, et que ce rêve avait brusquement fait naufrage dans l'inanité du mari qui lui était échu, un homme incapable de régner un jour, soumis au More et veule, entièrement voué aux plaisirs de la chasse, du vin, du sexe bon marché avec les paysannes. Ou avec Rozzone, son favori. Ce mari qui la battait sauvagement, à ce que l'on disait, chaque fois qu'elle lui reprochait un adultère ou que, les dernières années, elle l'incitait à reprendre son duché. Maintenant, Isabelle était veuve, et les palais où elle aurait dû être duchesse étaient devenus sa prison.

Mais lui, Léonard, en quoi était-il responsable ?

Les gardes du château de porta Giovia le laissaient maintenant passer sans contrôle, signe évident de l'évolution récente de sa situation. Il était devenu un familier de la maison. Il entra par la porte principale, traversa la place d'armes où se trouvait encore son énorme cheval de terre, sous lequel il passa en soupirant comme chaque fois, parce qu'il n'avait pas encore totalement perdu l'espoir de le faire en bronze. Il entra dans la cour Ducale et poursuivit en direction des cuisines. Bergonzio Botta, le trésorier, vint à sa rencontre avec un sénéchal. Ils n'avaient plus besoin de se parler beaucoup. Il agita une feuille sous son nez, et Léonard lut : « *Gibier couvert de poivre noir, sangliers en croûte ornés d'or, un par plat, marcassins entiers rôtis avec du poivre jaune et des grains de grenade. Vin rouge des Marches. Représentation...* »

Tous les banquets officiels étaient accompagnés d'une représentation, mais ici l'information manquait. Elle était restée en blanc, il n'y avait absolument rien d'écrit. Il s'agissait habituellement de mises en scène simples, des plats de service avec des couvercles en forme de montagne ou de château, servis par des laquais habillés en anges ou en diables, en Indiens ou en esclaves du sultan, accompagnés par des musiciens ou par la récitation des poètes de cour. Quand cela se passait ainsi, le trésorier et le sénéchal s'en sortaient très bien tout seuls. Et cela se passait généralement ainsi, s'il s'agissait simplement de recevoir les ambassadeurs d'un autre État italien. Mais si on l'avait fait appeler, il était clair qu'on avait besoin d'effets spéciaux. Il les regarda avec l'air le plus interrogatif qu'il était capable de feindre.

— Aujourd'hui, il y a vos concitoyens, dit Botta.

— Les *piagnoni*[1] de Savonarole, ajouta le sénéchal.

1. *Piagnoni*, en toscan « pleureurs », surnom donné aux disciples de Savonarole. *(Toutes les notes sont de la traductrice.)*

— Aujourd'hui, dites-vous ? demanda Léonard inquiet. Comment allons-nous faire ?

— Tout est déjà prêt, répondit le trésorier. Le seul problème, messer Léonard, c'est que nous voudrions réutiliser le chariot mécanique que vous nous avez construit pour une représentation théâtrale il y a quelques années. Nous avons déjà démonté l'automate qu'il y avait dessus. Nous voulions simplement installer les plats de service sur une table montée sur ce chariot. Comme ça, les hôtes les verraient arriver tout seuls, sans serveurs pour les accompagner. C'est le duc lui-même qui nous a fait cette suggestion : il veut étonner les Florentins.

Il s'agissait d'un ancien projet, qu'il avait dessiné quand il était encore à Florence et réutilisé plus d'une fois : deux ressorts métalliques en spirale, qui se chargent par enroulement, étaient enfermés dans deux tambours de bois et attachés à un système de cames et de roues dentées ; il y avait ensuite un mécanisme d'échappement qui assurait la régularité du mouvement, alimenté par les ressorts à travers d'autres ressorts, à lames cette fois, qui actionnaient deux roues à picots qui à leur tour devaient transmettre le mouvement aux roues motrices du chariot ; enfin, il y avait un frein à main actionnable à distance, grâce à une corde, qui permettait de débloquer le mécanisme sans être vu, une fois que tout était chargé. Une poussée et le chariot se mettrait en mouvement tout seul, il traverserait tout l'espace – de la salle où l'on préparait les plats de service jusqu'à la table des invités –, s'arrêtant comme cela avait été programmé, à un pas des convives, où un laquais l'attendrait pour faire les honneurs de la maison.

— Et alors ? demanda Léonard. Je ne vois pas le problème.

— Vous vous rappelez, demanda Botta, le tambour mécanique que vous aviez construit pour la mise en scène de la *Danae* du Taccone ?

Il fit signe que oui. Comment aurait-il pu l'oublier ? Il y avait beaucoup d'interruptions dans son travail de Santa Maria delle Grazie, mais celle-ci datait de moins d'un mois. Deux rouleaux percés, programmables au moyen de picots, qui pouvaient se déplacer en fonction du rythme à suivre, actionnaient, en tournant sur eux-mêmes, des lames battantes, cinq de chaque côté, qui faisaient résonner le tambour au rythme voulu.

— Nous l'avons récupéré, expliqua le trésorier, et nous voudrions l'accrocher au chariot automate pour couvrir le cliquetis de ses engrenages, de sorte que non seulement les plateaux du banquet arriveraient à la table tout seuls, mais qu'ils avanceraient au son des tambours. Les convives seraient sidérés.

Léonard acquiesça. Ça lui semblait une bonne idée.

— Tout est prêt, poursuivit le sénéchal, il faut juste nous aider à régler les deux machines et à les programmer en tenant compte du poids redoublé.

— Je suis prêt, répondit-il.

Ils se dirigèrent vers la salle où ils devaient préparer la mise en scène. Ils traversèrent une pièce longue et large, revêtue de tapisseries de maîtres tisserands flamands, achetées par Francesco Sforza en son temps. Des tapisseries au fond sombre, ornées de motifs floraux bigarrés, que Léonard resta à regarder car il lui vint soudain l'idée qu'il pourrait les peindre sur le fond de la salle où il allait situer *La Cène*. Botta et le sénéchal s'arrêtèrent un peu plus loin pour l'attendre.

— Léonard !

Il se retourna dans la direction de la voix amie qui venait soudain de rompre le silence.

— Donino !

C'était Donato Bramante, l'architecte d'Urbino, son grand ami, lui aussi au service du More. Il venait vers eux avec quatre autres hommes, dont trois qu'il reconnut aussitôt : l'un, imposant et à l'allure martiale, était Galeazzo Sanseverino, le général commandant des armées ducales ; à ses côtés, il y avait Giovanni Conte, un capitaine au service du cardinal Ascanio Sforza, accompagné d'un homme qui devait être un de ses jeunes soldats ; le dernier, un peu voûté, était Giuliano Marliani, l'un des médecins de la cour, qu'il avait fréquenté à Pavie. Les Marliani lui avaient prêté un traité d'algèbre, écrit par le défunt Giovanni, médecin lui aussi, mais surtout grand mathématicien. Léonard s'inclina devant Sanseverino et Conte, il serra la main de Marliani et, enfin, il embrassa Bramante.

— Le More veut vous voir tous, aujourd'hui, dit le général.

— Nos hôtes sont Francesco Soderini, évêque de Volterra, et Guidantonio Vespucci, ambassadeur de Florence en France. Et bien sûr, il y a aussi Francesco Gualterotti, ambassadeur de votre bien-aimée République ici, à Milan.

— Vous qui êtes florentin, dit Sanseverino en s'adressant directement à Léonard, vous les connaissez ? Savez-vous à quoi nous pouvons nous attendre avec eux ?

Il enfonça la tête dans les épaules, hésitant sur ce qu'il pouvait dire.

— Ils appartiennent à deux grandes familles. Francesco Soderini a deux frères de tendances différentes, l'un, Paolantonio, fidèle à Savonarole, l'autre, Piero, apparemment moins compromis avec le mouvement, mais peut-être tous les deux opposés aux Médicis. Et Guidantonio Vespucci était déjà l'ambassadeur en France de Laurent le Magnifique, mais il est peut-être hostile à son fils Piero. La relation des Vespucci avec les Médicis est plutôt ambiguë depuis longtemps. Je connaissais un de leur lointain cousin, qui avait à peu près mon âge, Amerigo, mais je ne sais pas ce qu'il est devenu, on m'a dit qu'il s'était embarqué pour les Indes occidentales. Une branche de la famille a établi une bonne entente avec les dirigeants à l'époque de Laurent, une autre en revanche n'a toujours pas lavé son honneur pour Simonetta Cattaneo, qui était l'épouse d'un Marco Vespucci lorsque Giuliano, frère de Laurent le Magnifique, devint son amant, avant d'être tué par la conjuration des Pazzi. Une des femmes les plus belles, les plus célébrées et les plus souvent peintes de tous les temps : Botticelli en tomba amoureux lui aussi lorsqu'il fit son portrait pour Giuliano. Mais elle est morte très jeune.

Tout en parlant, il observait attentivement le visage du jeune soldat de la suite du capitaine Giovanni Conte, ses longs cheveux châtains qui retombaient en deux bandeaux sur ses épaules, son visage fin avec une barbe bien soignée, son allure noble : le visage du Christ. Il avait enfin trouvé le visage du Christ pour sa *Cène* ! Il ne le quittait pas des yeux. Tant pis si les autres y trouvaient à redire…

— Mais je suis parti de ma ville depuis trop longtemps pour pouvoir encore la comprendre, poursuivit-il.

À l'arrivée de Charles VIII, les Florentins en ont profité pour chasser Pierre de Médicis, et maintenant il semble que Savonarole jouisse de l'admiration de tous. Mais je ne serais pas étonné si on découvrait bientôt que le mouvement qu'il a créé est moins solide qu'il n'en a l'air. Florence se partage entre pro et anti-Médicis. Les pro-Médicis à leur tour se partagent entre les inconditionnels de Piero, fils du Magnifique, et les partisans de l'autre branche, celle de Pierfrancesco, les fameux *Popolani*. Et les anti-Médicis se divisent à leur tour entre ceux qui partagent cette espèce de démocratie directe soutenue par les *frateschi*[1], et ceux qui opteraient plutôt pour une rigueur oligarchique, mais sans les Médicis. Et ce n'est pas tout : les partisans du Grand Conseil se divisent à leur tour entre ceux qui acceptent la moralisation de la politique défendue par les *piagnoni* et ceux qui sont pour une république étendue, certes, mais laïque. En bref, un seul des cinq regroupements réunit d'authentiques disciples de Savonarole, et il ne tiendra pas longtemps. Le frère n'est pas un politique. Il enflamme les places et il a su coaliser la dissension envers Piero, mais au fil du temps, les divisions internes de son mouvement vont exploser, et il pourrait bien être le premier à en payer les conséquences.

— Ce qui nous intéresse le plus, intervint Sanseverino, c'est que les Florentins, avec ou sans Savonarole, se laissent convaincre de rejoindre la Ligue de Venise. Ils sont les seuls en Italie qui soient encore alliés des Français…

---

1. *Frateschi* ou *piagnoni*, deux noms qui désignaient en leur temps les partisans de Savonarole.

— Oui, répliqua Léonard, mais ils disent que c'est justement le duc de Milan qui lui a demandé de venir en Italie, au roi de France… et qu'après, nous avons changé d'idée…

Le général eut un geste d'agacement aussitôt maîtrisé.

— Ils savent très bien pourquoi, dit-il ; c'est le roi de France qui a trahi Ludovic, pas le contraire. Il n'était pas prévu qu'il amène avec lui son cousin, Louis d'Orléans, qui se considère comme l'héritier légitime des Visconti sur le duché de Milan.

— Je sais très bien ce qu'il en est, répondit Léonard, mais désormais Savonarole a convaincu les Florentins que Charles VIII avait été envoyé par Dieu pour punir les péchés des Italiens. Et quand on mêle Dieu à tout ça, il devient difficile de changer d'avis. Qu'est-ce qu'il doit dire maintenant à ses concitoyens ? Que Dieu s'est trompé ?

— Je crains moi aussi que la rencontre d'aujourd'hui ne soit parfaitement inutile, dit Sanseverino avec un soupir.

La légitimation impériale et sa nomination officielle avaient provisoirement calmé le More et sa cour, mais un autre événement était venu troubler les rêves déjà bien agités du duc. Charles-Orland, fils du roi de France, avait brutalement disparu à 3 ans, et si Charles VIII, pour l'instant sans héritier, était mort à cette époque, son jeune cousin Louis d'Orléans, ex-Visconti, serait devenu l'héritier du trône de France ; en d'autres termes, il aurait pu mobiliser toute l'armée nationale contre Milan pour reprendre ce qu'il estimait lui appartenir. Le duc aurait alors eu de gros ennuis. C'est pourquoi il tenait tellement à la Ligue de Venise.

D'un soudain mouvement de tête, Sanseverino fit signe à sa suite de poursuivre.

— Cela vous ennuie-t-il si je reste avec mon ami Léonard ? demanda Bramante.

— Bien sûr, cela nous ennuie, dit le général en souriant, mais nous nous consolerons en pensant aux grandes idées qui pourraient jaillir, pour le plus grand bien de notre duché, d'une conversation, même laconique, entre vous. À propos, messer Léonard, j'ai une bonne nouvelle pour vous : vous vouliez que nous fassions venir à Milan le mathématicien Luca Pacioli et nous vous avons satisfait. Nous avons appris qu'il était à Venise pour l'impression de sa *Somme mathématique*, et nous l'avons contacté par l'intermédiaire de nos ambassadeurs auprès de la Sérénissime. Eh bien, il est déjà en voyage pour Milan, et vous aurez bientôt l'occasion de faire sa connaissance.

Tandis que les quatre autres s'éloignaient, Léonard tira de la ceinture de son resplendissant pourpoint rose le petit carnet qu'il avait toujours avec lui, et il écrivit : *Christ – Giovanni Conte celui du cardinal de Mortara.* C'est ainsi qu'il appelait le cardinal Ascanio, frère du More et son avant-poste au Vatican. Dès qu'il aurait un peu de temps, il le contacterait, pour faire tranquillement le portrait de son Christ.

— Alors, cher Léonard, dit Bramante, ça fait un moment que nous ne nous sommes pas vus…

— Eh oui, cher Donino, je savais que tu étais à Vigevano… Tu es toujours par monts et par vaux à embellir notre Lombardie avec tes édifices qui rivalisent avec ceux des Antiques et qui, à mon avis, les battent de loin. Je travaille à Santa Maria delle Grazie, où tu as fait des choses merveilleuses…

— Je te remercie. Mais maintenant, je suis à Milan, au château précisément, et j'ai aussi une commande pour le couvent de Sant'Ambrogio. Mais nous travaillons trop, toi et moi, toujours à nous battre contre le temps… Donc, si j'ai bien compris, tu n'es pas enthousiasmé par l'expérience politique en cours dans ta ville de Florence. Mais comment ? La renaissance de la *florentina libertas*…

— *Liberté* est un mot magnifique, répondit Léonard. Oui, ils ont créé le Grand Conseil, une assemblée de près de quatre mille hommes, soit un Florentin mâle sur deux, au-dessus de 30 ans, une chose jamais vue auparavant, mais à quelques exceptions près, ce sont toujours les membres des mêmes familles, comme ceux qui viennent ici aujourd'hui, qui détiennent les charges du gouvernement. D'un autre côté, ce ne sont pas les commerçants ou les petits artisans qui ont un réseau de relations à travers toute l'Italie ou dans l'Europe entière. On ne peut pas envoyer un cordonnier parler avec le More, ni à Paris, avec le roi de France. Avec le Magnifique, Florence était redevenue la ville la plus riche d'Italie. Maintenant, les hommes des grandes familles, les marchands internationaux, les banquiers, inquiets pour l'avenir, emportent leurs richesses ailleurs, et on me dit que Florence est en proie à la famine et aux épidémies. Ils sont en train de dépenser tout l'argent public disponible pour reprendre Pise, une ville stratégique pour les commerces florentins, mais le peuple est aux abois. La liberté est une belle chose, cher Donino, moraliser la vie publique est une bien noble intention, mais si le prix à payer est la faim, il n'y a pas de liberté qui tienne. Crois-moi, ceux-là mêmes qui soutiennent maintenant Savonarole vont le manger tout cru.

— Et il paraît même, ajouta Bramante en souriant, que les *piagnoni* brûlent aussi des œuvres d'art dans leurs bûchers des vanités. En ce qui nous concerne, cela fait un endroit de moins où revendre notre talent…

Ils se mirent en marche eux aussi, le trésorier et le sénéchal devant, l'architecte et lui derrière. Ils débouchèrent dans une grande salle, où avait été dressée la table. Outre les quatre personnes qu'ils avaient déjà croisées, ils virent de loin le duc avec presque tous les invités milanais, une trentaine environ, tandis que la délégation florentine n'était pas encore arrivée. Une somptueuse figure féminine se détacha du groupe et se dirigea vers eux d'un pas vif.

— Maître Léonard, maître Donato, quel plaisir de vous revoir !

C'était Cecilia Gallerani, la femme pour laquelle le More nourrissait, il y avait quelques années encore, une passion dévorante. C'était la dame que Léonard avait peinte pour son chaleureux amant avec une hermine sur le bras, une hermine qui était en vérité un furet. Un portrait féminin qui était passé pour le plus beau de tous les temps. Différent de ceux de Simonetta Cattaneo de Botticelli, un portrait plus charnel, plus vivant. Elle avait 16 ans à l'époque, c'était une enfant, même si elle s'efforçait de sembler plus mûre. D'une famille aisée, mais orpheline de père, sa relation avec le More l'avait probablement sauvée du couvent. Elle lui avait donné un fils, César, qui avait 5 ans maintenant. Puis était arrivée à la cour Béatrice d'Este, fille d'Hercule Ier, seigneur de Ferrare, et sœur d'Isabelle, marquise de Mantoue : elle était l'épouse du duc. Pas vraiment une belle femme, bien que plus jeune qu'elle de deux ans. Elle avait toléré pendant un an les vacances maritales, puis elle avait rappelé le More à ses devoirs conjugaux. Et le More avait liquidé sa maîtresse comme ça : il lui avait offert un palais en ville et un comte de campagne. Le palais de Carmagnola à habiter, le comte Carminati à épouser.

Peu importait ce qu'elle éprouvait d'être ainsi mise à l'écart, ce qu'éprouvait l'enfant d'être privé de son père. Cecilia écrivait des lettres en latin et des poésies dans un toscan très pur. C'était une femme incroyablement intelligente, et Léonard était subjugué par son charme. Elle aimait réunir des philosophes et des hommes de lettres dans son palais milanais, et lui, bien qu'illettré – il venait juste de commencer à apprendre le latin –, y était accueilli comme un érudit parmi les érudits. Donato Bramante y allait souvent lui aussi.

— Cecilia !

Il avait le souffle coupé.

Maintenant, Cecilia Gallerani, c'est-à-dire la comtesse Carminati, avait 23 ans. Elle était à peine un peu plus en chair, mais pour Léonard, elle était plus belle que lorsqu'il l'avait peinte. Plus mûre, plus femme. Il y avait eu entre eux… le portrait. Ces longs silences, où il la scrutait attentivement dans les yeux, attendant l'éclair qui lui révélerait son secret. Le regard curieux de Cecilia, qu'il pouvait entrevoir du coin de l'œil, l'observait quand il se détournait, et jamais elle n'osait croiser ses yeux. Un portrait est une partie qui se joue à deux, et celle-là avait été un duel difficile, entre deux observateurs attentifs et égaux, qui s'étudient longuement, lui pour saisir son âme à elle, elle pour deviner, dans ses yeux à lui, sa propre essence. Il l'avait peinte comme ça, avec ce regard oblique qui mourait sur ses épaules, il l'avait fixée à un instant où le duc était entré dans la pièce et où elle avait esquissé un sourire contenu, tandis que le furet qu'elle avait dans les bras s'était dressé sur les pattes arrière, effrayé par le bruit imprévu. Voilà l'instant, s'était-il dit. Un instant de trouble animal, dominé par la force rassurante de l'amour humain. Cecilia s'y était tout de suite reconnue. Évidemment, c'est elle qui avait remporté le défi, et c'est là le secret d'un portrait réussi.

Maintenant, elle n'avait pas vraiment l'air heureux.

— Léonard, Donato, je vous en prie, n'allez pas déranger le duc maintenant. Ne vous croyez pas un instant obligés d'aller le saluer à tout prix. Si vous n'y allez pas, il ne s'en rendra même pas compte. Vous le voyez ? Il fait une cour effrénée à une dame de compagnie de sa femme, une certaine Lucrezia. Qui est, évidemment, très embarrassée, parce qu'elle ressent toute la nervosité de sa maîtresse. Comment lui donner tort, vous ne croyez pas ? Mais dites-moi, quelles nouvelles apportez-vous dans ce lieu de perdition ?

— Ah, que dites-vous là ? répondit Bramante. La vie au-dehors est infiniment plus ennuyeuse que dans cette cour splendide. Les gens travaillent, mangent, font quelques comptes, puis ils vont se coucher. Rien d'intéressant. Les amours, le luxe, l'art, les intrigues de la politique sont tous concentrés ici. C'est nous qui sommes avides de nouveautés. Racontez-nous, racontez-nous.

— Non, rien de plus, si ce n'est que le temps passe et la jeune fille du portrait, la bienheureuse, a toujours

16 ans ; et elle aura toujours 16 ans, même quand celle qui a inspiré le portrait disparaîtra.

— Ah ! mais vous êtes maintenant plus…, commença Léonard, mais les mots s'évanouirent dans sa bouche.

— L'ingrate Béatrice d'Este, reprit Cecilia, il est vrai que je la déteste, parce qu'elle m'a volé mon rêve de duchesse ; mais maintenant, je la plains comme je me plains sans cesse.

— Dit comme cela…, commença maître Donato, avec ces rimes, on dirait une épitaphe. Mais vous êtes très jeune et…

— C'est justement pour ça.

Un livre va jusqu'à la page deux cent,
Dans le premier quart, tout est déjà advenu.
C'est ainsi que je me sens :
Le meilleur, je l'ai déjà vécu.
Tout le reste n'est que du vent.

— Vous êtes imbattable avec les rimes, dit Léonard, vous en produisez de meilleures en improvisant que certains poètes courtisans après beaucoup de tentatives.

— *Si j'excellais avec les tartes comme avec les rimes*
Je serais avec le duc, au moins en sa cuisine.

Ils se mirent à rire, mais ils furent interrompus par la voix impérieuse du More qui appelait :

— Léonard !

Ils le virent s'approcher avec sa démarche altière, cou de taureau, tête haute, sanglé dans une *giornea* – une tunique sans manches entièrement couverte de pierres précieuses – avec sur la poitrine une broderie qui formait la devise : *Tale a ti quale a mi*, une sorte de « Qui s'y frotte s'y pique », en clair « Méfie-toi si tu trames quelque chose contre moi ». Un avertissement pour les hôtes florentins inscrit sur un habit qui était la *summa* de l'élégance milanaise. Il tenait par un bras la jeune dame de compagnie de son épouse, sans doute celle dont parlait Cecilia juste avant.

— J'étais en train de raconter à mona Lucrezia que vous avez fait un portrait de mona Cecilia, dit-il à Léonard tandis que celui-ci le saluait rituellement. Que diriez-vous de lui consacrer aussi un peu de votre temps ?

Léonard exprima par gestes et par une mimique vague son consentement évident. La femme était très jeune, agréable, deux yeux très vifs. Cecilia lui lança un regard noir, comme pour le mettre au défi d'accepter. Et il se serait volontiers récusé. Il aurait surtout voulu terminer *La Cène*. Tous se plaignaient de sa lenteur, mais ils trouvaient toujours le moyen de l'alimenter en le distrayant de son œuvre principale. On ne pouvait tout de même pas dire non au duc, et d'ailleurs, il ne le fit pas. Mais il fit en sorte de ne pas énoncer à voix haute un *oui* bien clair.

— Excusez-moi, Votre Excellence, mais je suis occupé en ce moment, l'installation du repas demande du temps, et ces deux messieurs m'attendent depuis une demi-heure, et il montra le trésorier et le sénéchal, qui, effectivement, perdaient patience.

— Alors, vous me le promettez, insista le More.

Léonard répondit en s'inclinant à nouveau avec beaucoup d'élégance, une façon de dire sans dire, et s'échappa aussitôt avec les deux fonctionnaires de cour. Il se mit à déplacer les picots dans les rouleaux de son tambour automatique pour lui donner un rythme de marche, à accrocher la remorque au chariot automate et à remonter ce dernier en mémorisant le nombre de tours de manivelle pour un premier essai. Il mit le frein à main, puis il alla se placer derrière une porte en tenant l'autre extrémité de la corde. Il la tira, le chariot partit, tandis que le tambour marquait le rythme comme pour un défilé de cavaliers, et on entendit les applaudissements des personnes présentes dans la grande salle. Il sortit de sa cachette.

— Trop court, lui dit Botta.

— Deux autres tours de charge.

À la seconde tentative le chariot s'arrêta exactement où il fallait. Mais les invités n'étaient plus là, ils étaient allés accueillir les hôtes florentins, qui évidemment venaient juste d'arriver. Les serviteurs de la cuisine rapportèrent le chariot et son attelage musical au point de départ. Léonard rechargea les ressorts. Son travail était terminé et il repartit vers la grande salle par laquelle il était arrivé.

— Vous êtes invité au déjeuner, lui dit Botta en le remerciant d'une poignée de main, pourquoi partez-vous ?

— Je ne mange pas de gibier ni de sanglier, j'irai en bas, à la table des serviteurs, et je me ferai préparer une soupe de légumes.

Il ne mangeait pas de viande, et tout le monde le savait, alors qu'à la cour, on ne mangeait pas autre chose. Il descendit dans la salle à manger des accompagnateurs, où était dressée une énorme tablée pour les écuyers, les palefreniers, les serviteurs – pas les domestiques – des hôtes de marque.

Il s'assit à la première place libre. Il ne connaissait presque personne, mais il y avait des visages très intéressants. Il venait juste de trouver le Christ, mais il lui manquait encore un Judas : il ne voulait pas qu'il soit ostensiblement abject, comme c'était l'usage. Selon la tradition, Judas était le prototype du « juif », tous les Pères de l'Église le disaient et, chez Dante, le cercle des traîtres où se trouve Judas, dominé par Lucifer en personne, prend le nom de Giudecca, la *giudaica* en italien vulgaire, c'est-à-dire le quartier juif, comme à Venise. Mais il ne voulait pas en faire une caricature difforme. On lui donnait généralement un visage sombre, pour marquer sa différence. Mais lui le ferait comme les autres apôtres, il se contenterait de le laisser dans l'ombre, hors de la lumière de la grâce chrétienne. Il ne lui manquait que le sujet.

Sitôt assis, il s'aperçut qu'il connaissait l'homme en face de lui : c'était un intendant de Giuliano Marliani, son *factotum*. Il remarqua qu'il mangeait de la main gauche et il se mit à l'observer attentivement. Il tenait sa main droite sous la table et, à la désinvolture avec laquelle il tenait sa fourchette à trois dents pour prendre les morceaux de viande dans le plateau, on aurait dit qu'il était vraiment gaucher, comme lui. Il attira son attention :

— Vous… C'est à vous que je parle, nous nous sommes déjà vus, non ? À Pavie, vous vous rappelez ?

L'intendant leva la tête de son assiette et le regarda avec attention. Enfin, il sourit :

— Messer Léonard, n'est-ce pas ? Pourquoi vous n'êtes pas en haut, avec les hôtes de marque ?

— Pour ne pas être contraint de me nourrir de sang… Tenez !

Il lui lança brusquement un morceau de pain, et l'autre, dont la main gauche était occupée, sortit instinctivement son moignon de sous la table. Il n'avait pas encore son Judas, mais il avait quand même trouvé quelque chose de très intéressant.

Giulian da Marliani, médecin, nota-t-il mentalement, *a un intendant sans main.*

3

La journée était de celles qu'on oublie très vite. Parce que la neige, on le sait, est la meilleure amie de la *desmentegansa*. Elle l'est aussi des voyous et des voleurs, à vrai dire, et c'est pour cela qu'à Milan, avec une purée de pois comme ça, ils restaient tous cloîtrés chez eux. Ou alors ils allaient à leur travail par le plus court chemin, ils s'y enfermaient et ne mettaient plus le nez dehors. Salaï avait ouvert la toile cirée de la fenêtre pour faire sortir les odeurs poisseuses des colles, des solvants, des œufs pourris pour la détrempe grasse, qui vous coupaient le souffle. Il était sorti dans la cour intérieure pour prendre l'air, mais là, dans le gris uniforme de la place, il avait vu onduler la silhouette noire de l'encapuchonné et il s'était senti frissonner. Il avait refermé aussitôt.

Les coups forts du battant sur la porte le firent sursauter. Il glissa un couteau dans sa ceinture derrière son dos, avant de descendre ouvrir. L'encapuchonné se désencapuchonna devant lui, c'était un frère franciscain sur la cinquantaine, rien d'autre, avec un froc gris large, propre et d'une belle étoffe, le visage rond et l'apparence débonnaire, mais le regard très vif.

Il poussa un soupir de soulagement.

— Est-ce que messer Léonard est là ? demanda le prêtre. Je m'appelle Luca, frère Luca Pacioli.

Salaï lui fit signe d'entrer et attendit qu'il le dépasse pour qu'il ne voie pas le couteau et n'aille pas se faire des idées. Il se hâta de refermer la porte derrière lui.

— Oui, j'ai compris qui vous êtes, il m'a beaucoup parlé de vous… Moi je suis Gian Giacomo, son assistant. Non, le maître n'est pas là, mais il ne devrait pas trop tarder. Si vous voulez l'attendre ici, j'vous en prie, 'stallez-vous…

Le frère monta lentement les escaliers, en haut desquels il se retrouva brusquement dans la « *fabbrica* ». Ce qu'il vit une fois entré, à l'exception de la mauvaise odeur qu'on y respirait, l'étourdit pendant un instant. C'était une pièce énorme, sans doute une ancienne salle de réception de ce qui avait été pendant longtemps, sous les Visconti, la demeure ducale. Mais à l'intérieur il y avait de tout, et il aurait été bien difficile d'imaginer encore les fêtes, les danses, les cérémonies solennelles qui avaient pu s'y dérouler. C'était plutôt le chaos primordial, ou ce à quoi il avait toujours imaginé que pouvait ressembler la forge d'un sorcier.

Un des deux longs murs était couvert de fresques dans le style ancien des Byzantins, mais les peintures étaient désormais illisibles, entièrement recouvertes de fumée. Une énorme cheminée où était allumé un feu s'ouvrait au centre et, à côté d'elle, un grand four pour la fusion du bronze partageait le même conduit d'évacuation. Des bancs et de curieux treuils étaient adossés çà et là dans tout l'espace disponible le long du mur. L'autre mur, en revanche, avait été fraîchement repeint, et sur la partie centrale restée libre, on voyait ce qui de toute évidence était des essais de fresque, des corps et des visages d'homme dans le désordre, des bras qui soulevaient des verres, un plat de service avec une anguille à l'orange qui semblait vraie. À droite des essais de fresque, une étagère qui montait jusqu'au plafond contenait de tout : des livres, des pots de pigments et divers matériaux, quelques crânes et des os humains, un crâne de cheval, et dans un grand bocal en verre, une tête humaine dans l'alcool. À gauche de la partie avec les dessins, il y avait un échafaudage mobile sur roues, avec un curieux mécanisme au milieu : frère Luca conclut qu'il devait servir à élever et abaisser la plate-forme supérieure de l'échafaudage, et le trouva ingénieux.

Au centre de l'immense pièce il y avait trois grandes tables, des chevalets et des toiles innombrables, de curieuses machines, des vis d'Archimède, des chaises, des poulies, un cheval en bois avec une structure en étain, des soufflets, une espèce de grande aile de chauve-souris actionnable avec un levier, des feuilles de papier, des cartons, un modèle de coupole en bois, et une quantité d'autres objets sur lesquels il n'arriva pas à fixer son attention. La première des trois grandes tables, la plus proche de l'entrée, ressemblait à une table anatomique avec un plateau en marbre propre, vide, à l'exception de deux cuvettes et d'une caisse en bois avec des scies et des couteaux de chirurgien de différentes formes. La deuxième avait l'air d'une table de ferronnier ou de menuisier, couverte de roues dentées, de cames, de ressorts de toute sorte, d'engrenages à cages, d'équerres, de poulies, de rouages, de manivelles, de tubes, de cordes, de vis, de leviers, d'anneaux métalliques et de divers autres outils de travail éparpillés çà et là. Sur la troisième enfin étaient entassés des dessins, et il y avait finalement tous les objets auxquels on pouvait s'attendre dans l'atelier d'un peintre : des mortiers et des pilons, des fours, des casseroles, des flacons de poudres, des herbes, des coquilles d'œuf, des huiles de toute sorte.

— Notre atelier…, dit Gian Giacomo avec un certain orgueil.

Frère Luca s'était arrêté devant un chevalet sur lequel on avait hissé un panneau en bois plus haut qu'un homme – trois brasses, à vue de nez –, qu'il avait soudain trouvé face à lui, et la beauté de ce qu'il était en train de regarder semblait l'avoir paralysé. Il sortit de sa poche les lunettes précieuses qu'il avait achetées à Venise, des lunettes avec une monture en corne. Quatre figures humaines, deux femmes et deux enfants, sur un fond de colonnes rocheuses qui soutenaient une grande voûte de pierre, une sorte d'architecture naturelle, une cathédrale de grès, un temple dressé par la patience de la nature spécialement pour célébrer l'événement ; oui, mais quel événement ? Le personnage au centre était la Vierge mère, cela ne faisait pas de doute. Belle, la tête baissée et les yeux mi-clos, les bras à demi ouverts en un geste de protection qui lui rappela la Madone que son maître, Piero della Francesca, avait peinte dans leur ville natale à tous les deux, Borgo San Sepolcro, pour la Confrérie de la Miséricorde : le manteau ouvert qui tombe des bras en signe de protection pour les personnages qu'il enveloppe presque, et parmi lesquels maître Piero s'était également représenté.

Sur le retable de maître Léonard, c'était plutôt les mains qui racontaient l'histoire : les deux mains de la Vierge retombaient sur deux enfants, un peu comme pour les unir dans une seule étreinte. Et l'autre femme, qui était-elle ? Jeune, sensuelle, elle était agenouillée devant Marie, mais par une torsion de son cou elle semblait presque se tourner vers lui, frère Luca, pour lui montrer de l'index de sa main droite l'un des deux enfants de la scène. Il suivit du regard le doigt pointé jusqu'à l'enfant à côté de la Vierge, qu'il désignait, et qui, à genoux, les mains jointes, regardait en face de lui l'autre enfant, à côté de la femme mystérieuse. L'enfant face à lui avait la main droite soulevée et bénissait l'autre, et le cercle des mains et des gestes se fermait. L'un des deux enfants devait être Jésus, l'autre le Baptiste. Oui, mais qui était qui ? Le Christ aurait dû être celui qui était sous le manteau de Marie, mais c'est l'autre qui le bénissait. Et la femme la plus jeune, celle qui n'était pas la mère, ce n'était peut-être même pas une femme. Un ange ? À moins que... Non, c'était impossible. Il avait songé à l'androgyne du *Banquet* de Platon, l'être complet et parfait en lui-même, l'union primordiale du masculin et du féminin. Peut-être Léonard voulait-il célébrer la *pia philosophia*[1] de Marsile Ficin et des néo-platoniciens florentins ?

— Ils l'ont refusée, dit Gian Giacomo, interrompant ses pensées. Elle était destinée à l'église de San Francesco Grande..., poursuivit-il.

1. Théorisée par Marsile Ficin, la *pia philosophia* est un courant philosophique qui s'efforce d'intégrer le platonisme dans le christianisme.

— Où je loge provisoirement, dit-il. Et pourquoi l'ont-ils refusée ?

— Personne ne sait ce qu'elle veut dire, et ils craignent qu'elle soit hérétique.

— Maître Léonard est un néo-platonicien ?

— Un néo-quoi ? Non, qu'est-ce que ça a à voir ? Ils soupçonnent qu'il soit un adaméite.

— Un quoi ?

— Non, peut-être un amédéite… Oui, un amédéite, du nom d'un frère franciscain mort il y a quelque temps, un certain Amedeo… Mendez da Silva, un Portugais, qui est mort à Milan il y a une quinzaine d'années… Ma mère était une de ses fidèles… Eh bien, ce frère Amedeo était un hypogalactique… non, un apoplectique…

— Un apocalyptique ?

— Oui, bravo, cette chose-là… Enfin, il paraît que les frères ont trouvé dans ce tableau quelque chose qui pouvait faire penser aux idées de cet apo…

— … calyptique.

— C'est ça. Ils y ont trouvé des idées de ce *calyptique* et ils n'en ont pas voulu. On m'a expliqué que le tableau voudrait dire que les juifs et les chrétiens sont la même chose, des religions jumelles. Je n'ai pas bien compris quel était le problème. Le tableau mettrait sur le même plan le Christ et le petit saint Jean-Baptiste, c'est-à-dire le christianisme et le judaïsme… Que si c'était le cas, je ne vois pas ce qu'il y a de si bizarre : la mère de mon maître était juive…

Frère Luca faillit se trouver mal.

— Vraiment ? Et comment tu le sais ?

— Elle a vécu ici… Elle est venue mourir ici. Caterina… Je l'ai connue. Vous savez que mon maître est un enfant illégitime ?

— À vrai dire je ne savais rien de lui… Du moins, jusqu'à cet instant.

— Son père, messer Piero, est un notaire florentin, il s'est marié quatre fois, mais lui, il est né avant le premier mariage de son père, qui, justement, ne pouvait pas épouser sa mère. Et pourquoi ? C'est simple : sa mère était juive. Une juive slave, si on en croit son apparence…

— C'est elle qui te l'a dit ?

— Non, elle, c'était une femme très silencieuse. Et puis, elle allait mal quand elle est venue. Mais on le comprenait…

— Elle fêtait le sabbat ?

— Non, mais qu'est-ce que ça veut dire ? C'était probablement une juive convertie.

— Mais qu'est-ce qui te fait penser qu'elle l'était ?

— Sinon, pourquoi le père ne l'a pas épousée ?

Gian Giacomo ne semblait pas vraiment sain d'esprit, et frère Luca ne savait pas quoi penser.

— Peut-être simplement parce que c'était une paysanne, répondit-il.

— Et comment expliquez-vous que mon maître, après la mort de sa mère, ait commencé à se laisser pousser la barbe, comme un pauvre ou comme un juif ? Moitié juif, moitié toscan, un mariage de races damnées, dit le garçon, en éclatant de rire.

Puis, vu que son interlocuteur ne semblait pas trouver cela très drôle, il redevint très vite sérieux.

— Caterina, sa mère, est venue mourir ici, la pauvre. Elle est arrivée il y a trois ans ; en moins d'un an, elle est partie. Elle l'aimait tellement ! On lui avait enlevé son fils quand il avait 5 ans. Parce que son père, messer Piero, un notaire très en vue, ne pouvant pas l'épouser, lui avait trouvé un mari fantoche, *Accattabriga*, le Querelleur ; songez un peu ce que pouvait être un homme que tout le monde appelait comme ça : le nom dit tout, non ? Ça devait être un violent, *Accattabriga*. Je crois que mon maître a beaucoup souffert, quand il était petit…

— C'est lui qui te l'a raconté ?

En vérité, frère Luca commençait à être plutôt agacé par l'impertinence du garçon, par le fait qu'il raconte toutes ces histoires sur son maître à quelqu'un qui ne l'avait même pas encore rencontré, à un parfait étranger.

— Non, je le déduis du fait qu'il est plus chaste que les Vierges qu'il peint, dit le garçon. Qu'il n'arrête pas de me dire « Méfie-toi… », « Méfie-toi de la luxure »… Qu'il semble avoir une vision terrifiante des étreintes, qu'il a plus peur de forniquer que d'être soumis à la torture, qu'il aime les cadavres et qu'il a horreur des femmes. Un homme comme ça, il ne va pas très bien ? On l'a violé quand il était petit, non ? Il n'y a pas d'autre explication…

— Ou bien c'est un être totalement spirituel, tellement pris par son désir de connaissance…

— Mais il n'aura jamais d'enfants…

— Et tu dis ça à un frère franciscain ? Parfois, surtout à notre époque, il vaut mieux générer de la sagesse que des corps.

Il essaya de changer de discours. Il vit, juste en face de la peinture si controversée, un chevalet avec une toile blanche des mêmes dimensions que le retable. Le même dessin que sur le tableau y était esquissé. Il demanda à Gian Giacomo pourquoi il le copiait, et le garçon répondit qu'ils avaient trouvé un commanditaire pour un tableau sur toile. Le frère remit ses lunettes dans sa poche.

— Mais lui, je veux dire, maître Léonard, il travaille dans cette salle ? demanda-t-il.

— Non, lui il s'enferme presque toujours dans son petit studio, répondit le jeune homme. Si vous préférez l'attendre là-bas, je vous y emmène.

Pacioli acquiesça.

— Par ici, alors, je vous prie.

Gian Giacomo se dirigea vers le fond de la salle et le frère le suivit.

— Il préfère travailler dans de petits espaces, il dit que ça favorise la concentration.

Ils entrèrent dans une petite pièce intime et meublée avec sobriété. Un bureau dans le fond, derrière lequel, sous la fenêtre, il entrevit deux coffres. Et devant il y avait un seul chevalet, sur lequel une toile était déjà préparée avec l'*imprimitura*, mais sur laquelle rien n'était encore dessiné. Il y avait un peu de désordre sur le bureau seulement, des livres et des feuilles entassés çà et là, mais c'était un désordre normal sur la table d'un lettré en pleine activité. Il fut heureux de voir sa *Summa de arithmetica* ouverte devant la chaise et, à côté, une feuille avec les dessins d'un pentagone et une série de calculs indéchiffrables dans la marge.

— Si vous voulez vous installer à la table..., dit le garçon. Mon maître est plutôt imprévisible. Il est en train de travailler à *La Cène* à Santa Maria delle Grazie. Parfois, il sort de la maison le matin, il va chez les dominicains et il reste là à peindre toute la sainte journée, il oublie même de manger. D'autres fois, il donne deux coups de pinceau et revient aussitôt. Quelques fois au contraire, il passe une petite heure à contempler son travail puis il reste des jours sans toucher la fresque. Si vous le pressez, il vous dit qu'une partie du travail du peintre se fait dans la tête, pas avec la main. Oui, mais, les commanditaires, qui les écoute ?... 'stallez-vous, j'ai à faire là-bas. Si vous avez besoin, vous m'appelez...

Le garçon s'en alla, et frère Luca, resté seul dans le petit studio, n'alla pas s'asseoir aussitôt ; il fit le tour du bureau pour jeter un coup d'œil aux coffres qui étaient ouverts et, à ce qu'il vit, pleins de livres. Puis il regarda mieux. Un seul contenait un nombre indéfini de livres, dans l'autre en revanche il y avait les carnets du maître. Il en prit un et se mit à le feuilleter. Des dessins, des notes. Des notes et des dessins. Des croquis de machines, de paysages, de visages humains. Des planches anatomiques. Il comprit que les dessins étaient des notes, eux aussi. Il fouilla dans sa poche et ne trouva pas ce qu'il cherchait.

— Comment a-t-il fait ? se demanda-t-il.

Sur la table, il vit une loupe et la prit pour lire. L'écriture était inversée, elle courait de la droite vers la gauche. Comme le fait un gaucher pour ne pas tacher la page sur laquelle il écrit.

Son attention fut pourtant attirée par une feuille qu'il vit sur le bord de la table : un dessin, un homme avec les jambes simultanément serrées et écartées, les bras tendus perpendiculairement au corps et en même temps soulevés avec les pointes des doigts à la hauteur du sommet de la tête : l'homme au cercle et au carré, comprit-il, l'homme de Vitruve. Mais il n'était pas comme il l'aurait dû, ou du moins, comme lui pensait qu'il devait être : le cercle et le carré n'avaient pas le même centre, contrairement à ce qu'il expliquait à ses propres étudiants. Le carré doit être inscrit dans le cercle, et le centre de l'homme doit être le nombril pour les deux figures. Autrement, la perfection géométrique du dessin divin disparaît. Mais Léonard avait dessiné le cercle, symbole divin, autour du nombril, et le carré, figure terrestre, avec son centre dans les parties génitales. Il s'était trompé. Il s'était certainement trompé. Vitruve ne parle pas du tout des parties génitales, et la parfaite géométrie sur laquelle doit se fonder la beauté, qui reflète l'ordre musical des sphères, passait à la trappe avec ce dessin, c'était comme séparer irrémédiablement la composante matérielle, avec un centre dans les éléments de la luxure, de la composante spirituelle, le cercle, avec un centre dans l'ombilic. Et après ?

Ou bien… Oui, oui, il le referait dans sa cellule, pour vérifier ce que ce dessin semblait lui révéler. Peut-être le rapport entre le côté du carré centré sur les parties génitales et le rayon du cercle sur l'ombilic était… Le rayon, oui, il devait être la moyenne raison entre le côté du carré et ce même côté moins le rayon : la divine proportion, la moyenne raison entre le tout et la partie restante, la section du segment dont le rapport à la plus petite est équivalent à celui du tout avec elle. La proportion qui se réplique elle-même à l'infini, clé de voûte du mécanisme récurrent de la vie. Celle vers laquelle tend, à l'infini, toute la suite de Fibonacci, le nombre d'or entre la diagonale et le côté du pentagone, raison pour laquelle Platon choisit justement le polyèdre à douze faces pentagonales, le dodécaèdre, comme atome fondamental de la vie, comme symbole de la cinquième essence, *spiritus mundi*…

Il fut troublé par ce qu'il avait vu. Mais il recommença à feuilleter le cahier qu'il avait encore entre les mains. Il trouva un petit miroir sur la table et décida de s'en servir, pour voir s'il arrivait à lire quelques notes. Mais ce qu'il avait ouvert devant lui ne disait rien d'important : cela parlait d'un certain *Salaï*. Un certain *Salaï* qui volait… « Ah, voilà », se dit-il. « *Voleur, menteur, têtu, glouton* », lut-il. Les cloches de l'église voisine de San Gottardo interrompirent ses incursions. Il remit le carnet dans le coffre, en se repentant, maintenant, d'avoir fait une chose qu'il n'aurait pas dû, même s'il y avait été poussé par une curiosité bienveillante, sans aucune malignité. Il était venu pour connaître le maître qui, apparemment, avait voulu le faire venir à Milan. Il avait le temps, il repasserait le lendemain. Maintenant, il était temps de rentrer à San Francesco Grande.

Il sortit du studio et appela :

— Salaï !

— Comment faites-vous pour savoir que ?… commença le garçon.

— Que tu t'appelles Salaï ? Parce que, je ne sais pas comment, tu m'as pris mes lunettes, dans ma poche.

— Moi ?… Oh, non, pourquoi j'aurais fait ça ? Vous êtes sûr que vous les aviez avec vous ?

— Tu m'as vu toi aussi quand je regardais le tableau, la *Vierge aux rochers*.

— Elles sont peut-être tombées de votre poche. Essayons de les chercher.

Frère Luca se soumit volontiers à la farce, en espérant que, même sans admettre qu'il les avait volées, le garçon finirait par sortir les lunettes, ne serait-ce que pour se disculper de l'accusation de vol. Et il en alla ainsi. Peu de temps après, en faisant mine de chercher en un endroit où le frère n'était d'ailleurs jamais passé, le garçon dit qu'il les avait retrouvées.

— Tu dois dire à maître Léonard que je suis venu le voir, et que, s'il veut, il me trouve à San Francesco Grande. Sinon, je repasserai, et s'il n'est pas là, j'irai chez les dominicains et je leur demanderai de me laisser entrer. D'accord ? Tu te rappelles mon nom ?

— Luca Pacioli, non ?

Le frère redescendit les escaliers. Il ne savait pas si le garçon était glouton, mais voleur, menteur et têtu, cela, sans aucun doute. Et il se convainquit que, de toutes les choses qu'il lui avait racontées à propos de son maître, il n'y en avait pas une de vraie.

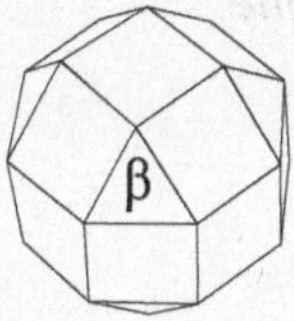

68 pour la Cronica
61 pour la Bible
119 pour l'Arithmétique *de Maître Luca*

248

Fais-toi donner par maître Stefano Capponi qui est à Piscina le De ponderibus *d'Euclide. Sur l'impetus le* De moto *d'Albert de Saxe, et d'Albertus Magnus le* Commentaire *sur les livres de la physique d'Aristote, le* De coelo et mundo. *L'*Algèbre *des Marliani, écrit par leur père. Fais-toi montrer par le maître de calcul comment on inscrit le triangle, et par maître Fazio, le livre des proportions d'Al-Kindi.*

Le manteau de Salaï
4 brasses de drap argent = 15 livres, 4 sous
Velours vert pour la garniture = 9 livres
Rubans = 9 sous
Petits anneaux = 12 sous
Façon = 1 livre, 5 sous
Rubans pour devant = 5 sous
Piqûres = 26 livres, 5 sous

Lundi j'ai acheté 46 brasses d'étoffe, 13 livres, 14 sous et demi.

Livre d'arithmétique
Pline
De re militari
Première Décade
Troisième Décade
Guido
Morgante
Lettres *d'Ovide*
Lettres *de Filelfo*
Spera
Les Facéties *de Poggio*
Vie des philosophes
Psaumes
De l'immortalité de l'âme
Burchiello
Il Driadeo
Pétrarque

O moro io moro se non amori di tua moralità mia vita amara[1].

Fusain
Craie
Plumes

1. *Sciolilingua*, exercice de prononciation, comme « Les chaussettes de l'archiduchesse sont-elles sèches… », emprunté aux carnets milanais de Léonard de Vinci: « Ô More je meurs si tu n'enamoures pas de ta moralité ma vie amère. »

Cire
Procure-toi un crâne
Moutarde
Bottes
Gants
Peigne
Torchons

L'arc porte autant en dessous de lui qu'au-dessus.
Alessandro Carissimo de Parme pour la main du Christ.
Cristofano da Castiglione a une bonne tête.

Procure-toi la Perspective, *le* De Ponderibus *et le* De Coelo et mundo *de Biagio Pelacani. Les mathématiques de Vitello à la librairie de Pavie. Auprès de messer Fazio Cardano les livres de Giovanni Taverna. Procure-toi les machines de Héron d'Alexandrie et de Philon, et les livres des eaux, l'Euclide en vulgaire et le calcul de Sassetto.*

Morello florentin de messer Mariolo, gros cheval, il a un beau cou et une très belle tête. Ronzino blanc de Falconiere a de belles cuisses arrière : il est à porta Comasina.

Hier dîner chez Galeazzo Sanseverino. Salaï mange pour deux, commet des méfaits pour quatre. Il casse trois assiettes, renverse du vin sur la nappe, puis il vient manger avec les hôtes de marque.
Voleur, menteur, têtu, glouton.

4

Le lendemain, Léonard n'était pas allé à Santa Maria delle Grazie. Avec l'humidité des derniers jours, il lui avait semblé que les couleurs qu'il avait réalisées jusque-là ne tiendraient pas. Il utiliserait le bleu pour le vêtement du Christ et pour celui de Judas, mais pour ce dernier, il choisirait l'azurite, et pour Jésus, le bleu outremer, trente fois plus précieux. C'étaient deux pigments déconseillés pour la fresque. Avec le temps, le liant changerait de couleur. Il devait essayer les différentes huiles, l'huile de noix ou la gomme de cyprès, ou changer le dosage, et il avait passé la matinée à expérimenter de nouveaux composés à la Corte Vecchia. Puis, après avoir obtenu un résultat qui lui semblait satisfaisant, il avait déjeuné et, au début de l'après-midi, il avait décidé de rendre sa visite à Luca Pacioli. Il était arrivé à l'église des franciscains et avait demandé frère Amedeo au père gardien, le seul du couvent avec lequel il avait gardé de bonnes relations après ce qui s'était passé avec la Confrérie de la Conception. Frère Amedeo était un Calabrais rondelet et de petite taille, toujours de bonne humeur, mais cette fois, il lui avait semblé très agité.

Il l'avait accueilli avec sa cordialité habituelle, mais il ne lui avait pas semblé très joyeux. Il lui avait dit que les frères, y compris le mathématicien de San Sepolcro, étaient réunis dans la bibliothèque pour discuter une question de la plus grande urgence ; qu'il ne pouvait pas lui en dire plus, et qu'il allait le conduire à la cellule du frère, où il pourrait l'attendre, tandis que lui irait le prévenir de sa visite.

Léonard était donc entré dans la cellule du mathématicien. Un lit, un prie-Dieu devant un crucifix, un bureau contre le mur, une étagère pour les livres, un coffre sous la fenêtre bifore qui donnait sur le cloître. L'ameublement était minimaliste, fait pour un franciscain, pas pour un lettré. Mais posé sur le bureau, simplement appuyé contre le mur, il y avait le portrait d'un frère, lui sans doute, Luca Pacioli. À côté de lui, sur le tableau, un jeune noble bien habillé. Devant lui, deux livres, l'un fermé, l'autre ouvert, une petite ardoise avec un triangle inscrit dans un cercle, un solide en verre accroché au plafond, un dodécaèdre en bois sur le livre fermé. Il commença à analyser le tableau avec ses yeux d'expert. Il lut l'inscription sur le livre fermé : LI. R. LVC. BVR., « *Liber Reverendi Lucae Burgensis* ». C'était la *Summa de arithmetica*, une copie destinée à un prince, mieux reliée que celle que lui avait revendue Cardano. Et la même copie que celle du tableau était physiquement présente devant lui, posée sur le bureau. Puis il lut sur le tableau l'inscription du cartouche à côté du livre : JACO. BAR. VIGENNIS P. 1495, « Iacopo di Bartolo, ou di Bartolomeo, ou Barbarigo, ou il Barbaro, ou di Barbarano, vingt ans, (me) peignit en 1495 ».

« Antonellien », songea-t-il. Et si l'auteur avait réellement 20 ans, c'était quelqu'un qu'il fallait surveiller. Il apprécia beaucoup le jeu des lumières sur le solide en verre, où l'on voyait reflétée trois fois la fenêtre à gauche. Une fenêtre qu'on ne voyait pas dans le tableau, mais les trois reflets montraient par trois fois l'image d'un palais princier. Il se concentra ensuite sur le personnage du franciscain, sur son expression. Il ferma un œil, leva une main avec laquelle il couvrit d'abord la moitié gauche, puis la moitié droite du visage du franciscain. C'est bien ce qu'il avait pensé : la moitié à gauche – la droite du mathématicien – souriait, l'autre avait une expression triste. La partie vers la lumière et le solide en verre était radieuse, celle qui était vers l'obscurité et le solide en bois était affligée. « Bonne idée », pensa-t-il. Il était clair que le tableau exprimait une vision platonicienne des mathématiques comme instrument d'élévation, de la fange opaque et visqueuse de la matière à la pureté lumineuse des formes abstraites. Et la clé, c'étaient les deux solides, celui qui avait pour faces des carrés et des triangles et l'autre, le dodécaèdre, douze faces pentagonales. L'un transparent, l'autre opaque ; l'un suspendu en l'air, l'autre posé sur le livre fermé ; l'un plus proche que l'autre de la sacralité de la sphère. Mais les liens entre les deux solides, le livre ouvert, les figures dessinées sur l'ardoise lui échappaient totalement. Des nombres, aussi écrits tout petit et inversés sur cette même ardoise : on aurait dit une addition…

— Vous aimez ? dit une voix derrière lui.

Il se retourna et se trouva devant l'homme du tableau, absolument identique.

— À part sa façon de dessiner les mains, son auteur est un jeune très prometteur, répondit-il.

Luca Pacioli fut très surpris par l'allure de Léonard. Il était élégant avec son long manteau de satin cramoisi sur le pourpoint qui lui arrivait aux genoux ; il avait un physique vigoureux et élancé, le visage sec avec une chevelure châtaine, souple et mouvante, partagée en deux moitiés symétriques par une raie médiane, une barbe courte et soignée, le regard profond et magnétique. Hormis la barbe, qu'il avait semble-t-il laissé pousser depuis peu, il le trouva finalement identique à l'homme de Vitruve du dessin qu'il avait vu la veille, le dessin avec le carré et le cercle déphasés qui l'avait tellement troublé.

— Vous n'aimez pas mes mains ?

— En attendant, laissez-moi les serrer, que je vous exprime toute ma joie de vous voir ici parmi nous. Vous vous plairez à Milan. Après la mort du Magnifique, Florence n'est plus le phare de l'Europe.

Ils se serrèrent la main chaleureusement.

— L'honneur est pour moi, répondit le frère, d'autant que l'on m'a dit que c'est vous qui avez demandé à Sanseverino de me faire venir ici. Mais dites-moi, donc, les mains… vous n'aimez pas le tableau ?

— Au contraire, rétorqua le peintre, c'est un très beau tableau. L'artiste qui l'a peint a du talent. Où l'avez-vous fait faire ?

— À Venise, par un jeune élève d'un élève d'Antonello de Messine… Et que disiez-vous des mains ?

— Excusez-moi, répondit Léonard, je suis obsédé par les mains, j'ai tendance à les dessiner avec une précision maniaque, et votre main droite, ici, sur le tableau, est un peu maladroite, ne serait-ce que par la façon dont elle tient le style. Mais pour le reste, je dis bien tout le reste, c'est un tableau remarquable. Qui est le deuxième personnage représenté ?

— C'est messer Giovanni Gonzague, répondit le frère, troisième fils de Federico, père de l'actuel duc de Mantoue, qui était de passage à Venise ces jours-là, par le plus grand des hasards, et qui a accepté de bonne grâce de poser à mes côtés. J'enverrai à Urbino une copie de ma *Summa*, celle que vous voyez là, sur le tableau, et le cadre : j'ai dédié le livre au duc Guidobaldo de Montefeltro, seigneur de la ville, mais je donne le tableau à son épouse, Elisabetta Gonzague, sœur de Francesco, marquis de Mantoue, et de messer Giovanni, le jeune homme du portrait.

— Je suis sûr cependant que la symbolique relative aux mathématiques et à la géométrie contenue dans le tableau, c'est vous qui l'avez dictée au peintre. N'est-ce pas ?

— Oui, c'est exact.

Léonard désigna le solide suspendu avec un regard interrogateur.

— C'est un *eicosiexaèdre*, un solide d'Archimède, expliqua le mathématicien. En largeur, en longueur et en hauteur, il y a trois octogones aux faces carrées, c'est-à-dire, en soustrayant chaque fois celles qui sont en commun, huit plus six plus quatre, dix-huit en tout, et huit faces triangulaires, des triangles équilatéraux, dont le côté est égal à ceux des carrés.

— Ne m'expliquez pas ce que signifient les trois octogones, dit Léonard, car je crois le savoir. En revanche, je ne comprends pas quel est le livre avec des figures géométriques qui est ouvert sur la table… Euclide, c'est ça ?

— Absolument, répondit le frère, et de l'index de ma main gauche, je montre le huitième théorème du treizième livre des *Éléments* sur l'édition imprimée à Venise de 1484 à partir de l'Euclide latin, la plus répandue parmi les mathématiciens italiens, qui n'auront certainement aucun mal à retrouver la page exacte.

— Et que dit ce théorème ?

— Il dit que « si l'on prend un triangle équilatéral inscrit dans une circonférence, le carré de son côté est trois fois celui du rayon de la circonférence : $L^2 = 3r^2$ », répondit Pacioli.

— Pourquoi justement ce théorème ? demanda encore Léonard, après y avoir réfléchi un moment.

— Parce que, de ce que je suis en train d'illustrer sur l'ardoise, on déduit la proportion numérique qui permet la réalisation avec une équerre et un compas du solide en verre qui est en haut, l'*eicosiexaèdre*, opposé à celui qui est en bas, posé sur ma *Summa de arithmetica* au premier plan, le *dodécaèdre*. Une allégorie des mathématiques.

— C'est-à-dire ?

— Selon le *Timée* de Platon, poursuivit le franciscain, les mathématiques sont la syntaxe du monde. Dans la même œuvre platonicienne, le dodécaèdre, avec ses faces pentagonales, est le symbole de la cinquième essence, l'esprit des éléments, qui imprègne la matière et qui est, pour ainsi dire, l'âme de l'univers. J'ai voulu qu'il soit en bois justement pour indiquer notre monde matériel où l'esprit est diffus, et je l'ai placé sur ma *Summa* fermée, qui représente les mathématiques appliquées. Mais à côté de mon volume, bien ouvert sur la table, il y a le livre d'Euclide, qui représente au contraire les mathématiques rationnelles, spéculatives, théoriques. Grâce à elles, le mathématicien, le soussigné en l'occurrence, remonte aux idées pures, qui sont données par les proportions numériques constantes implicites dans les formes que l'on déduit de la réalité sensible, représentée ici par le solide cristallin, l'*eicosiexaèdre*. La syntaxe du monde. La triple section octogonale de l'*eicosiexaèdre* est une allusion à la Trinité de l'Éternel, et ainsi le démiurge de Platon s'identifie avec notre Dieu créateur – un et trois – à nous, chrétiens. Comme le disait le philosophe antique, les mathématiques révèlent donc la structure numérique du monde, sur la base de laquelle le démiurge, en plongeant dans les idées pures, a créé tout ce que nous voyons, les quatre éléments et l'esprit qui les sous-tend, ce que les alchimistes et les philosophes naturels appellent justement « la cinquième essence ».

— Nous aurons l'occasion d'en reparler si vous séjournez plus longuement dans cette ville. Je vois qu'au couvent, on a déjà compris qui vous êtes puisque, quelques jours après votre arrivée, on vous fait participer à des réunions secrètes sur des questions d'une extrême urgence.

Le franciscain redevint très sérieux. Il ferma la porte de la cellule derrière lui, puis il reprit la parole, mais cette fois en parlant très bas :

— Maître Léonard, je vous le dis, mais je vous prie de n'en parler à personne. La réunion secrète concernait un événement très grave survenu ce matin au couvent. Il y a eu un crime, dans une autre cellule qui donne sur le même couloir : un confrère, Egidio de Rimini, qui était comme moi un hôte provisoire de ce lieu, a été trouvé mort, frappé de deux coups de poignard par un visiteur inconnu. Il a été agressé par-derrière, quand il rentrait dans sa chambre, l'homicide lui a fermé la bouche et, dans un même geste, il l'a poignardé dans le dos, le tuant instantanément, d'un coup violent avec une lame bien affilée, dans la nuque, à la base postérieure du crâne…

— Le siège de l'âme…

— Que dites-vous ?

— Non, rien, répondit Léonard. C'est quelque chose que je pensais quand j'étais gamin, lorsque, avec mes camarades, à Vinci, nous nous amusions à tourmenter les lézards ou les grenouilles. La grenouille dont on perfore la moelle sur le dos meurt sur-le-champ. Plus rapidement que si on la frappe au cœur ou dans n'importe quelle autre partie du corps. Plus tard, en découpant des corps humains, j'ai observé les nerfs qui en sortent. Ce n'est pas le cœur qui est le siège de l'âme sensitive, comme le dit Aristote. Et l'âme n'est pas diffuse dans tout le corps, autrement les nerfs ne convergeraient pas tous vers le cerveau. L'âme doit être de ce côté, et il montra sa tête.

— Et l'*anima mundi* ? La cinquième essence n'est-elle pas uniformément diffuse dans tout l'univers ?

— *Davantage en un lieu et moins ailleurs.*

— Quoi qu'il en soit, pour plus de sécurité, l'assassin lui a donné un second coup de couteau pour trancher la jugulaire, poursuivit Pacioli. Mais nous pensons que la victime n'était pas un véritable frère. C'était un homme à peu près de mon âge, plutôt vigoureux. L'homicide cherchait quelque chose, la chambre est sens dessus dessous, mais ce que moi j'ai trouvé dans la cellule…

— Vous l'avez fouillée… personnellement ?

— C'est moi qui ai vu le corps le premier… Je travaillais… je n'ai pas entendu de cri, mais le choc de la chute et les bruits causés par l'assassin qui fouillait la chambre, ceux-là, oui. J'ai d'abord pensé à un de ces frères possédés qui s'auto-flagellent, ou qui, sous l'effet hallucinogène de leur régime à l'eau et au pain sec, croient voir le démon et se lancent dans des combats furieux… Dans les couvents, ça arrive parfois… Mais après je ne pouvais plus me concentrer et j'ai décidé d'aller prier mon voisin de se quereller un peu plus doucement avec son démon. Je suis sorti de ma cellule et j'ai vu le meurtrier de dos ; il a disparu en un instant. Il portait un habit de dominicain, en toile brute, plus court que la normale…

— Comme les disciples de Savonarole.

— Un *fratesco* ?… De toute façon, il avait la capuche sur la tête, et donc, le seul élément dont je dispose, c'est sa stature : assez grand et vigoureux.

— Et personne d'autre ne l'a vu ? demanda Léonard.

— Nous avons reconstitué son parcours. Il est entré dans le couvent par une grille défectueuse des caves de derrière, qui a été descellée. Il est monté ici, dans les chambres, pendant qu'on célébrait la messe du matin dans l'église. Puis il s'est enfui par la sacristie, le frère qui célébrait l'office l'a vu passer dans l'église, toujours encapuchonné, et sortir par le portail du fond. Il n'a pas interrompu la messe pour ne pas alarmer les fidèles, mais il a déclaré que sa première idée avait été de le suivre. Un dominicain, en plus, dans une église franciscaine…

— Et dans la cellule de la victime, qu'est-ce que vous avez trouvé ?

— Entre autres choses, un cimeterre turc… Vous croyez qu'un vrai franciscain se promène armé ?

— Par les temps qui courent, tout est possible… Des frères prédicateurs qui font de la politique, des pontifes avec des enfants à caser qui, dit-on, organisent au Vatican des festins avec des courtisanes dévêtues et des compétitions de sodomie entre les invités. Sale temps pour l'Italie ! Nous sommes redevenus païens, cher frère Luca, tandis qu'à Rome, sans trop savoir pourquoi, nous continuons péniblement à traîner le lourd fardeau de Pierre.

— Nous connaîtrons des jours meilleurs, n'en doutez pas, répondit le mathématicien. C'était peut-être le prix à payer pour le réveil que connaît notre siècle, ici, chez nous. Parce qu'on ne peut pas nier que le siècle qui s'achève a été celui d'un grand ferment : la redécouverte des Grecs, Platon, le grand Platon, que nous ignorions auparavant, et l'architecture de Vitruve, la perspective. Rien que dans mon domaine, les mathématiques, nous pouvons pour la première fois confronter l'algèbre que nous tenons des Arabes avec la géométrie d'Euclide. Les développements seront extraordinaires, vous verrez… Et l'invention de l'imprimerie, la navigation sur la mer océan jusqu'aux Indes occidentales… Mais ce sont des révolutions qui ne concernent que peu de gens, les princes et les lettrés, très peu d'autres, et le paganisme ne s'est répandu que parmi les classes riches et les érudits. Le peuple est dévot, cher messire Léonard. Prenez Florence justement, la ville qui est à l'origine de tout cela, la ville de Laurent le Magnifique, de Brunelleschi, de Leon

Battista Alberti, que j'ai connu personnellement, ou de mon maître, qui s'y est formé, Piero della Francesca… Et c'est cette même Florence, avec Savonarole, qui est devenue maintenant le centre de la réforme religieuse, de la théocratie la plus intransigeante. Le peuple n'a joué aucun rôle dans les révolutions de l'esprit qui ont marqué notre temps, mais qui ont aussi corrompu son âme. Et c'est peut-être un bien, parce que le peuple est dévot, et il continuera à porter avec dignité le fardeau de Pierre, comme vous l'appelez.

— Mais dites-moi, frère Luca, qu'en est-il du cadavre ? Je pourrais l'examiner ? Je m'y connais en dissections, et il est tellement difficile de trouver des corps à ouvrir. Parfois, vous savez, c'est votre peuple dévot qui nous sauve, nous les anatomistes. Ils sont si pauvres qu'ils nous offrent leurs moribonds pour nos études, pourvu que nous prenions en charge les frais de sépulture. Mais ce sont des cadavres desséchés, marqués par la faim ; celui-ci, au contraire, est un étranger mort de mort violente, pour une fois, un organisme en pleine force physique…

Le franciscain fut un peu troublé par les derniers mots de l'artiste. Il y vit un certain fond de cynisme, d'indifférence glaciale face à ce qui, dans la mort, inquiète habituellement les hommes normaux. Léonard s'en aperçut et s'en excusa aussitôt :

— Tôt ou tard je rassemblerai mes observations et mes planches anatomiques dans un livre. Et il pourra peut-être fournir aux médecins une connaissance plus profonde du corps humain. Des dessins précis, bien faits, peuvent être très utiles. Savez-vous comment est mort notre Magnifique Laurent ? Il souffrait de la goutte, comme son père, mais son médecin le soignait avec l'astrologie et le pouvoir magique des pierres précieuses influencées par les signes du zodiaque, selon la croyance commune. Quelles pierres auraient pu corriger les mauvaises influences astrales ? Les lapis-lazuli, les perles, les topazes ? Son médecin recueillait ces pierres, il les faisait broyer, il en tirait une farine qu'il lui faisait ingurgiter en même temps que la nourriture. Ainsi, il n'est pas mort de la goutte, notre Laurent, mais de troubles intestinaux. Des superstitions, des croyances jamais confirmées par aucune expérience. Il faut recommencer à fonder les études sur la connaissance concrète, sur l'observation directe... Son médecin a connu une triste fin. On dit que les fils du Magnifique l'ont assassiné, car ils ont cru à un empoisonnement, et qu'il était à la solde d'un prince étranger. Mais il n'en est rien, le médecin des Médicis était simplement un mauvais médecin, excusez le jeu de mots[1]. Peut-être aussi que le *Duchetto*[2] de Milan a été mal soigné... Quand un prince meurt, on pense toujours à un empoisonnement, ils meurent tous de mal au ventre, allez savoir pourquoi. La réponse est peut-être plus simple qu'il n'y paraît : parce que ce sont les seuls qui puissent se permettre des soins aussi coûteux.

— Nous avons envoyé le corps à l'Ospedale Nuovo, dit frère Luca. Quelqu'un est peut-être déjà en train de l'examiner. Si vous vous dépêchez, il y aura peut-être encore quelque chose à dessiner.

---

1. *Medici* est le pluriel de *medico*, médecin.
2. Nom donné à Francesco Maria Sforza, fils de Giangaleazzo Sforza – neveu de Ludovic le More – et d'Isabelle d'Aragon.

5

Pour aller plus vite de la porta Vercellina à la porta Romana, où se trouvait l'Ospedale Nuovo, Léonard fit un court trajet à pied, puis il appela un loueur de barques du Naviglio, le paya et l'homme le conduisit directement à l'arrière du bâtiment conçu par le Filarète quelques décennies plus tôt. Le Naviglio était très pratique, il parcourait tout le cercle des anciennes portes et permettait la circulation rapide des marchandises et des personnes dans la ville. Il était fasciné surtout par le système des écluses, mais il avait aussi conçu une ville idéale sur deux niveaux : l'un souterrain, avec un réseau capillaire de canaux pour les échanges commerciaux et les déplacements rapides en barque, et l'autre, à l'étage noble, si l'on peut dire, avec de larges routes exclusivement piétonnières et des parcs, qui permettaient d'éviter les rassemblements et l'entassement des maisons les unes contre les autres, le va-et-vient des chevaux et leurs immondices, qui favorisaient une diffusion plus rapide des pestes et des maladies dues au manque d'hygiène.

Il avait exposé ses idées à Galeazzo Sanseverino pendant un dîner, mais le général l'avait regardé comme s'il lui avait lu un poème fantastique en vers, peuplé de licornes et d'hippogriffes. En fait, Léonard savait très bien quel était son problème : il donnait parfois l'impression de travailler pour l'éternité, et l'éternité est un laps de temps beaucoup trop long. Ses projets excessivement coûteux et à très long terme n'intéressaient habituellement personne. La plupart des hommes sont pressés, ils veulent profiter tout de suite de ce qui existe, « Que personne ne se contente de demain[1] », comme le disait un vers célèbre du Magnifique, le brave homme. Il n'avait jamais osé parler à personne de son réseau métropolitain de canaux pour réduire la circulation dans la ville, mais chaque fois qu'il parcourait les Navigli en barque, il y repensait, et plus il y repensait, plus l'idée lui semblait bonne.

Il débarqua sur le ponton, longea le mur de l'édifice et se présenta à la conciergerie, où on le connaissait déjà pour ses participations à des séances d'anatomie, même si cela faisait un certain temps qu'on ne l'y voyait plus. Le bâtiment conçu par le Filarète était en forme de croix et s'ouvrait le long des murs d'enceinte en quatre cours. Il traversa celle du nord-est et se dirigea vers les caves. Il trouva la porte fermée et frappa. Giuliano Marliani vint lui ouvrir, vêtu d'une sorte de froc de frère mendiant, les manches roulées sur les coudes, les mains nues et sales.

— Ah, Léonard… à vrai dire, je suis occupé… Il y a le capitaine de Justice…

1. « *Nessun di doman si paschi* », *Trionfo di Bacco e Ariana, in Canti carnascialaschi*, de Laurent de Médicis.

— Je sais déjà tout, Egidio de Rimini… Je suis là exprès. Je peux ?

Marliani finit d'ouvrir la porte. Léonard entra. Sur la table en marbre, il vit le corps nu, à plat ventre. Un cinquantenaire vigoureux, avec un physique de soldat. À la hauteur de la tête, de l'autre côté de la table, le capitaine de Justice observait sa nuque.

— Bonjour, messer Léonard.

Il répondit par un salut de la main.

— Le coup de poignard, dit Marliani, mais il serait plus juste de dire le coup de stylet… s'est insinué dans la moelle entre la base du cerveau et la première vertèbre cervicale. Celui qui a fait ça ne doit pas nécessairement être doté d'une force exceptionnelle, mais sans aucun doute de connaissances hors pair en fait d'anatomie. Quelqu'un comme vous, messer Léonard… L'homme est mort sur le coup. Ce n'était pas un frère, il était probablement sous une fausse identité. Mais peut-être vient-il vraiment de Rimini, regardez ce que nous avons trouvé autour de son cou.

Marliani tendit à Léonard un médaillon de bronze, sur lequel il put lire, sous une tête de profil : SIGISMUNDUS PANDULFUS MALATESTA PAN F POLIORCITES ET SEMPER IMP INVICT.

— « Sigismond Pandolfo Malatesta, fils de Pandolfo, poliorcète et commandant toujours invaincu », traduisit Marliani. *Poliorcète*, « preneur de ville », était le surnom d'un Démétrios, souverain de Macédoine du troisième siècle de l'ère antique… Le titre en grec, que Sigismond Malatesta avait choisi de porter, fait sans doute allusion à sa croisade en Morée, il y a trente ans de cela. À l'époque, la victime devait avoir une vingtaine d'années. C'est un indice, parmi d'autres, qui inciterait à le considérer comme un de ces croisés. Qu'il soit devenu franciscain par la suite, c'est possible, mais j'aurais tendance à l'exclure, ne serait-ce que parce qu'il se promenait armé d'un cimeterre, un cimeterre turc d'ancienne facture, différent de ceux que portent les estradiots albanais qui sont venus se battre aujourd'hui contre les Français. C'est un autre indice. Et puis…

Marliani montra à Léonard une longue cicatrice sur le flanc gauche du mort, et il poursuivit :

— Cette blessure faite par une arme tranchante est très vieille.

Léonard avait de vagues souvenirs de la croisade de Morée et de Sigismond Malatesta. Il était trop jeune alors, une douzaine d'années peut-être, mais il en avait entendu parler par les adultes. Sigismond Malatesta, seigneur de Rimini, avait dû être le dernier champion d'une noblesse à l'antique, qui devait sa richesse et ses honneurs à la gloire dont elle se couvrait dans de grandes entreprises militaires. Mais il avait aussi une solide formation philosophique. Il avait commencé à commander des armées à l'âge de 13 ans, et il était vite devenu l'un des plus puissants *condottieri* d'Italie ; il avait d'abord épousé une Este de Ferrare, puis une Sforza de Milan, sans en avoir d'héritier, mais il avait rempli la Romagne d'enfants illégitimes, qui se livreraient à sa mort une guerre sans merci. À 30 ans, il s'était finalement épris d'une enfant de 13 ans, fille d'un marchand de Rimini, Isotta, et, en son honneur, il avait transformé l'église des franciscains, qui serait leur mausolée, en une sorte de temple païen. C'est en tout cas ce que l'on racontait alors, mais c'était plus probablement un majestueux temple à la *pia philosophia* des platoniciens chrétiens, qui avait justement ses racines dans sa ville de Florence, où s'étaient réunis, en 1439, en un concile qui prétendait unifier les Églises d'Orient et d'Occident face à la menace turque imminente, les cardinaux et les prélats des deux Églises avec une kyrielle de philosophes grecs et leur précieux chargement de manuscrits byzantins.

Le cercle de l'histoire s'était donc ouvert, avec l'arrivée à Florence, en 1439, de Georges Gémiste Pléthon, un philosophe platonicien qui avait son école à Mistrà, dans le Péloponnèse, du côté de l'ancienne Sparte, et il s'était refermé en 1464, avec la conquête de Mistrà par Sigismond Malatesta, qui avait finalement rapporté la dépouille du philosophe à Rimini, et l'avait enterrée dans le temple d'Isotta. Voilà ce que Léonard se rappelait de la croisade en Morée. Qu'elle avait essentiellement servi à voler le corps du philosophe que Sigismond admirait tellement, et à rien d'autre. Ce même Sigismond avait subi les persécutions du pape et d'un roi de Naples aragonais, et pour obtenir le pardon du pape, le Siennois Pie II de la famille des Piccolomini, il avait affronté avec quatre mille hommes seulement une expédition contre le Despotat de Morée où les forces turques étaient au moins sept fois supérieures en nombre. Avec ses quatre mille hommes, il avait assiégé et conquis Mistrà. Il s'était installé dans la ville, dans l'attente des renforts des Vénitiens et du duc de Bourgogne qui n'étaient jamais arrivés, tandis que le pape qui aurait dû lui pardonner était mort entre-temps à Ancône.

Sigismond avait résisté pendant près de deux ans, et enfin, vaincu par la peste plus que par les ennemis, il était revenu en Italie malade, avec la dépouille de Gémiste Pléthon, et sans doute aussi avec un nouveau et très précieux chargement de manuscrits byzantins qu'il confierait aux frères de saint François. Entre-temps, Isotta avait revendu ses bijoux pour payer les soldats qui l'avaient défendue d'un complot ourdi par le fils illégitime que Sigismond avait eu auparavant avec une dame de Fano. Le seigneur de Rimini était mort deux ans plus tard, alors que des immenses domaines des Malatesta, entre Senigallia et Cesena, il ne lui restait plus que sa ville. Et le fils de la dame de Fano s'était aussitôt emparé du peu qui restait, éliminant le fils d'Isotta, qui mourrait elle aussi de douleur en quelques années.

Tout ce qui avait survécu de cette triste histoire était le temple célèbre, où avaient travaillé Leon Battista Alberti et Piero della Francesca, et où étaient enterrés Isotta et Sigismond, mais aussi Gémiste Pléthon et Roberto Valturio, l'auteur du *De re militari*, l'œuvre dans laquelle Léonard avait puisé une grande partie de ses propres compétences en fait d'architecture militaire. Il avait lu et relu cette œuvre, et il y avait notamment trouvé la célébration du temple de Rimini, qu'il n'avait jamais vu, mais dont il savait, grâce à Valturio justement, qu'il réunissait la plus complexe symbolique d'une science philosophique occulte.

Marliani l'invita à observer un autre indice qui confirmait la thèse selon laquelle le mort avait participé à cette expédition épique. Il devait faire le tour de la table et s'approcher du capitaine de Justice, après quoi le médecin lui montra, sur l'épaule droite de la victime, une inscription marquée au feu dans la chair : Πλήθων.

— Pléthon, traduisit-il.

— C'est la preuve que vos hypothèses sont justes, répliqua l'artiste.

— Et vous, messer Léonard, vous pourriez être tombé à pic, dit le médecin. Vous pourriez dessiner le visage de cet homme, pour que le capitaine ici présent enquête parmi les ambassadeurs de Malatesta et les autres *riminesi* qui habitent à Milan, pour voir s'ils le connaissaient.

Au signe d'assentiment du Florentin, Marliani les pria tous les deux de l'aider à retourner la dépouille. Cela fait, Léonard tira son carnet et son style de la sacoche qui était accrochée à sa ceinture et il commença à dessiner le mort. Il le fit de profil, le crâne entièrement rasé, le nez aquilin, le menton proéminent avec une petite barbe, pas de moustaches. Il y mit près d'un quart d'heure hivernale, quand les heures durent peu[1], il détacha la feuille de son carnet et la donna au capitaine.

— Très bien, dit ce dernier, maintenant, je vous laisse faire votre travail et je vais terminer le mien. Si je trouve quelque chose, docteur Marliani, je vous le fais savoir. Et vous aussi, si vous remarquez d'autres détails, passez m'en informer. Au revoir, messieurs.

L'homme franchit le seuil et referma la porte derrière lui. Sitôt qu'ils furent seuls, Léonard posa au médecin la question qui lui brûlait les lèvres depuis qu'il était entré dans la pièce :

— C'est lui qui a coupé la main de votre intendant, n'est-ce pas ?

1. Au Moyen Âge, les jours étaient divisés en 12 heures diurnes et 12 heures nocturnes ; en hiver, les heures diurnes étaient donc logiquement plus brèves.

— Comment l'avez-vous compris ?

— Eh bien, un homme sans main droite ne passe pas inaperçu. Heureusement qu'il est gaucher.

— Messer, votre capacité d'observation est décidément hors du commun.

— Ce devrait être une caractéristique de tous les peintres, vous ne croyez pas ?

— Oui, peut-être..., répondit le médecin, mais oui, vous avez raison, c'est bien lui.

— De quel vol voulait-il le punir ? Des livres, je suppose. C'est la passion des Marliani... Des livres qui devaient être très précieux...

Le médecin afficha un air encore plus étonné.

— Oui, admit-il, il s'agissait bien de livres, mais ce n'étaient pas nous les voleurs. Nous les avions achetés régulièrement au libraire du Cordusio. J'avais envoyé mon intendant, Giovanni, avec l'argent... parce que moi, j'étais là, et j'avais beaucoup de travail ce jour-là. Giovanni venait juste de les récupérer, chez le libraire, et il revenait ici me les apporter. Mais il a vu derrière lui un frère encapuchonné, enveloppé dans un manteau noir, et qui avait l'air de le suivre. Pour s'assurer qu'il ne s'agissait pas d'une erreur, il est entré dans le Dôme. Et le frère noir est entré dans le Dôme derrière lui. Ça pouvait encore être une pure coïncidence : qu'un frère entre dans une église était dans l'ordre des choses. Le plus curieux, c'était plutôt qu'à cette heure, lui y soit entré. Mon intendant s'est alors engagé dans la partie en chantier du Dôme, mais il a immédiatement réalisé qu'il ne s'agissait pas d'une coïncidence. Effrayé, il est monté sur les échafaudages de la tour-lanterne, se piégeant tout seul. Il avait les livres dans une besace qu'il tenait de la main droite tandis que, de la main gauche, il s'accrochait aux balustrades. Et c'est là, arrivé tout en haut, qu'il s'est brusquement senti allégé de la besace et de sa main. Il a poussé un hurlement de douleur, il s'est arrêté, il s'est retourné, parce qu'il a cherché instinctivement à reprendre sa main. Il a vu un franciscain, le nez en bec d'aigle et un petit bouc sur le menton qui dépassaient dans la pénombre, le cimeterre ensanglanté. Mais le frère avait déjà pris la besace, puis il en avait détaché la main. Lui est resté là, pétrifié, à regarder son agresseur qui s'éloignait avec son butin. Après quelques pas, il l'avait vu jeter la main en bas. Quand Giovanni est arrivé ici, il s'était presque vidé de son sang. Je l'ai soigné, j'ai refermé la blessure juste à temps.

— De quels livres s'agissait-il ?

— Des manuscrits byzantins, des œuvres en grec que l'on croyait perdues, de l'époque mythique où Euclide venait de mourir à Alexandrie d'Égypte et où l'on pouvait croiser des personnages comme Archimède et Ératosthène, Philon et Aristarque de Samos… Les manuscrits les plus précieux sont peut-être la *Pneumatikà Theorémata* de Ctésibios, un texte théorique, plein de calculs mathématiques sur la pneumatique, et un livre relié en cuir noir, avec un crâne en relief sur la couverture, qui contient les *Automatopoietikà* de Philon de Byzance sur la construction des automates, avec des illustrations remarquables de machines que nous ne serions certainement pas capables de reproduire aujourd'hui. Et puis, toujours de Philon, la section de la *Pneumatique* qui s'occupe des machines hydrauliques…

— Dans un pays comme l'Italie, quelqu'un serait disposé à tuer pour de simples livres ?

— Les livres sont une marchandise étrange, cher Léonard ; ils peuvent valoir beaucoup plus ou beaucoup moins que leur valeur marchande. Il y en a qu'on achète pour trois fois rien et qui vous sauvent la vie… Ceux-là sont des textes qui contiennent des connaissances perdues. Celui qui les possède et en pénètre les secrets peut devenir extraordinairement puissant. Pas s'il les revend à leur prix qui est certainement très élevé, mais qui ne justifie pas un homicide. Mais si celui qui les possède se revend lui-même comme dépositaire de technologies révolutionnaires, s'il est le seul homme en Europe à connaître les secrets de la vapeur…

— La vapeur ? J'ai trouvé des machines de ce genre chez Héron d'Alexandrie.

— Qu'il vous suffise de savoir que Héron les a copiées chez Philon de Byzance, et si on possède l'original on va peut-être au-delà de la description superficielle qu'en donne Héron… Moi, ces livres, je ne les ai vus qu'en passant et je ne connais que très peu le grec, mais à en juger par les dessins, ils contenaient une science dont nous avons perdu le secret, et le secret tient, globalement, dans la façon d'appliquer les mathématiques au monde physique, comme nous le comprenons grâce aux seuls textes de cette civilisation qui ont survécu en abondance : Euclide et Archimède.

— Ces manuscrits venaient de Mistrà ?

— Oui. L'ex-libris… Gémiste Pléthon.

— Et donc ce pseudo-Egidio de Rimini était simplement venu les reprendre, tandis que celui qui les a vendus au libraire du Cordusio devait les avoir volés.

— À la mort de Sigismond Malatesta, avant que son fils illégitime ne prenne sa place en l'usurpant au détriment d'Isotta degli Atti et de Sallustio, l'héritier légitime, Rimini a connu une période de chaos. Près de trente ans se sont écoulés, il est difficile de dire comment ces livres sont arrivés à Milan, mais il est facile d'imaginer que ce pseudo-frère soit venu les reprendre. Il est plus difficile de comprendre qui peut l'avoir tué pour les lui dérober. Après que mon intendant a eu la main coupée, je suis allé interroger le libraire du Cordusio avec le capitaine de Justice, pour savoir qui lui avait apporté ces manuscrits : un marchand toscan de passage, qui semblait vouloir s'en débarrasser au plus vite. Et maintenant, nous comprenons pourquoi. L'assassin devait savoir que ces livres étaient ici, à Milan.

— Si c'est ça le motif… Qu'en dites-vous ? Nous profitons du corps ?

Il n'était pas si facile de se procurer des cadavres à disséquer. Le médecin comprit au vol. Il acquiesça et passa un bistouri à Léonard après l'avoir bien chauffé sur la flamme.

6

Le lendemain, il fut appelé à la cour. Il devait faire le portrait de Lucrezia Crivelli, la dernière maîtresse du duc. Cela signifiait une nouvelle interruption de *La Cène*, et il s'y consacra à contrecœur. Il se dit que Cecilia Gallerani ne voudrait plus le saluer, et il croisa même, dans le château, le regard féroce de la duchesse. Les guerres féminines l'effrayaient plus encore que celles des hommes car on ne savait jamais d'où viendrait le coup.

Resté seul dans une pièce avec dame Lucrezia, il commença le dessin sans attendre. Soudain, il entendit hurler dans une pièce voisine. C'était Béatrice d'Este qui criait. Et il comprit quelque chose comme :

— Tu dois la renvoyer d'ici, tout de suite ! C'est elle ou moi !

Pendant ce temps, Lucrezia était silencieuse, absorbée. Seul brillait dans ses yeux, et mal dissimulé dans un imperceptible pli de ses lèvres, un éclair de triomphe. Quand il avait fait le portrait de Cecilia, l'épouse du duc n'était pas encore à Milan. Et quand elle était arrivée à la cour, Cecilia s'était écartée sans récriminer. Béatrice et elle étaient même devenues amies. Mais on devinait cette fois qu'entre Béatrice d'Este et Lucrezia Crivelli, il n'en irait pas de même. Léonard trouvait Cecilia Gallerani supérieure à toutes les autres femmes, y compris la duchesse ; plus élégante qu'elle dans sa simplicité, avec son bon goût sobre, dont n'importe quel peintre aurait eu beaucoup à apprendre.

Il fit vite. Une fois le dessin terminé, il lui dit qu'il pourrait reporter l'esquisse sur une planche de noyer dans son laboratoire, sans avoir besoin du modèle. Quelques jours de travail, et il reviendrait avec le tableau. Il prit congé. Une fois sorti du château avec son grand carton sous le bras, il décida de retourner chez le frère mathématicien, à San Francesco Grande.

Cette fois encore, c'est frère Amedeo qui l'accompagna dans la cellule de Luca Pacioli, et quand il y entra, le franciscain l'accueillit chaleureusement, comme s'ils se connaissaient depuis toujours. Le tableau vénitien, le portrait du frère, n'était plus là, constata-t-il aussitôt entré.

— Vous l'avez envoyé à Urbino ? demanda-t-il en montrant l'espace vide sur le bureau.

— Pour le moment, il est à Mantoue, répondit frère Luca, chez Isabelle d'Este, la sœur de Béatrice, qui se chargera à son tour de l'envoyer à Urbino. Giovanni Gonzague est son beau-frère et il est aussi celui de Guidobaldo de Montefeltro. De beau-frère en beau-frère, j'espère qu'il arrivera vite à destination…

— Il y avait une addition arithmétique sur la petite ardoise…, dit Léonard.

Frère Luca prit du papier et une plume, une équerre et un compas. Et en moins de temps qu'il n'en faut pour le dire, il dessina un triangle équilatéral inscrit dans un cercle et d'autres segments, et il inscrivit une série de nombres en colonne :

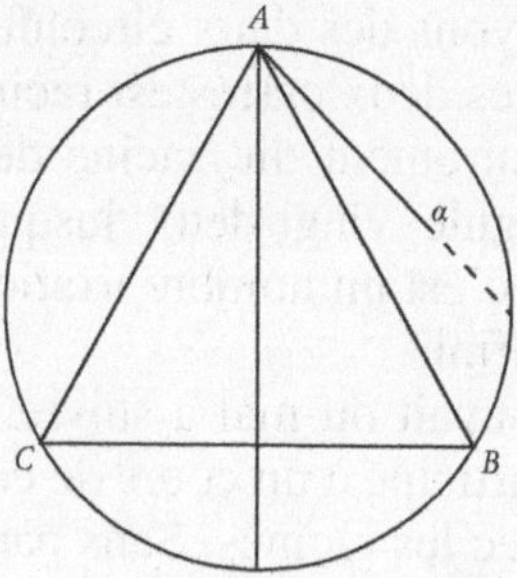

$$\begin{array}{r} 478 \\ 935 \\ 621 \\ \hline R\ 2034 \end{array}$$

— Voilà, dit-il, c'est le contenu de l'ardoise. Je vous l'offre. En bas, à gauche, l'addition dont vous parliez. Une fois complété, le segment Aα toucherait la circonférence, mais sur le tableau, j'ai préféré le laisser à moitié, pour ne pas trop faciliter la tâche des mathématiciens de la cour d'Urbino quand ils le verront. La partie pointillée ne figure pas sur le tableau, mais le segment complet est le côté du carré inscrit dans le cercle.

Le carré inscrit dans le cercle ? Léonard observa le dessin. Le diamètre du cercle est la diagonale du carré qui y est inscrit, le côté dudit carré est la diagonale du carré construit sur le rayon. Le théorème d'Euclide que le mathématicien indiquait sur le livre disait, s'il ne se trompait pas, que le carré construit sur un côté du triangle équilatéral ABC serait trois fois celui construit sur le rayon.

— Donc, dit-il, le rapport entre les surfaces des deux carrés, celui construit sur le côté du triangle ABC et celui inscrit dans le cercle, est de trois à deux, vu que le côté du triangle est deux fois le carré du rayon.

— Bravo, répondit le franciscain, et donc le rapport entre les rayons des deux circonférences qui servent à construire les deux carrés est racine de trois sur racine de deux, autrement dit, racine de un et demi, ce qui fait un virgule vingt-deux jusqu'à la seconde décimale, mais c'est un nombre irrationnel, qui se poursuit jusqu'à l'infini.

Léonard avait du mal à suivre. Enfant, il avait uniquement participé à un cours de calcul, et ne savait pas calculer avec les racines. Sans parler de l'algèbre dont il ne savait pratiquement rien. Et dans le même temps, il commença à éprouver une forte admiration pour le frère. Il décida à l'instant même qu'ils deviendraient amis.

— Autrement dit, conclut le mathématicien, si vous avez juste un compas et une équerre et si vous voulez construire un quelconque *eicosiexaèdre*, tout ce que vous avez besoin de savoir, c'est un nombre, ou plutôt une proportion, un rapport : racine de trois sur racine de deux, un nombre infini, un virgule vingt-deux, et caetera. Tous les nombres importants, qui constituent la syntaxe du cosmos, sont infinis. Comme Dieu. Et les mathématiques nous mettent justement en contact avec l'éternité et l'infinitude de la substance divine.

— Mais alors, que signifient ces nombres en bas ?

— L'énigme des nombres ne peut être révélée à personne, répondit le frère. Excusez-moi, mais elle doit rester secrète. Seul le duc d'Urbino doit connaître la solution. Il m'a demandé lui-même il y a quelque temps un code numérique chiffré, à peu près inviolable, pour protéger des informations et des objets très secrets – et je l'ai satisfait aussitôt. Je suppose qu'il me fait confiance, puisque je suis encore vivant. Je veux que le chiffre mystérieux soit contenu dans le tableau sous forme d'une devinette. Un défi pour les mathématiciens de la cour, qui se donnent des grands airs. Pour y répondre, il faut trouver et relire le théorème d'Euclide que je désigne avec ma main gauche, puis reprendre la démonstration que je fais sur l'ardoise, et enfin résoudre le jeu mathématique de cette addition… Aucun d'eux n'y arrivera jamais. Même Paul de Middlebourg, évêque de Fossombrone, mathématicien et astrologue, ne sera jamais capable de résoudre cette énigme, et si même lui n'y arrive pas, c'est une garantie pour moi : Guidobaldo d'Urbino pourra dormir tranquille, certain de l'inaccessibilité de son code chiffré.

— J'ai remarqué, intervint le peintre, que les trois nombres des trois chiffres qui sont additionnés contiennent tous, et une seule fois, les nombres de 1 à 9.

— Bravo, c'est déjà un bel indice, répondit le frère, et Léonard eut l'impression de voir sur son visage un sourire malin. Et puis, poursuivit le franciscain, ce n'est plus la proportion développée sur ce tableau qui occupe mon esprit à présent.

— Et c'est quoi alors ? demanda Léonard, curieux.

— La divine proportion.

— La divine proportion ?

— Toutes les proportions invariables sont divines, mais celle-ci l'est plus que les autres : c'est la *proportio habens medium et duo extrema*, comme l'appellent les mathématiciens, mais moi je propose de l'appeler la « divine proportion », parce qu'elle se répète *ad libitum*, comme la vie. Mais je suis certain que vous en savez déjà quelque chose.

Et il était sur le point de lui parler de l'homme de Vitruve qu'il avait vu dans son atelier, mais il s'arrêta. Il aurait dû admettre qu'il avait fouillé dans ses papiers et il n'en avait pas envie. Il se promit de le faire plus tard, lorsque leur relation serait consolidée.

— Dans le livre que j'ai l'intention d'écrire sur ce sujet, poursuivit-il, je devrai représenter les polygones réguliers et beaucoup d'autres choses. Mais, pour ce qui est des solides, il est difficile de leur donner de la profondeur… Vous pourriez m'aider à les dessiner.

— Volontiers, répondit Léonard.

— Je vous paierais, dit frère Luca.

— Vous pourriez me payer en cours d'algèbre et de géométrie, j'en ai un grand besoin. J'ai commencé à étudier le latin tout seul, il y a quelques années, mais avec l'*almucabala*[1], je ne m'en sortirai jamais.

— Apodictique ! s'exclama le franciscain tandis que son visage s'éclairait. J'ai pris mes premières leçons de géométrie dans ma ville, auprès d'un grand peintre, et maintenant, j'ai l'occasion de payer ma dette avec un autre grand peintre.

— Auprès de Piero della Francesca ? demanda Léonard.

— Exactement, à Borgo San Sepolcro. Vous en avez entendu parler ?

---

1. Terme arabe emprunté au titre d'un ouvrage écrit au VIIIe siècle par le mathématicien persan Al-Khwarizmi, traduit en latin par *Liber algebrae et almucabala*, et qui désigne ici les mathématiques.

— Si j'en ai entendu parler ? Et comment ! J'ai même vu ses fresques à Santa Maria Nuova. C'est l'hôpital florentin fondé par le père de Bice Portinari, la Béatrice de Dante. J'y allais disséquer mes premiers cadavres, et c'est encore là, à la banque locale, que sont déposées mes économies. Piero della Francesca avait travaillé avec son maître, Domenico Veneziano, dans l'église de Sant'Egidio, l'église de l'hôpital. J'allais souvent la visiter, ces fresques étaient pour nous, jeunes peintres, le manifeste de la *nuova aetas*.

— C'est lui, Piero della Francesca, qui m'a enseigné Euclide et Platon, il les avait étudiés à Florence, quand il était jeune, quand il travaillait à ces fresques justement. C'était en 1439, l'année même où Gémiste Pléthon est arrivé dans votre ville, avec la délégation grecque pour le concile de la réconciliation manquée entre les deux Églises. Et à Florence, à l'époque, il y avait Brunelleschi et Leon Battista Alberti. Pogge le Florentin venait juste de trouver un nouveau manuscrit du *De architectura* et il avait contribué à la diffusion de l'œuvre de Vitruve. Il fallait apprendre la *perspective* sur des bases géométriques. Et Platon, avec Pléthon et Bessarion, était à la base de tout… Les mathématiques en effet, me disait toujours mon maître, sont la science platonicienne par excellence. Elles sont la preuve vivante du fait que les idées existent par elles-mêmes, même si aucun humain ne devait jamais les penser. Si Pythagore n'avait pas démontré son théorème, la somme des carrés des cathètes[1] d'un triangle rectangle serait tout de même égale au carré de l'hypoténuse. Pythagore

1. Ancien synonyme de « ligne perpendiculaire ».

n'a fait que révéler une vérité qui préexiste dans l'esprit du démiurge. Le théorème est éternel, immuable, il vivrait sa vie propre dans l'*Hyperuranion*[1], même si personne n'était capable de le démontrer. Le premier qui le trouve ne fait que l'écrire et le transmettre, on lui donne son nom, mais l'esprit divin est plein d'innombrables théorèmes qui restent à découvrir. Ils sont là, dispersés dans le *Noûs*[2]. Et le mathématicien est un navigateur uranique qui passe au crible les abîmes du possible. Platon est le chef, Euclide son général en chef…

Léonard se dit que le franciscain était un philosophe avant d'être un mathématicien. En tant que mathématicien, il ne lui semblait pas qu'il ait jamais rien découvert, il s'efforçait seulement de collecter, de rassembler et d'enseigner les connaissances éparses, nécessaires à une éventuelle poursuite de ses recherches. Mais lui, personnellement, semblait plutôt animé par la volonté d'intégrer les disciplines mathématiques à un nouveau système théorétique, de les justifier dans le cadre de la nouvelle philosophie platonicienne, pour les concilier, ce faisant, avec la vision chrétienne du monde. Alors, il remplissait la tête de Dieu de lois mathématiques universelles, rachetant sa discipline des strictes implications pratiques pour lesquelles elle avait été enseignée jusque-là, sans progresser d'un pas depuis l'époque des Grecs. De larges routes s'ouvraient ainsi à l'algèbre, à la géométrie, et à leurs applications pratiques. Reconnaître que les

1. Chez Platon, endroit du ciel dans lequel sont réunies toutes les idées des choses réelles.

2. Chez Platon, la partie la plus divine de l'âme, l'intelligence.

mathématiques n'avaient pas fini là, que le *Noûs* était plein, était en réalité un pas énorme.

Maintenant il avait enfin compris, et parfaitement, le sens de son portrait.

Il l'interrompit :

— À propos de Gémiste Pléthon…

Il lui raconta alors tout ce qu'il avait appris la veille à l'Ospedale Nuovo sur Egidio de Rimini, sur la croisade en Morée à laquelle il avait sans doute participé, et sur les précieux manuscrits byzantins qui avaient appartenu au philosophe de Mistrà, et dont la possession était certainement liée tant à la présence du faux frère à Milan, qu'à son barbare assassinat. Frère Luca lui demanda plus d'informations sur les livres volés, et il lui dit tout ce qu'il savait.

— Il sera difficile de trouver le coupable, dit le franciscain, il est peut-être déjà loin de Milan, s'il a trouvé ici ses précieux manuscrits.

— Le capitaine de Justice fera comme d'habitude, observa Léonard. Il s'agit d'un étranger, un *riminese*, personne ne viendra demander des comptes. Ils vont prendre un miséreux du Borgaccio, ils vont le torturer, deux ou trois bonnes secousses sur la corde et il avouera ce crime, plus deux ou trois autres encore, et ils mettront fin à une vie de tourments. N'est-ce pas ainsi que fonctionne la justice de notre temps ? Dissuasion et nettoyage social : laver un crime avec un autre crime totalement gratuit. Mais d'ailleurs, je fais la même chose, pour *La Cène* je cherche le Christ au château du duc et Judas au Borgaccio. Parce que c'est dans le quartier le plus malfamé de Milan qu'on peut trouver ceux qui sont prêts à commettre n'importe quel méfait pour trente sous.

— Apparemment, dit le frère, le capitaine est plus soucieux de connaître l'identité du mort.

— Parce que le défunt est un noble, ça ne fait aucun doute, et savoir à quelle famille il appartient est essentiel pour lui, non pas pour trouver le coupable, mais pour savoir quel sérieux il faut accorder à l'enquête.

— Ces livres peuvent devenir dangereux, s'ils tombent entre de mauvaises mains. Il est presque plus urgent de les retrouver que de retrouver l'assassin, vous ne croyez pas ?

— Que dites-vous là ? répondit Léonard. Par la force des choses, de tels livres finissent toujours dans de mauvaises mains. Parce que s'ils finissaient dans les bonnes mains, par exemple celles d'artistes désintéressés comme nous, que pourrions-nous en faire ? Nous travaillons pour les princes, et les princes luttent pour conquérir ou défendre leur pouvoir. Ils ne nous paient pas pour améliorer leurs villes. Peut-être pour embellir leurs demeures privées, pour immortaliser leurs maîtresses, pour rendre leurs fêtes inoubliables. Et c'est ce qui entretient l'équivoque : nous, les artistes, nous aspirons à l'œuvre parfaite, à une œuvre qui resplendisse de sa propre lumière, qui exprime notre monde et la plénitude de notre conception de l'art, même si elle est réalisée pour satisfaire l'orgueil d'un puissant. Mais l'œuvre en soi nous est demandée pour tout autre chose, pour charmer une dame, pour flatter la vanité d'un prince, pour manifester son pouvoir aux yeux de ses sujets. D'où les mécanismes, les machines, les automates…

Le frère l'interrompit :

— Ce n'est pas toujours comme ça. Si le prince a l'esprit large, s'il aime l'art pour lui-même…

Le frère Pacioli invita finalement Léonard à s'asseoir sur l'unique chaise de sa cellule, et lui s'assit sur le lit. Ils parlèrent encore longuement, ils avaient beaucoup de choses à se raconter. Ils évoquèrent les temps heureux de Laurent le Magnifique et de Frédéric de Montefeltro, qui rivalisaient pour la possession de la plus riche bibliothèque. Ils parlèrent encore de Gémiste Pléthon et du cardinal Bessarion, son élève, qui avait tenté de concilier le néo-paganisme de son maître avec la vision chrétienne du monde ; de là ils passèrent au platonisme florentin, à Marsile Ficin, aux livres philosophiques et scientifiques qui étaient arrivés de Constantinople avant et après la chute de la ville. Lorsque Léonard se leva pour rentrer à la Corte Vecchia, ils eurent tous les deux l'impression d'avoir trouvé un grand ami.

Les jours suivants, Léonard commença à dessiner les solides pour l'ouvrage de Pacioli et termina le portrait de Lucrezia Crivelli, et il comprit comment Béatrice d'Este allait lui faire payer ce portrait. Le duc voulait maintenant qu'il réalise des fresques purement ornementales dans les *camerini* de la partie du château dont il voulait faire son appartement personnel. Encore une fresque, et décorative qui plus est. L'idée venait de la duchesse, lui avait dit le More. On lui donnerait une petite avance, et il devait se mettre au travail tout de suite. Mais il avait besoin de temps pour *La Cène*, et on ne le laissait jamais la terminer. Il lui fallait donc travailler sur plusieurs fronts. Et la trésorerie ducale n'était jamais très ponctuelle pour les paiements. Il eut plusieurs fois envie de s'enfuir de Milan. Oui, mais pour aller où ? Chez les beaux-frères, ou chez les beaux-frères des beaux-frères du duc ? À Florence, chez Savonarole, qui utiliserait ses tableaux en noyer pour alimenter le feu de ses bûchers des vanités ? Ou à Rome, chez le pape Orgia[1]…

Pendant les jours qui suivirent, on n'apprit rien ou presque sur le crime de San Francesco Grande. Juste l'identité du mort, grâce à son portrait. Il ne s'appelait pas Egidio. C'était un Pierleoni de Rimini, un noble très fidèle à Sigismond Malatesta et à son épouse Isotta, qui avait dû quitter la ville de l'Adriatique après la mort de son seigneur, lorsque le fils illégitime de ce dernier, celui qui était originaire de Fano, avait usurpé son trône. Ces dernières années, il avait vécu à Florence et avait été reconnu par un ambassadeur, non pas de Rimini, mais de la République florentine. Pour le reste, tout s'était passé comme Léonard l'avait prévu. À la troisième traction de la corde sur les articulations de ses épaules, un délinquant du Borgaccio, déjà soupçonné de divers délits, en avait avoué une demi-douzaine, dont celui de San Francesco Grande. On l'avait pendu le lendemain de ses aveux. Justice était faite. Nouveaux pleurs, nouveaux orphelins, nouveaux voleurs pour demain, que l'on pendrait dans des circonstances analogues. Ainsi, l'assassin, le vrai, avait maintenant deux morts sur la conscience, et ceux qui avaient eu faim et soif de justice étaient satisfaits.

1. Jeu de mots sur Borgia et Orgia (orgie).

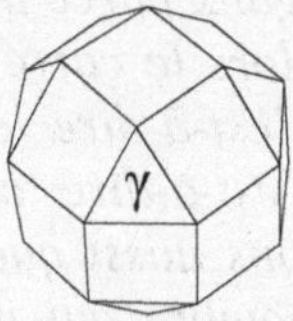

Traçons un carré de côté AX, avec le compas trouvons le centre de sa base et, à partir de lui, en touchant les deux sommets opposés, traçons un demi-cercle puis prolongeons le côté AX jusqu'à B, le point où il rencontre le demi-cercle. Sur ce segment plus long, faisons un rectangle qui a pour hauteur ce même prolongement BX :

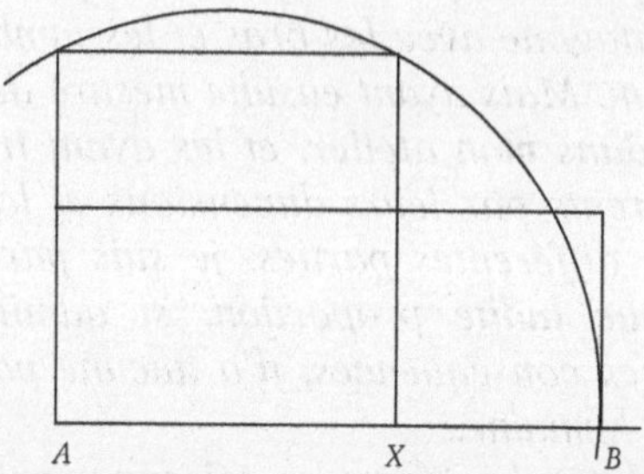

Le rapport entre AB et AX est égal à celui entre AX et BX : si AX est la divine section de AB, BX,

c'est-à-dire AB moins AX, est celle de AX, AX moins BX est la divine section de BX, et ainsi de suite ad infinitum.

De plus, dans cette figure le rectangle sur AB et le carré sur AX sont égaux parce que si AB est à AX ce que AX est à BX, alors le carré de la moyenne proportionnelle, AX^2, c'est-à-dire le carré de la figure, est égal à AB.BX, c'est-à-dire la base par la hauteur du rectangle. Ajoutons aussi que le résultat de cette proportion est un nombre qui participe de l'infinité divine : en effet, si AB était égal à 10, AX serait racine carrée de 125 moins 5, c'est-à-dire 6,18034 et ainsi de suite dans la série des décimales qui n'a jamais de fin, un nombre qu'on appelle irrationnel, et BX, c'est-à-dire 10 moins AX, est un autre nombre infini.

Maître Luca appelle cela la divine proportion, et elle a des propriétés admirables dans le pentagone et dans le décagone. Je l'ai retrouvée moi aussi dans l'homme au cercle et au carré de Vitruve, et on peut bien dire que cet homme de Vitruve peut s'inscrire dans le pentagone avec les bras et les jambes écartés au maximum. Mais ayant ensuite mesuré des hommes nombreux dans mon atelier, et les ayant trouvés tout à fait différents par leurs dimensions et les rapports entre leurs différentes parties, je suis parvenu enfin à l'idée que ladite proportion, si admirable soit-elle dans ses conséquences, n'a aucune part dans la conception humaine.

Essaie plutôt de refaire les raisonnements que tient frère Luca sur le tableau pour le duc d'Urbino.

Fais un cercle, trace le carré qui y est inscrit. Puis dessine un triangle équilatéral au-dessus du carré, trouves-en le centre et, avec le compas, circonscris le triangle dans une autre circonférence. Veille à ce qu'on voie les diagonales des deux cercles.

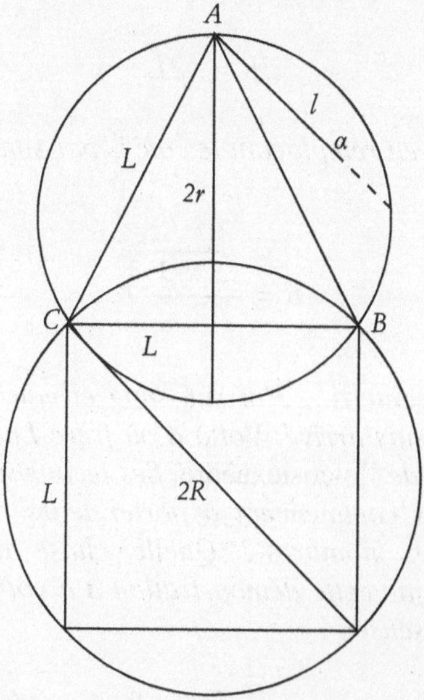

Soit R *le rayon du cercle le plus grand,* r *celui du cercle plus petit,* L *le côté du triangle équilatéral et du carré construit sur lui,* l *le côté du carré inscrit dans le cercle du triangle, c'est-à-dire le segment que frère Luca n'a pas complété sur le tableau. D'après le théorème d'Euclide indiqué par le mathématicien dans le tableau, qui parle du rapport entre le côté* L *du triangle équilatéral et le rayon* r *du cercle dans lequel il est inscrit (*$L^2 = 3r^2$*), je déduis en synthèse l'information qui m'est la plus utile. En effet, une fois calculée*

la racine des facteurs dans le théorème d'Euclide, on a ($\sqrt{3}$r). *Donc, la diagonale du carré ou diamètre du cercle* 2R *est égale à racine de deux fois le côté* L.

$$2R = \sqrt{2}L$$

Ou bien, en remplaçant le côté L *par son équivalent* $\sqrt{3}$r, *on a :*

$$R = \frac{\sqrt{2 \times 3}}{2}\, r$$

1,22 et caetera... J'ai sué sang et eau, mais finalement j'y suis arrivé. Voilà d'où frère Luca a tiré la proportion de l'eicosiexaèdre. *Ses leçons sur le calcul des racines commencent à porter leurs fruits. Mais ces maudits nombres ? Quelle chose diabolique ! Qu'est-ce que cette démonstration a à voir avec cette addition insensée ?*

$$\begin{array}{r} 4\ 7\ 8 \\ 9\ 3\ 5 \\ 6\ 2\ 1 \\ \hline 2\ 0\ 3\ 4 \end{array}$$

Plus je regarde cette addition, moins je comprends.

Eurêka ! La solution : arrêter d'essayer de la comprendre.

Les mathématiques peuvent faire perdre la tête même à l'homme le plus avisé.

7

Il était écrit qu'il terminerait *La Cène*.

Le hasard avait voulu que toutes les deux fussent enceintes, Béatrice d'Este et Lucrezia Crivelli. Mais Béatrice était morte en donnant le jour à un enfant mort-né dans la nuit du 2 au 3 janvier 1497. De l'accouchement, mais certains disaient aussi de douleur. Ses deux fils, Massimiliano et Francesco, 3 et 4 ans, lui survivaient. Celui de Lucrezia naquit en mars, il s'appelait Giampaolo et c'était vraiment un beau bébé. Mais le More était rongé par le sentiment de culpabilité. Sa femme avait été enterrée à Santa Maria delle Grazie, et désormais, le duc avait hâte que l'on termine les travaux dans l'église des dominicains. Il allait souvent prier sur la tombe de Béatrice et deux fois par semaine il restait manger avec les frères. Il avait demandé à Léonard de se hâter, pour que le réfectoire soit rapidement accessible. Le peintre envoya donc deux de ses assistants terminer les *camerini* de l'appartement du duc à partir de ses dessins. Des allégories botaniques centrées sur le mûrier, *morus* en latin, pour célébrer la solide plante du More. Il put ainsi se consacrer corps et âme à *La Cène*.

Dans le même temps, il faut le dire, il terminait aussi les illustrations pour le livre de Luca Pacioli, et il trouva la meilleure solution pour rendre les polyèdres en faisant percevoir à l'œil à la fois leur tridimensionnalité et toutes leurs arêtes, une par une : il représenta des structures en bois, évidées et ouvertes, une synthèse entre le solide en bois et celui en verre du portrait vénitien du frère. Luca Pacioli trouva la solution géniale, et le récompensa avec des leçons sur le calcul des racines et sur la quadrature de diverses figures géométriques, autrement dit sur le moyen d'obtenir le carré correspondant à chaque figure. Il lui enseigna aussi les secrets de la divine proportion : cinq fois racine de cinq moins cinq, divine section de dix. Cela avait quelque chose à voir avec le cinq. Dans le pentagone, en effet, c'était le côté par rapport à la diagonale, dans le décagone le côté par rapport au rayon du cercle dans lequel il était inscrit. Pour le frère, c'était l'atome primordial de la cinquième essence dont parlait Platon, qui en donnait l'image dans le dodécaèdre et dans ses douze faces pentagonales.

Les mathématiques étaient devenues la nouvelle passion de Léonard, parfois il passait la nuit à résoudre le problème insoluble de la quadrature du cercle. Il était fait comme ça, le mot « impossible » l'énervait, le faisait souffrir, il le poussait à essayer de l'effacer définitivement du dictionnaire des humains. Il ne pouvait pas être « impossible » de faire un cheval de bronze haut de douze brasses, de faire une fresque à l'huile, d'inscrire un cercle, qu'un humain puisse voler. Selon lui, c'était là son principal défaut : le « possible » ne le passionnait guère, il le déléguait généralement à ses assistants.

Une œuvre qui n'était pas un défi ouvert à l'impossible n'était pas digne de lui.

Au début de l'été de cette année-là, la grande fresque à la détrempe grasse fut terminée.

Sur la scène politique, il y avait eu peu de nouveautés. Le pape Borgia avait excommunié Savonarole, qui même à Florence était de plus en plus isolé, comme on pouvait s'y attendre. Et puis, en juin, l'un des fils du pape, le duc de Candie, avait été assassiné à Rome, par l'autre fils, disait-on, par César Borgia. Quant au crime de San Francesco Grande, on aurait pu le croire tombé aux oubliettes sans un épisode curieux à la fin de l'année précédente : la cellule du mort avait été fouillée par quelqu'un qui cherchait Dieu sait quoi. Les frères l'avaient trouvée une nouvelle fois toute retournée. Peut-être l'assassin n'avait-il pas emporté ce qu'il cherchait le jour du meurtre, et était-il revenu sur le lieu du crime ? À moins que quelqu'un d'autre se soit introduit en cachette dans le monastère dans l'espoir de trouver ce qui n'y était déjà plus ? Après cet événement, frère Luca avait demandé à déménager, et il ne résidait plus à San Francesco Grande. Sanseverino avait fait en sorte qu'on lui trouve un appartement à la Corte Grande. Si bien que Léonard et lui se voyaient souvent maintenant.

Au début de l'été, donc, le peintre avait finalement ordonné que l'on retire les échafaudages dans le réfectoire de Santa Maria delle Grazie. C'est le More, l'abbé du couvent et les courtisans de haut rang qui verraient l'œuvre en premier. Mais le duc ne s'attarda pas longtemps. Après la mort de Béatrice, il ne semblait plus le même. Il leva les yeux et vit là-haut, au-dessus de sa tête, une scène pleine de personnages et de vie : Jésus au centre, les apôtres par groupes de trois, six à sa droite, six à sa gauche. Le *Salvator Mundi* venait juste d'annoncer que l'un d'entre eux le trahirait, et les apôtres étaient bouleversés. Il admira la succession de têtes qui se déployaient, entre creux et ressauts, comme les ondes concentriques que provoque une pierre tombée dans l'eau. Il observa l'alignement des mains comme le ressac qui semblait refluer vers le centre. Pierre penché sur l'épaule de Jean, « l'apôtre que Jésus aimait », lui suggérant de demander au Christ de qui il parlait. « C'est celui auquel je tendrai la bouchée que je vais tremper dans le plat », répond le Messie dans l'Évangile de Jean. La main de Jésus s'apprête à pousser le plat vers Judas. La main de Judas se tend pour le prendre. Ondes. Ressac. Tourbillons. Le duc ne vit rien d'autre que cela. Il se rappela une fois où Léonard s'était mis à lui parler du mouvement tumultueux des eaux, mais il ne l'avait écouté que distraitement. Sa vue se brouilla, il vit la scène se troubler, il eut l'impression que les têtes et les mains s'étaient mises à tourbillonner dans un effrayant mouvement de courants de surface et de courants souterrains…

— Le Christ c'est Pietro, dit Sanseverino.

— Non, le Christ c'est le Christ, répliqua l'abbé, le visage sombre.

— Je voulais dire, ce soldat au service de Giovanni Conte, vous voyez, messer duc ? Il s'appelait Pietro je ne sais plus comment… Il lui ressemble beaucoup, corrigea le général.

Léonard avait emprunté le visage du Christ à ce soldat qu'il avait rencontré deux fois à la cour. Il s'appelait Pietro ? C'était bon à savoir. Mais il l'avait peint de mémoire, sans aller chercher le modèle auprès du capitaine Giovanni Conte et encore moins auprès du cardinal Ascanio Sforza. Évidemment, il l'avait fait très ressemblant. Pendant ce temps, un frère de la suite de l'abbé faisait un effort surhumain pour ne pas éclater de rire. Sanseverino et le duc se tournèrent pour dévisager l'abbé. Oui, c'était bien lui. Sans aucun doute, Léonard l'avait pris comme modèle pour le visage de Judas. L'abbé se montrait toujours très agacé par le temps infini que Léonard mettait à terminer son œuvre, avec les frères qui devaient manger ailleurs, dans un réfectoire improvisé. Il ne disait rien, mais il lui lançait des regards noirs, et il était allé plusieurs fois s'en plaindre auprès du duc, lui causant bien des problèmes. Maintenant, il avait enfin son réfectoire, il pouvait manger tranquillement sous le regard vigilant du Messie et se contempler en même temps sous les traits de l'infernal Judas qu'il était.

— Bien, dit le More, très pâle, je vais... voir ma femme...

Sanseverino le regarda s'éloigner avec un air préoccupé. Il lui avait semblé que Léonard se sentait mal. Cela ne ressemblait pas au duc. Pas un compliment au peintre. Le général essaya d'y remédier.

— C'est magnifique, dit-il.

Et Léonard n'attendait pas un jugement plus élaboré de la part d'un homme d'armes.

Ses amis vinrent dans l'après-midi du même jour.

— Je n'ai jamais rien vu de tel, dit Donato Bramante. Comment as-tu fait ? Ça ne ressemble pas à une fresque. On dirait de l'huile. La lumière, les drapés, les nuances sur les visages...

— Magique, dit Cecilia, visiblement émue.

Elle n'avait jamais cessé de le saluer. Elle avait vu le portrait de Lucrezia Crivelli, elle l'avait trouvé moins bon que le sien, elle avait compris que le maître ne l'avait pas trahie. Et maintenant, face au chef-d'œuvre qu'elle avait sous les yeux, elle était certaine qu'elle aussi, même sans le vouloir, entrerait à jamais dans l'histoire de la peinture.

Ils étaient tous stupéfaits. Personne, en effet, n'avait jamais vu une fresque pareille. Personne n'avait jamais vu, sur un mur aussi vaste, une peinture aussi précise dans les détails, aussi méticuleuse dans la distribution des ombres et des lumières sur les visages humains, aussi animée, aussi profonde dans la lecture des nuances psychologiques. Léonard était le seul à savoir qu'on ne pourrait pas parier grand-chose sur sa tenue dans le temps. Elle dépendait de trop de conditions que lui-même ne pouvait pas prévoir. Mais il n'y pensait pas pour l'instant. Après tant de travail, il voulait seulement savourer l'instant. Pour tant d'années de travail, une digne rétribution et cette heure de petites gratifications étaient sa seule récompense.

Frère Luca arriva. Il leva les yeux et resta sans voix. Il vit les douze apôtres, disposés autour du Christ comme les mois ou les signes du zodiaque alternent dans le ciel, par groupes saisonniers de trois, répartis autour du soleil naissant, « équinoxial », à l'approche de Pâques. Il y vit une représentation de la *comparatio Solis ad Deum* orphique dont avait parlé Marsile Ficin et dont il avait vu une énigmatique représentation dans le temple des Malatesta à Rimini. C'est à l'équinoxe du printemps que le monde a été créé, à l'équinoxe du printemps que le Christ a été conçu, la Cène et le sacrifice pascal qui y est annoncé pour la première fois sont équinoxiaux eux aussi. À l'équinoxe, et seulement ce jour-là, le Soleil éclaire toutes les parties du globe, la lumière l'emporte partout sur les ténèbres, l'année cosmique s'annonce et le renouvellement des temps, le déploiement d'un nouveau cycle millénaire. Il reconnut la Cène inspirée de l'Évangile de saint Jean. Il reconnut Thomas, au doigt qu'il mettrait dans les plaies du Christ, pointé ici vers le ciel, les deux frères spéculaires, Jean, les mains en peigne sur son giron, et Jacques le Majeur, les bras écartés comme un livre ouvert. Tandis que Jacques le Mineur, « frère du Seigneur », ressemblait beaucoup à Léonard lui-même, à côté de Barthélemy, debout à l'extrémité gauche de la scène, qui ressemblait beaucoup à Bramante.

Il reconnut aussitôt, à la droite du Christ, à gauche pour le spectateur, le groupe de trois apôtres le plus intéressant : Pierre, Judas, Jean. Pierre qui se penche derrière les épaules de Judas pour attirer l'attention de Jean, Judas dans l'ombre des deux autres, qui se tourne en se tenant à la table et fait tomber la salière… Il remarqua un détail inquiétant : Judas tendait la main gauche pour prendre le plat que Jésus lui offrait, il était donc gaucher, comme l'auteur de l'œuvre. Il repensa au récit de Salaï sur la mère « juive » de son ami…

Puis son attention se porta sur l'apôtre Jean, l'évangéliste du *Logos*. *Au commencement était le Verbe*, la parole, l'idée, comme le dit le début de son Évangile. Pour les platoniciens, c'était là le point de contact entre Platon et le Christ. Dans la fresque, il avait un visage féminin, et il lui rappela l'hermaphrodite qu'il avait vu sur le tableau dans l'atelier du peintre. Il n'y avait pas de doute, il s'agissait de l'androgyne du *Banquet* de Platon, comme il était interprété dans le commentaire de Marsile Ficin. « L'apôtre que Jésus aimait » est la parfaite unité du masculin et du féminin, en lui « il n'y a plus homme ni femme », comme le dit saint Paul. La *coincidentia oppositorum*, l'être transcendant et complet en lui-même, le plus proche du stade spirituel du *Verbum* fait chair.

Il décida de faire un pas plus audacieux. Il s'approcha du maître florentin :

— Εν Πλατώνι αδελφοί…, lui murmura-t-il à l'oreille.

En Platoni adelphoi… Léonard sursauta. Il l'avait déjà soupçonné, mais maintenant le soupçon était devenu une quasi-certitude. Les *frères en Platon*. Donc, frère Luca lui aussi était initié à la *pia philosophia* de Marsile Ficin. Il attendit qu'ils soient seuls pour le lui demander.

— C'est toujours lui, mon maître, Piero della Francesca, qui m'a initié aux mystères… Vous… Vous aussi, vous êtes platonicien, n'est-ce pas ? Sur cette fresque, il me semble avoir trouvé plus d'une référence à l'œuvre du philosophe…

— J'ai fréquenté, sur le tard il est vrai et de façon plutôt épisodique, le jardin de San Marco, le lieu de rencontre des artistes admirateurs de l'Antiquité romaine, institué par les Médicis. C'étaient mes dernières années à Florence. Laurent le Magnifique me trouvait sympathique, mais à sa cour, le fait de ne pas avoir suivi des études régulières, de ne pas savoir le latin pouvait être un obstacle. Un jour, pourtant, c'est lui qui m'a présenté Marsile Ficin, le fondateur de l'Académie de Careggi. Je n'ai pas reçu de véritable initiation, parce que je suis parti pour Milan.

Don Marsile avait pris l'habit, je suis allé assister aux offices qu'il célébrait et à ses prêches, à la limite de l'hérésie pour ceux qui n'appartenaient pas à son cercle. Au lieu de « frères en Jésus-Christ », il nous appelait « frères en Platon », comme vous me l'avez rappelé. Il avait traduit le *Corpus hermeticum* et résolvait dans la continuité du *Logos* le chemin séculaire d'Hermès Trismégiste à Orphée, et de Platon au Christ. « Aristote, nous disait-il, est dangereux, on soupçonne fortement que pour lui l'âme individuelle soit mortelle. Une véritable philosophie chrétienne ne peut se fonder que sur la pensée de Platon. »

Il n'y avait plus personne. Ils restèrent là, à parler. Ils découvrirent qu'ils partageaient l'idée centrale du platonisme florentin : la cinquième essence, l'homme *copula mundi*. Mais, comme Léonard le savait déjà, le mathématicien en avait une vision statique, il identifiait le *spiritus mundi* avec les formes immuables de la géométrie d'Euclide, avec les rapports numériques constants qui sous-tendent la structure du monde…

— Moi, je commence à penser qu'il faut identifier la cinquième essence avec la *Force* dont parlent les physiciens, dit Léonard.

— Celle qu'Aristote appelle *enèrgheia*, précisa le frère, et que nous traduisons par *vis*, la « force », donc. Mais ce faisant, vous mélangez Aristote et Platon.

— Je suis autodidacte, frère Luca, répondit-il, je ne vise pas à être platonicien ou aristotélicien. Ce qui m'importe le plus, c'est de mettre les mots et les choses en accord, c'est de donner un nom aux mille phénomènes que j'observe, de trouver la juste terminologie pour les exprimer. Je n'adhère pas à un concept parce que c'est Platon ou Aristote qui l'a énoncé. J'y adhère uniquement s'il ressemble à ce que me suggère l'expérience. Il y a quelques années, un architecte siennois m'a expliqué le problème de l'homme de Vitruve. On cherchait, comme vous le faites dans la géométrie, les proportions constantes du corps humain. Je me suis efforcé moi aussi de trouver une interprétation graphique de la question. Et puis, j'ai décidé que l'approche était erronée, on ne devait pas partir du cercle et du carré. On devait prendre des hommes réels et les mesurer. Et c'est ce que j'ai fait. J'ai amené des êtres humains à la Corte Vecchia, je les ai fait se déshabiller, et je les ai mesurés. Et le résultat, c'est qu'il n'y a pas deux hommes pareils : certains ont de grands pieds, d'autres une petite tête, d'autres les bras et les jambes courts. Mieux encore, le même homme aura des mesures différentes selon sa position.

Il se retourna vers sa fresque, il la regarda encore, sans parvenir à comprendre si c'était une œuvre réussie ou pas. C'est le drame de tous les artistes. Il s'y était investi à un tel point, il avait consacré tellement de temps au moindre détail, qu'il ne parvenait plus à observer son œuvre avec le détachement qu'il aurait fallu pour émettre un avis. Des solutions qui lui avaient semblé révolutionnaires quand il les avait imaginées, lui semblaient banales maintenant, à force d'y travailler, encore et encore. C'est pourquoi il demandait toujours l'avis de ceux qui étaient face à son œuvre pour la première fois. Il ferma un œil, leva le bras gauche, et avec son doigt tendu il commença à suivre les ondulations des têtes des apôtres, puis il revint en arrière, en suivant la ligne des mains.

— J'en suis donc arrivé à la conclusion que l'on cherche à vide si l'on veut déduire le duc de Milan d'un théorème de géométrie, poursuivit-il. La cinquième essence qui imprègne la nature est ce que nous appelons *Force*, appelez-la *enèrgheia* si vous préférez, ou *vis*, mais elle se répand dans les éléments comme les vagues dans l'eau, comme les sons et la lumière dans l'air, comme la puissance des tremblements de terre, la violence des tempêtes. Elle est contrainte par la matière, y compris dans nos corps, et plus elle est contrainte, plus elle gagne en puissance. C'est quelque chose comme les désirs chez les êtres pensants ou chez les animaux vivants. Elle aspire seulement à se dissoudre elle-même et à revenir au chaos primordial. Si on la laisse libre, elle se dissipe rapidement. Elle s'estompe, comme les cercles que provoque un caillou jeté dans une flaque d'eau. Le duc de Milan aspire au pouvoir parce qu'il désire la liberté absolue, et lorsque son propre désir est satisfait, il est enfin réellement libre. C'est-à-dire libre de s'autodétruire.

Mais le duc de Milan lui offrit, en août, une belle vigne juste à la sortie de porta Vercellina, et enfin, au bout de quinze ans, il lui manifesta, par ce présent, sa satisfaction et sa gratitude. À 45 ans, pour la première fois, Léonard avait quelque chose qui lui appartenait, quelque chose d'autre que ses vêtements et ses livres. Il souhaita de tout son cœur – en espérant vraiment que ses pressentiments soient infondés – longue vie au duc de Milan.

8

Mais, hélas, ses pressentiments étaient fondés.

Le déclin du More fut rapide. Le mécanisme qu'il avait lui-même enclenché en appelant en Italie un roi de France se retournait contre lui de façon incontrôlable. Ce roi, Charles VIII, venait de mourir d'une façon absurde. Un accident, disait-on. Le dimanche des Rameaux 1498, au château d'Amboise, en marchant, il s'était cogné la tête contre une architrave du plafond. C'est en tout cas ce qu'on racontait, mais il s'agissait d'une mort vraiment paradoxale, qu'il était même difficile d'imaginer, d'autant que l'homme était de très petite taille.

« *Ils ont une bien curieuse façon*
De mourir les rois de France, parfois.
En Italie, ce roi
Serait mort d'une indigestion... », avait insinué Cecilia, en vers improvisés, lors d'une visite surprise à la Corte Vecchia. Elle était venue inviter Léonard à partir de Milan avec elle et sa famille. Isabelle, sœur de la pauvre Béatrice d'Este et épouse de Francesco Gonzague, marquis de Mantoue, les accueillerait tous volontiers. Un jour, elle avait demandé à Cecilia de

lui permettre de voir le portrait que Léonard de Vinci avait fait d'elle, Cecilia le lui avait envoyé à Mantoue et la marquise avait été tellement séduite qu'elle aussi voulait maintenant, à tout prix, un beau tableau du peintre florentin.

En bon état elle me l'a rendu...
Mais si elle veut un portrait, je vous en prie,
Fût-ce d'une façon aimable et polie,
Opposez-lui un clair refus.

Milan n'était plus sûre, surtout pour ceux qui appartenaient à *l'entourage*[1] du More.

Comme on pouvait s'y attendre, Louis d'Orléans avait pris le titre de roi et s'était en outre autoproclamé duc de Milan. Il était le douzième des Louis de France, et la Ligue de Venise avait aussitôt fondu comme neige au soleil. À Florence, le 23 mai, on avait déchu, pendu, puis brûlé Savonarole, mais la ville était restée prudemment en dehors de la Ligue. Le pape Borgia avait pourtant pressenti d'excellentes opportunités pour son fils César avec ce nouveau roi de France. Il avait accordé l'annulation de son ancien mariage au souverain, qui voulait, en plus du trône, hériter aussi de la belle épouse de son défunt cousin, Anne de Bretagne. Le pape avait obtenu en échange un bon mariage français pour son fils, qui, en août, avait épousé Charlotte d'Albret, devenant ainsi duc de Valentinois, de sorte que tout le monde l'appelait désormais le Valentinois. Quant aux Vénitiens, ils traitaient déjà avec le nouveau roi pour se partager les territoires du duché des Sforza, tandis que le peuple

1. En français dans le texte.

milanais, saigné par les nouveaux impôts que le More avait levés sur la viande, sur le pain et sur le vin, était aux abois et prêt à acclamer n'importe qui, Franc, Allemand ou Suisse, pourvu qu'il supprime l'odieux impôt de l'*inquinto*.

Les Français étaient à leurs portes. Après une dernière visite à la tombe de sa femme, le More avait été le premier à partir, avec presque toute la cour et un groupe nourri d'hommes en armes. Il allait chez l'empereur, lui demander de l'aide, emportant avec lui ce qui restait du trésor ducal pour lever une nouvelle armée. À la tête des troupes des Sforza, Galeazzo Sanseverino attendait les Français à Alessandria ; le capitaine Bernardino da Corte, avec des hommes et des canons – le métal qui aurait dû servir pour la statue équestre jamais réalisée –, était prêt à résister dans le château de porta Giovia.

— Non, je ne peux pas venir avec vous, avait répondu Léonard à Cecilia. Tout ce que j'ai est ici. Il y a ma vigne : si je m'en vais, les Français vont la réquisitionner. Et puis, regardez ça. Comment puis-je faire pour emporter tout ce qui me sert ? Je devrais remplir une quarantaine de caisses…

Cecilia s'approcha de lui. Elle avait les yeux humides. Elle lui prit une main. Léonard rougit.

— Prenez soin de vous.

Puis elle jeta les bras autour de son cou et lui donna un baiser sur une joue ; elle le sentit se raidir et s'écarta aussitôt.

— Vous me manquerez.

— Vous aussi…

Elle s'essuya les yeux. Et elle vit que ceux de l'artiste étaient humides également.

Le lendemain, Donino passa le saluer, lui dire que lui aussi était sur le départ. Il avait des amis à Rome, il essaierait de se faire une place dans la ville du pape. Ils partaient tous. Fazio Cardano s'était installé à Pavie chez une de ses maîtresses veuve. Marliani aussi s'était retiré à Pavie. Commandés par un général milanais, Gian Giacomo Trivulzio, les Français étaient à Asti et la frontière orientale était menacée par l'armée vénitienne. Seuls Léonard, Salaï et Luca Pacioli n'étaient pas encore décidés.

Un jour, Léonard reçut une visite inattendue : Isabelle d'Aragon vêtue de noir – on aurait dit un spectre. Il resta muet quand il la vit sur le seuil.

— Votre Altesse…

— Puis-je entrer, maître Léonard ?

— Ne faites pas attention au désordre…

Au premier abord, la duchesse de Milan manquée n'avait pas un visage sympathique.

Bien que ravagé par la douleur, ce visage, qui ne correspondait plus aux 30 ans qu'elle avait réellement, conservait l'expression hautaine de ceux qui sont habitués à regarder les autres de haut. Depuis la mort du *duchetto*, on ne pouvait vraiment pas dire qu'elle avait eu une vie heureuse, mais son caractère n'était sans doute pas étranger au cours tragique de son histoire. Arrivée à l'étage supérieur, elle se sentit presque défaillir à cause de la mauvaise odeur et de la présence de tous ces objets qui lui semblaient dénués de sens. Elle remarqua tout de suite le crâne à sa droite, et la grande aile de chauve-souris devant elle : il lui sembla avoir pénétré dans le château des sorcières. Et, qui sait pourquoi, après un instant d'égarement, elle eut envie de rire, comme si tout cela avait pour effet de dénouer les tensions qui s'accumulaient en elle depuis des années. Léonard lui fit signe de la suivre jusqu'à son cabinet. Il la fit asseoir.

— À quoi dois-je cet honneur ?

— J'ai besoin de parler à quelqu'un, et ils sont tous partis de Milan. Au fond, j'ai toujours eu envie de vous rendre visite, mais il ne sied pas à la fille d'un roi, fût-il détrôné, d'aller frapper à la porte d'un artiste. Maintenant, il n'y a plus personne, et donc plus personne ne me surveille ou ne m'espionne. Mais vous, pourquoi n'êtes-vous pas encore parti comme tout le monde ? Les Français vont bientôt arriver ; autour de Milan, et peut-être même dans la ville, on livrera une âpre bataille…

— Vous croyez ? La dernière fois que les Français sont arrivés, toutes les villes d'Italie, à quelques rares exceptions près, leur ont ouvert leurs portes sans même combattre. Vous croyez qu'un peuple malmené est prêt à donner sa vie pour un seigneur qui n'a fait que le pressurer pour légitimer sa lignée ? Moi je dis qu'à Milan, on ne tirera pas un coup de canon.

— Mais Galeazzo Sanseverino et Bernardino da Corte sont des hommes de confiance…

— Ils le seraient beaucoup plus s'ils pouvaient compter sur le soutien de la population milanaise. Lorsque Charles VIII est entré à Florence, il demandait une somme énorme pour quitter la ville. Les Florentins se sont opposés, il a menacé de faire sonner ses trompettes de guerre. Piero Capponi, qui parlementait avec lui pour la République, lui a répondu : « Si vous faites sonner vos trompettes, nous ferons sonner nos cloches. » Il savait que le peuple florentin était derrière lui, que si les cloches de la ville appelaient les citoyens à se réunir, le roi de France devrait livrer une guérilla inégale entre les murs de la ville. Le roi Charles a rassemblé ses soldats et il est parti. Sanseverino et Bernardino da Corte sont des hommes de confiance, certes, mais ils savent très bien que s'ils font sonner toutes les cloches de Milan, tout ce qu'ils obtiendront sera d'effrayer les pigeons. Nous, les artistes, nous marchons dans les rues, nous entendons les gens normaux, nous ressentons leur humeur, tandis que vous, vous restez enfermés dans vos palais…

— Pourtant, je sais que mon mari était aimé des Milanais, répondit la veuve. En tout cas, avant de se laisser aller aux débordements que tout le monde connaît…

Léonard s'enhardit et lui posa la question à brûle-pourpoint :

— Qui a tué votre mari ?

— Sa vie dissolue et ses médecins, répondit Isabelle. Maintenant, que ces médecins aient été payés ou non pour le faire, personne ne le saura jamais.

— Pourquoi n'êtes-vous pas partie avec le duc ?

— Il est venu me le proposer, mais j'ai refusé. Comment aurais-je pu le suivre alors que je le soupçonne ? J'ai décidé d'affronter les Français. Alors lui, avant de partir, il m'a cédé le fief de Bari, qui lui appartenait. Mais je demanderai à ce Louis de France de rendre le duché à mon fils Francesco, qui en est tout de même l'héritier légitime…

— Pour le roi de France, le seul héritier légitime, c'est… le roi de France. Il s'est proclamé duc de Milan, et en plus, il considère que le royaume de Naples, qui a appartenu à votre père et à votre frère, et que gouverne actuellement votre oncle, est à lui également. Qu'est-ce que vous espérez ? À votre place je…

Isabelle ne le laissa pas terminer. Elle se leva furieuse et, d'un geste rageur de la main, lui fit comprendre qu'elle ne voulait même pas entendre ce qu'il avait à peine commencé à dire.

— Comment osez-vous ? Vous n'êtes pas à ma place, et vous n'y serez jamais. Restez à votre place. Ce sont des affaires de rois. Que pourriez-vous y comprendre ?

Elle s'en alla digne et méprisante. Ce fut la dernière fois qu'il la vit.

Les Français arrivèrent vite aux portes de Milan. Et tout se passa comme Léonard l'avait prévu. Galeazzo Sanseverino les laissa entrer à Alessandria sans coup férir, et en échange d'une bonne somme d'argent, Bernardino da Corte baissa les ponts-levis du château sans tirer un seul coup de canon. Louis XII pensa qu'il s'en était tiré à bon compte quand il vit les munitions et les canons que le capitaine avait à sa disposition, et avec lesquels il aurait pu résister pendant des mois. Le bronze de la statue équestre inachevée n'avait servi à rien. Sur la place d'armes du château, les arbalétriers gascons du roi avaient utilisé le grand cheval de terre comme cible et l'avaient réduit en miettes lors d'une compétition de tir. Pourtant, quand il apprit que le roi avait été si impressionné en voyant *La Cène* à Santa Maria delle Grazie qu'il avait demandé que l'on détache tout le mur pour pouvoir l'emporter en France, Léonard décida de tenter de prendre contact avec la cour. Il lui sembla opportun de rendre visite à Jean Perréal, peintre officiel du roi, qu'il avait déjà rencontré quand il était arrivé à Milan en 1494, à la suite de Charles VIII. Mais lorsqu'il alla le voir, il s'aperçut très vite que, pour le peintre de cour, il n'était qu'un redoutable rival.

Il tenta d'autres approches, mais sans aucun succès. Un jour, il était à la Corte Vecchia avec Salaï et frère Luca. Le mathématicien et lui décidèrent qu'il était temps de partir.

— Salaï, appela-t-il.

Le garçon apparut sur le seuil du cabinet.

— Salaï, mets en vente tout ce qui peut se vendre des matériaux que nous avons dans l'atelier et prépare tes caisses. Nous partons dès que possible.

— Et où allons-nous ?

— À Venise, répondit frère Luca.

— À Florence, répondit en même temps Léonard.

— Et qu'est-ce qu'on va y faire, à Vicence ? demanda Salaï.

Tout était prêt. Il avait rangé ses affaires dans trois caisses – les livres, les vêtements, deux tableaux –, quand il reçut une dernière visite inattendue.

— Dame Cecilia ! Vous êtes revenue ?

Ils s'étreignirent sur le seuil.

— *Je ne suis plus à Milan*
Que dame d'honneur d'Isabelle
d'Este, venue au son de la vielle
et de la sambuque honorer le nouveau puissant…

… autrement dit, hier, le roi Louis l'a invitée à danser et, au château, nous avons feint de nous amuser follement. Malgré l'usage, très ennuyeux, qu'ont les rois de France de faire assister leurs hôtes, debout, à leur repas. De plus, ils mangent mal, sans fourchettes, avec les mains... Nous repartons pour Mantoue au début de la semaine prochaine...

— Puis-je partir avec vous ?

— Rien ne me ferait plus plaisir.

— Je suis accompagné d'un franciscain.

— Je préfère les dominicains, mais je me ferai une raison.

Entre-temps, Isabelle d'Aragon avait été reçue par Louis XII, et elle avait défendu sa propre cause. Après lui avoir raconté tous ses malheurs, la mort de son mari et de son père, l'exclusion pure et simple de son fils et elle de la cour des Sforza par le More, sa relégation entre Pavie et la Corte Vecchia, après lui avoir déclaré toute la haine qu'elle avait accumulée au cours des années envers l'ex-duc illégitime de Milan, elle lui demanda la grâce d'accorder à son fils Francesco la régence du duché, en son nom. Le roi crut rêver en voyant cette femme inexpérimentée lui apporter sur un plateau d'argent une pareille occasion de se libérer d'un futur éventuel prétendant. Il la rassura avec un beau discours, lui dit qu'il s'occuperait personnellement de la tutelle de son fils. Et il tint parole. Francesco fut enlevé et envoyé par-delà les Alpes, enfermé dans un monastère et on n'entendit plus jamais parler de lui. Ainsi privée – en plus du reste – de son seul ami masculin, Isabelle emmena ses deux filles avec elle et partit jouer les duchesses à Bari.

Léonard réfléchissait à ces événements. L'*enèrgheia* ou la *dynamis*, autrement dit, la *Force*, une seule force, ou puissance, agissait dans le macrocosme et dans le monde mineur, dans ce condensé de l'univers que constitue chaque homme. Une énergie unique, qui n'aspire qu'à s'éteindre, à revenir au chaos premier.

Une force qui, si on l'entrave, s'accroît, devient explosive, aspirant à balayer tout ce qui s'oppose à sa propre ruine. Il lui semblait voir un principe unique agir dans le monde animé et dans le monde inanimé. Elle était là, la cinquième essence. Les tornades, les masses d'air qui dévastent tout sur leur passage, la violence des tremblements de terre, les crues des fleuves, la fureur de la mer quand la tension de tous les éléments s'accumule et se libère soudain dans les tempêtes imprévues, les initiatives improvisées des princes, les armées qui ravagent les campagnes, les actions apparemment irréfléchies des hommes normaux. Tout lui semblait animé par une *dynamis* unique qui aspire seulement à s'épuiser, à se décharger où elle peut, comme les ondes dans l'eau et dans l'air, les bruits, la chaleur, les couleurs, la vie. Le duc, le *duchetto*, Isabelle d'Aragon, Savonarole, tous : le *cupio dissolvi*, un irrépressible désir d'autodestruction, là était le sens profond des choses, de tout, ou au moins des choses italiennes du XVe siècle qui mourait.

Mais il y avait quelque chose qu'il n'arrivait pas à s'expliquer : la vitalité inoxydable de Cecilia, de ses amis les plus chers, cette angoisse de se dupliquer dans une autre vie qui saisissait tous ses semblables, tous ces condensés imparfaits d'univers, même ceux qui, comme lui, comme Donino, comme frère Luca, ne sèmeraient jamais aucun enfant sur la Terre, mais étaient pourtant dévorés par le désir de laisser une trace aux générations futures, pendant leurs nuits d'insomnie, ces nuits fébriles passées à méditer sur la solution d'un problème, sur l'élimination d'un obstacle mental pour les hommes à venir, à rassembler le savoir des Anciens et à essayer de l'enrichir, en déposant chaque nouvelle acquisition dans les livres, pour générer de la sagesse, pour rendre plus facile le chemin de ceux qui viendraient après eux. Comment s'expliquer tout cela ?

Chaque univers vivant se duplique dans d'autres univers possibles avant que son énergie ne s'épuise. Il se proposa d'étudier comment l'âme de la mère se transmet au fœtus par le cordon ombilical. Chaque mystère en ouvrait un autre, la flamme brûlait doucement toute la bougie et, en pleine nuit, il se réveillait la tête sur les mains, les mains sur sa feuille, la feuille sur la table, dans l'obscurité, sans avoir rien conclu.

— Enfin bon, où on va ? lui demanda Salaï alors que l'immense salle était désormais presque vide.

— Pour l'instant, à Mantoue ; après, on verra.

9

Ils voyagèrent avec la marquise de Mantoue et sa délégation. Ils traversèrent le brouillard et la plaine, les canaux, les routes, les brumes, les voies navigables du Mincio. Ils furent accueillis provisoirement au palais de Marmirolo, la résidence de campagne des Gonzague, à quelques milles au nord de la ville, au centre du grand parc de chasse de François II Gonzague, mari d'Isabelle. Le marquis en personne leur fit les honneurs de la maison, accueillant à bras ouverts frère Luca, qui connaissait déjà son frère Giovanni et avait rencontré à Urbino sa sœur Elisabetta. Les autres membres du groupe, avec la marquise et dame Cecilia, repartirent le lendemain matin de bonne heure pour Mantoue.

Isabelle d'Este semblait très émue. Elle avait toujours envié sa sœur Béatrice, la pauvre enfant, moins habile et moins intelligente qu'elle – mais plus généreuse –, qui avait eu la chance, contre toute probabilité, de devenir duchesse de Milan et d'être au centre d'une cour très riche, bien plus importante que celle que lui avait offerte son mariage avec un Gonzague. Et puis, nouveau gage de la vanité d'un sentiment comme la jalousie, les choses avaient changé : sa sœur était morte prématurément, les Sforza avaient dû quitter Milan, et une partie essentielle de cette cour fastueuse était maintenant en route pour Mantoue. Elle accueillerait bientôt le peintre et le mathématicien au château de San Giorgio, sa résidence en ville. Mais elle voulait les recevoir avec tous les honneurs, et elle avait besoin de quelques jours. Ils comprendraient qu'ils avaient affaire à la plus sage, la plus brillante, la plus cultivée, la plus raffinée des souveraines d'Italie, qui, si elle avait connu un sort meilleur, et bien qu'elle ne soit qu'une femme, aurait été à la hauteur du Magnifique florentin et du More milanais.

D'ailleurs, Léonard et maître Luca la connaissaient déjà de réputation, ils savaient son bon goût et sa culture artistique et littéraire, ses talents de latiniste et de musicienne, sa connaissance du grec ancien, sa passion pour l'art classique et moderne, son mécénat discret. Et ils étaient un peu impressionnés, parce qu'ils avaient entendu parler de son caractère exigeant et intransigeant, de sa forte personnalité, qui, au lieu de laisser libre cours au talent des artistes qui l'entouraient, tendait à s'imposer avec un programme culturel et iconographique précis. Elle voulait leur dicter les contenus et les règles, plier la nature de ses courtisans, lettrés ou peintres, à une forme qui n'était pas la leur, mais la sienne. De plus, Léonard était effrayé à l'idée qu'elle exigerait certainement un portrait de sa main, et que tout aussi certainement, elle le voudrait plus beau que celui de dame Cecilia – bien qu'elle-même, la marquise, soit tout sauf avenante. Il était effrayé aussi par la réputation qu'elle avait d'être très susceptible, et de finir toujours par mépriser les peintres qui se mesuraient à cette entreprise, pour l'une ou l'autre des deux raisons contradictoires : parce qu'ils ne l'avaient pas faite assez belle, ou parce qu'ils ne l'avaient pas faite ressemblante.

Ils profitèrent cependant de ces quelques jours à Marmirolo pour réaliser très vite, comme le voulait l'usage, un présent pour les marquis qui les hébergeaient. Et le frère, imbattable au jeu des échecs, entreprit de compléter le *De ludo scachorum* qu'il destinait en son temps au More, et dans lequel il proposait aux seigneurs de Mantoue une centaine de parties, avec cette tactique agressive, *alla rabbiosa*, qui lui avait permis de vaincre les meilleurs joueurs d'échecs milanais, y compris Bartolomeo Turri, que le seigneur de Milan avait fait revenir spécialement d'une forteresse dont il l'avait nommé gouverneur pour affronter l'invincible franciscain. Léonard donna des instructions à Salaï pour illustrer le petit traité, tandis que lui suivait le plus souvent le marquis Francesco qui lui montrait les *stanze* et les fastes de son palais préféré, la salle des Barbares, avec les portraits grandeur nature de ses chevaux de combat et de ses chevaux de course de race *gonzaghesca* qu'il élevait personnellement, et son *camerino* privé, avec les faïences de Pesaro ornées des armes et des blasons de sa maison.

Le marquis n'arrêtait pas de parler de la bataille de Fornovo, en 1495, contre Charles VIII et de la victoire sans appel qu'il affirmait avoir remportée, lui, commandant de la Ligue de Venise, au point de se faire célébrer par les peintres de la cour comme le nouveau César qui punit l'audacieuse obstination du Gaulois envahisseur. Sauf que, de l'avis sans appel des vétérans français que Léonard avait entendus à Milan, c'était eux qui avaient remporté la bataille de Fornovo, et cela avait été une grande revanche des Francs, invaincus sur le sol italien, sur l'intolérable arrogance du Latin, envahisseur des siècles anciens.

Le plus probable, c'est que personne n'avait gagné à Fornovo. D'après ce qu'il savait, l'armée de la Ligue de Venise jouissait d'une écrasante supériorité numérique, et elle aurait certainement triomphé si les estradiots albanais avaient chargé l'avant-garde de l'armée française comme ils l'auraient dû, au lieu d'attaquer les convois qui gardaient l'énorme butin accumulé par Charles VIII pendant sa campagne d'Italie, et si les Milanais avaient barré la route aux Français en fuite, au lieu de les laisser passer tranquillement pour que le More puisse signer avec le roi de France une paix séparée. Les troupes transalpines, pourtant épuisées par le nouveau mal que les Napolitains appelaient mal français et les Français, mal napolitain, étaient donc reparties sans trop de pertes ; la Ligue en avait subi beaucoup plus et, si l'on exceptait le considérable enrichissement des estradiots survivants, l'objectif d'administrer au Gaulois ou au Franc, quel que soit le nom qu'on lui donnât, une leçon mémorable, avait échoué. D'ailleurs, ils étaient de retour : moins de cinq ans plus tard, les Français étaient revenus à l'assaut et le More avait été le premier à devoir plier bagage.

Mais en dépit de tout, et bien qu'il nourrisse pour les chevaux de race *gonzaghesca* un intérêt plus esthétique que compétitif, Léonard était heureux de passer du temps avec le marquis et avec ses récits, car lorsqu'il se retrouvait seul à se promener dans le brouillard dense qui enveloppait inévitablement l'énorme réserve de Marmirolo, il était envahi par une mélancolie dévastatrice. Il pensait à ses dix-huit années à Milan, au peu de traces qu'il y avait laissées, aux mille occasions manquées, à la pitoyable fin du cheval jamais achevé alors qu'il aurait dû assurer sa gloire, à son inquiétude quant à l'improbable résistance de la seule grande œuvre qu'il y avait réalisée, cette fresque expérimentale à Santa Maria delle Grazie, qui pourtant, semblait-il, avait déjà duré plus longtemps que le More qui la lui avait commandée.

Et il pensait au crime sur lequel il n'avait pas su enquêter, aux mystérieux livres volés auxquels il aurait tellement voulu avoir accès, au corps nu et inanimé de Pierleoni sur le marbre de l'Ospedale Nuovo, au malheureux qui avait été pendu à la place de l'assassin. Un terrible sentiment d'oppression et d'égarement le saisissait aussi lorsqu'il pensait à son avenir, à sa vie à recommencer. Léonard l'inachevé, Léonard l'incapable, voilà comment on l'appellerait, si jamais il devait passer à la postérité. Il avait trop de passions pour pouvoir mener à bien une seule d'entre elles. Il avait à l'esprit trop de livres à écrire pour en achever un seul.

Une semaine plus tard, on les conduisit à Mantoue, où ils furent reçus au château de San Giorgio. Isabelle les accueillit avec une grande réception à laquelle assistait toute la noblesse de la ville. Elle-même jouait d'un luth précieux qu'elle s'était fait envoyer de Venise, et chantait une composition de style pétrarquisant, œuvre de Dieu sait quel compositeur de cour et mise en musique par elle-même. C'était sans aucun doute une dame fascinante, pas très grande et peut-être plus très belle, mais seulement parce qu'elle était trop replète, le menton perdu dans un bourrelet de chair qui le redoublait. Il y avait dans son regard quelque chose de hautain et d'inapprochable qui, volontairement ou pas, finissait par tenir les autres à bonne distance. Mais quand elle jouait et chantait, elle semblait plus belle ; quand elle était perdue dans la musique, absorbée par les paroles, son visage s'illuminait d'une douce tristesse, et elle n'était plus ni maîtresse ni arbitre d'élégance, mais seulement infiniment femme, au point que l'on aurait même pu songer à l'aimer.

Cela dura peu. Dès qu'elle finit de chanter, elle redevint la marquise. On poursuivit avec les danses ; puis ce fut le moment des déclamations. Le poète de cour, Antonio Tebaldeo, récita ses vers de louange en tercets dantesques.

La magnanime, sage, noble Isabelle,
Chez qui le défaut n'a aucune place,
Qui après Ferrare, Mantoue rend belle…

Et Léonard songea qu'il était plus facile de représenter les amantes des ducs et des marquis, que les marquises ou les duchesses. Puis le poète ferrarais récita un chant pastoral en latin, qui fit s'assoupir le marquis Francesco et bâiller une grande partie des invités.

Quelques jours plus tard vint le moment si redouté où Léonard dut céder au désir de la marquise d'avoir un portrait de sa main. Ils s'isolèrent tous les deux, accompagnés de Cecilia et de deux serviteurs, dans une salle très lumineuse du château. Léonard exposa son idée : pour donner du mouvement au dessin, comme il l'avait fait dans le portrait de *La Dame à l'hermine*, il la représenterait dans un mouvement de torsion de la tête par rapport au buste, et peut-être même des pupilles par rapport au visage frontal. Il aurait aimé la représenter avec son luth dans les mains, en train de chanter.

— Il n'en est pas question, dit sévèrement Isabelle d'Este, vous devez me représenter de profil.

— De profil ?

L'idée lui parut absurde. Comment fait-on pour rendre les plus imperceptibles nuances psychologiques d'un visage humain, ses plus subtiles ambiguïtés, dans un portrait de profil ?

— Le visage parfaitement de profil, le buste, comme vous voulez, et aucun instrument de musique, répondit fermement la marquise. Cela m'étonne de vous : vous ne savez pas qu'on représente les rois et les princes de profil ?

C'était bien ce qu'il avait craint, la marquise voulait qu'il soit un simple bras exécutant. Il commença à esquisser le dessin au fusain. Il ne renonça cependant pas à la torsion du cou et représenta le buste presque frontal et le visage de profil, les mains sur son giron. Il essaya un compromis à propos du double menton qu'il affina autant qu'il était possible sans perdre la ressemblance. Puis il en arriva aux mains, qui étaient plutôt courtes et épaisses. Mais derrière elle, il y avait Cecilia, et il se mit à copier ses mains splendides, en espérant qu'Isabelle ne s'en apercevrait pas.

Lorsque le dessin préparatoire fut achevé, la marquise s'en montra très satisfaite. Puis elle fit voir à Léonard ses collections d'art et d'objets précieux. Elle s'entretint longuement avec lui, lui parla de son peintre de cour, Andrea Mantegna, qui malheureusement était à Ferrare ces jours-ci, pour réaliser les fresques de la tribune de la cathédrale. Elle lui montra celles de la *camera picta*, l'oculus en haut avec le ciel en trompe-l'œil, puis l'appartement de la Grotte, son *studiolo*, au premier étage de la petite tour de San Niccolò, où le peintre padouan réalisait pour elle une série de toiles allégoriques – dont une seule était terminée pour l'instant : le *Parnasse* –, et, sous le *studiolo*, la chambre de la Grotte avec une voûte en plein cintre et des étagères couvertes des collections d'objets précieux de la marquise, les camées qu'elle adorait, un en particulier, très ancien, avec les profils d'Auguste et de Livia – Léonard comprit enfin pourquoi elle tenait tellement à se faire représenter de profil. Et les ors aussi, certaines œuvres très précieuses de Caradosso, l'orfèvre de Milan, que Léonard avait rencontré et beaucoup apprécié, au point de dessiner pour lui quelques bijoux – il avait fait cela aussi, à Milan. Il vit deux médailles avec Isabelle, toujours de profil. Et des objets en verre, des vases, des pierres dures, un trésor d'une inestimable valeur.

Heureusement, pensa-t-il, il avait laissé Salaï occupé à séduire deux servantes de la marquise, sinon il aurait dû se sauver de Mantoue la nuit même. Son assistant était incapable de résister à certaines tentations et, bien qu'il ait 20 ans maintenant et qu'il ait élargi le cercle de ses centres d'intérêt, face à tant de richesse, il n'aurait certainement pas laissé passer l'occasion d'alléger le trésor des Gonzague de ses pièces les plus précieuses.

Le lendemain matin, Léonard sortit faire une promenade dans la ville. Il voulait admirer la célèbre chapelle de Santa Maria della Vittoria, avec une toile de Mantegna : pour célébrer justement la « victoire » de Fornovo, le peintre avait représenté la Vierge assise sur un trône en marbre dans une abside fleurie, décorée de feuilles et de fruits, en train de bénir un François Gonzague souriant, en armure et pourpoint. Il marchait dans la ville en songeant à ce qu'on lui avait dit, la tête levée pour regarder les architectures, plutôt que les gens en face de lui. Il eut soudain l'impression de s'être perdu et, quand il baissa à nouveau les yeux, il comprit qu'il était arrivé dans un quartier juif, non pas à un quelconque signe distinctif porté par les juifs de Mantoue, comme dans d'autres villes d'Italie, mais à leurs vêtements et à la barbe qu'arboraient certains hommes. Il demanda au premier qui passa à sa portée des informations sur le chemin pour Santa Maria della Vittoria et l'homme se détourna, indigné, sans lui répondre.

— Vous êtes étranger, messer ? demanda une voix derrière lui.

— À quoi le voyez-vous ? demanda-t-il à son tour en se retournant.

— Au fait que vous demandez à un juif le chemin de Santa Maria della Vittoria.

— Et pourquoi ne devrais-je pas ? Je n'ai vraiment rien contre…

— Santa Maria della Vittoria a été construite avec l'argent volé à un banquier juif qui est quasiment dans la misère maintenant.

Il se fit raconter l'histoire. On reprochait à ce banquier juif, un certain Daniele da Norsa, un péché gravissime : avoir effacé dans la maison où il vivait une fresque par ailleurs pas très belle, représentant une *Madone et des saints*. Il l'avait recouverte avec son blason juif, un acte d'impiété gravissime. L'évêque de Mantoue, Sigismond Gonzague, frère du marquis, avait menacé de le pendre s'il ne restaurait pas immédiatement la peinture sacrée. Ce qui fut hélas impossible car la foule enragée avait entre-temps démoli la maison avec les deux fresques, celle de dessous et celle de dessus, lui volant en outre tous ses biens.

— Il ne restait plus qu'à le pendre, dit l'homme, dont on ne comprenait pas s'il était juif ou chrétien. Mais à son retour de la bataille de Fornovo, le marquis, avec la magnanimité qui le caractérise, a commué la peine en une amende – salée, il est vrai –, avec laquelle il a financé la chapelle et le tableau. Maintenant, je crois que vous pouvez comprendre l'hostilité des juifs envers cette petite église, mais vous comprendrez encore mieux l'homme auquel vous vous êtes adressé, quand vous saurez qu'il s'appelle, justement, Daniele da Norsa.

— Je regrette, dit Léonard, mais vous êtes juif ou chrétien ? On ne sait pas…

— Pour vous non plus on ne sait pas, répondit l'homme, et il s'en alla en le saluant d'un geste de la main.

L'envie lui était passée de voir le tableau et l'église.

Il s'enferma le reste de la journée dans son appartement au château, sans rien faire. Il était songeur, en proie à la mélancolie qui l'affligeait quand il était seul, par ces froides journées mantouanes. On frappa à sa porte, comme le fait généralement le destin : trois coups rythmés et décidés. Ce n'était pas le destin, c'était Cecilia Gallerani. À moins que…

Il la fit entrer. Il arrive parfois que les personnes entrent dans notre espace comme si elles étaient la simple matérialisation de nos sentiments. Cecilia avait sur le visage une expression qui semblait vouloir donner une forme à sa propre inquiétude dévorante des derniers jours. Elle entra sans dire un mot, marcha nerveusement dans la pièce, vit le chevalet avec la toile sur laquelle le peintre avait transposé la silhouette de la marquise, avec la poudre, en perçant le dessin préparatoire.

— Ne fais pas le portrait d'Isabelle d'Este, lui ordonna-t-elle.

Léonard attendit un second vers, un *senario*[1] double avec une rime en – *este*, mais il ne vint pas.

— Aujourd'hui je ne suis pas en veine de rimes, reprit Cecilia, comme si elle avait lu dans ses pensées.

Il releva la nouveauté du ton, et la lui fit remarquer :

— Vous m'avez… *tu* m'as tutoyé, pour la première fois depuis que nous nous connaissons.

— Entre le modèle et l'auteur du portrait se crée parfois une intimité que même une longue relation amoureuse n'est pas capable de produire, réponditelle.

Il croisa son regard et elle lui sembla plus profondément belle qu'il ne l'avait jamais vue. Une sérénité troublée, un rire triste, qui évoquait un ensemble magmatique d'émotions indéfinies et contradictoires, affleurait sur son visage.

— Te rappelles-tu ? Nous ne parlions jamais toi et moi. Il y avait souvent un silence sépulcral pendant que j'étais là, immobile, à poser pour toi. Tu étais concentré et je t'observais pendant que tu me peignais : j'ai eu ce privilège, qui ne sera donné qu'à quelques élus, à personne d'autre peut-être. Je t'ai observé, et

1. Vers de six pieds.

je t'ai admiré, dans les seuls moments où tu étais vraiment toi, je t'ai vu spirituellement nu, comme tu ne l'es que dans l'acte de créer. Et dans le même temps, j'étais l'objet de ton attention d'artiste, moi aussi spirituellement nue devant toi, comme si je n'avais jamais rien été avant ce moment et comme si mon histoire devait commencer là, comme si j'étais sur le point d'être créée *ex novo* dans ton atelier d'artiste. Nous nous en sommes dit des choses pendant ces silences, toi et moi… Et maintenant, je sais que c'est stupide, mais je suis venue te faire une scène de jalousie, je suis jalouse comme je ne l'ai jamais été du More ou de mon mari. Isabelle n'est pas Lucrezia Crivelli. Ne fais jamais ce portrait ; ne me trahis pas, Léonard, je t'en prie. Tu pourrais avoir sur la conscience mon irréversible défaite.

Il la vit tendre la main droite vers lui, ces doigts gothiques, élancés comme une cathédrale d'un autre temps, qui semblaient vivre d'une vie propre, la vie immatérielle et aérienne des illusions les plus inavouables… Cette main qu'il avait aimée…

Lui, de son côté, était simplement paralysé par la peur.

Il savait tant de choses, mais de ses propres désirs, il ne savait presque rien. Il était seulement habitué à les réprimer, depuis la puberté. Avait-il jamais désiré une femme ? Des souvenirs épisodiques affleurèrent aussitôt, de son adolescence confuse. Francesca, oui, la deuxième épouse de son père, qui avait à peu près son âge, un ou deux ans de plus que lui : Francesca avait été la première, peut-être la seule femme pour laquelle il se souvenait avoir éprouvé une brûlante, coupable attraction, entre 13 et 14 ans. Et son père avait dû s'en apercevoir, car il avait préféré le placer dans l'atelier de Verrocchio, plutôt que le garder à la maison. Était-ce une punition ? Francesca était morte très jeune, comme il semblait que devaient mourir très jeunes toutes les épouses de son père, la troisième aussi, Margherita, qui le dévorait des yeux, arrivée à 17 ans, alors que lui, Léonard, en avait 23 et que son père en avait désormais 50. Morte à 28 ans, du septième et inutile accouchement. Toutes, sauf la quatrième et dernière, épousée alors qu'il était déjà à Milan, et c'était peut-être seulement pour cela qu'elle lui avait survécu…

L'attraction érotique, pensait-il alors, est une bien vilaine chose, elle fait des ravages, surtout quand elle est réciproque et impossible, et elle peut être plus meurtrière qu'un glissement de terrain ou que la crue d'un fleuve en pleine ville. Depuis lors, il vivait dans cette curieuse suspension de tout désir. Et maintenant, il avait peur, il était terrorisé, parce que quelque chose de terriblement redoutable semblait monter en lui, avec la force des interdictions incontournables, des fautes inexpiables, des punitions bibliques. Tout désir, pensait-il plus ou moins consciemment depuis lors, est désir de mort.

Mais en cette occasion, il n'eut pas le temps d'y penser vraiment.

Cecilia le poussa contre le mur, elle saisit fermement sa tête pour amener ses lèvres contre les siennes. Elle l'embrassa avec la passion désespérée et furieuse d'un pestiféré qui s'accroche au moindre espoir, même ténu, de salut. Lui ne fit rien, surtout pas opposer de la résistance. Il se laissa guider par elle qui en savait davantage. L'art, la vie, les revanches inespérées qu'ils prennent parfois réciproquement l'un sur l'autre…

Et puis il mourut, comme on meurt chaque fois dans ces cas, comme il est normal de le faire. Et enfin il se demanda si, quand on meurt vraiment aussi, on se laisse aller à cet abandon, à une telle ivresse, à un tel étourdissement vertigineux de frissons et de langueur.

Regarder comment meurent les gens, c'était l'une de ses obsessions.

Quand on lui donnait des pauvres en fin de vie pour la dissection…

Mais, parmi tous ces gens, il n'en avait vu que deux mourir aussi bien.

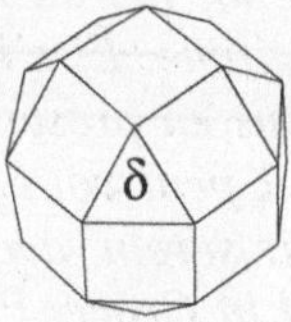

Magnifique dame Cecilia, ma très aimée maîtresse…

~~*Je te*~~ *je vous écris pour vous expliquer la raison de mon brusque départ de Mantoue, avec Salaï, mon assistant, et frère Luca, le mathématicien, sans avertir personne d'autre que les Altesses d'investiture impériale des seigneurs de Gonzague.*

~~*Quelle erreur j'ai fait, quelle très grave erreur*~~

~~*Quelle douce erreur*~~

~~*Nous ne devions pas le faire, mais, mon aimée, nous ne devions pas même commencer à*~~

~~*Tu sais*~~*, vous savez combien vous m'êtes chère, la plus chère de toutes. Rien ne m'est plus agréable que votre présence, que votre grâce dispensatrice de vie, et rien ne m'est plus triste que de me séparer de vous.* ~~*Mais des obligations de la plus grande urgence*~~

~~*J'ai eu peur, c'est la vérité : rien d'autre que peur*~~

~~*Je ne suis pas parti, j'ai fui. Et qu'ai-je fui ? Vous ? Moi-même ?*~~

~~*Je ne suis qu'un misérable lâche*~~

~~Un sodomite, il est peut-être bien que vous le sachiez~~

Mais vous êtes une femme mariée, magnifique Cecilia. Que pourrait-il advenir de notre éventuelle relation ? ~~Vous avez un fils du More, et deux autres de votre conjoint légitime. Et s'il devait en naître un maintenant, Dieu nous en préserve, de la nôtre~~ Votre mari est un comte, il peut vous garantir à vous et à vos enfants un avenir serein, avec ses propriétés, son fief de San Giovanni in Croce. Pourquoi risquez-vous de tout perdre avec quelqu'un comme moi qui ne possède aujourd'hui rien d'autre que lui-même et éventuellement le talent qui lui est attribué par l'excès de bonté du monde et trop peu de profit pour lui ? Moi-même, je ne sais pas quoi faire de ma vie maintenant, alors que fugitif et sans but j'erre à travers l'Italie, en quête d'un nouveau prince à la solde duquel je pourrai vivre dignement, en songeant seulement, lors de mes prochaines pérégrinations, à ne pas trébucher dans les armées en marche qui promettent, où que l'on regarde, d'embraser la péninsule tout entière. Les Français d'un côté, les Vénitiens de l'autre, les soldats impériaux avec le More et les fantassins suisses qui rentrent à Milan, des Français et des Espagnols à Naples, et, au milieu, avec son papa pape, le Valentinois, descendu en Italie à la suite de Louis de France, qui songe à implanter la semence des Borgia au cœur même de l'Italie…

Et même Mantoue, chère Cecilia, jusqu'à quel point est-elle sûre ? Il y a deux ans de cela, le noble marquis Francesco, que Dieu le garde, était encore au service des Vénitiens, il est le beau-frère du More, et aujourd'hui, les Vénitiens et le More sont ennemis.

Les Gonzague viennent juste de reconnaître le roi de France comme nouveau duc de Milan, et le More menace de revenir avec des milices enrôlées en terre allemande. Comment le marquis s'en sortira-t-il dans l'alliance avec les deux rivaux ? En cas de revers de fortune, mon aimée, je vous conseille, à vous et à votre famille, de me suivre dans la terre des doges, vers laquelle nous nous dirigeons.

~~Que de larmes j'ai versées avant de~~

Si douloureux que ce soit, partir de Mantoue était la seule chose sensée que je pouvais faire. Comment me dire responsable, si je me laissais aller à ce que je désire plus que toute autre chose aujourd'hui au monde ? Comme je souffrirais si je devais un jour me considérer comme l'artisan, passe encore du mien, mais aussi de votre malheur.

~~Dites-moi que non, dites-moi que vous me suivriez où que j'aille quoi qu'il vous en coûte, et dites-moi que vous et moi~~

~~Les enfants, dame Cecilia, vous devez prendre soin de vos enfants~~

Et puis à Mantoue, tant que Mantegna est vivant, ils ont déjà leur artiste de talent, et je n'ai pas la moindre intention de lui voler son travail. Nous sommes en route pour Venise, comme je vous le disais, parce que frère Luca y a des amis et des attaches. Il y a des peintres de prestige auxquels il veut me présenter, il connaît des membres du Grand Conseil, et il est bien intégré parmi les philosophes de l'école du Rialto, et il espère faire imprimer son livre, que j'ai illustré, sur la divine proportion. Venise est pour le moment plus sûre que Mantoue, parce qu'elle est alliée aux Français, et parce que le More, dans la situation où il est, n'a plus aucune possibilité de lui nuire, c'est déjà bien s'il arrive à reprendre Milan.

Nil nisi divinum stabile, sunt cetera fumus[1].

~~*J'ai envie de pouvoir vous embrasser à nouveau, lorsque ces tourments seront terminés.*~~

Je vous embrasse, prenez soin de vous, votre très aimant,

Léonard V

Il relut le tout. « Non, pensa-t-il. Toutes ces choses-là, dame Cecilia les sait déjà toute seule. »

Il arracha la feuille et la jeta dans le feu.

Il resta là à la regarder pendant qu'elle se recroquevillait et brûlait dans la flamme vive.

De quoi est faite la matière du feu ? se demanda-t-il.

Et les mille questions de toujours.

De quoi est fait le soleil ?

Et quel combustible brûle dans les désirs des hommes ?

---

1. Rien ne demeure, sinon le divin. Tout le reste est fumée.

DEUXIÈME PARTIE

Dans la caisse au monastère

Un livre de mécaniques avec la mort dessus
Un livre de mesure de Ba Alberti
Un livre de Philon sur les eaux
Livre d'Urbino mathématicien
Livre d'anatomie

[Notes de Léonard de Vinci]

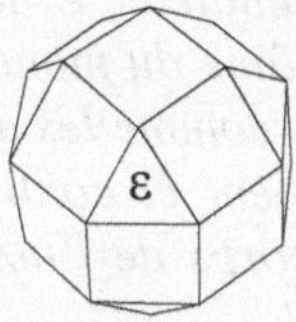

Le 27 du mois de mars 1500 je commençai ce nouveau livre.

Toi, Léonard, fils de ser Piero da Vinci, bien que né d'une union hybride et non consacrée – mais qu'y a-t-il de plus sacré chez un homme et une femme qui n'ont pas été poussés à s'unir par la force impétueuse de Mère Nature, mais par des convenances de la société, ou par des calculs souvent erronés de la raison ? –, toi donc, Léonard, si tu veux faire bon usage de tes jours terrestres quelle que soit la façon dont tu les as obtenus, tu étudieras, par l'expérience et par la science, les lois mathématiques du mouvement des corps, ce que sont la Force *et la cinquième essence, esprit des éléments, et aussi le poids et la percussion, de quoi naissent et où vont mourir, dans les choses mais aussi chez les humains, la violence et la liberté.*

Quatre sont les éléments de la nature, à savoir les états de la matière visible : l'un est le liquide, c'est-à-dire l'aquatique, l'autre le bois, puis l'aérien, comme l'air et toutes les exhalaisons qui se perdent en lui, enfin le solide, comme la terre et la plupart des choses lourdes qui l'encombrent. Terre, eau, air, feu, comme le disaient les Anciens. Ainsi l'homme – que les Anciens toujours appelaient le « monde mineur » – est également fait de la même matière, de chair, de liquides, d'air et de chaleur. Et la cinquième essence, esprit des éléments, âme du monde, les pénètre également tous les quatre, comme les désirs et autres vertus spirituelles qui animent et contraignent à un perpétuel mouvement le corps de l'homme et des animaux vivants.

Tu étudieras plus encore comment cette cinquième essence se manifeste dans la Force, *ou dans le poids si tu veux, qui lui ressemble tellement. Sauf que le désir du poids est d'aller vers le centre du monde par la voie la plus courte, quand la* Force *n'aspire qu'à sa propre destruction. Et la cinquième essence pénètre aussi les corps insensibles, à l'image du corps humain, dont elle représente l'âme. Les cours d'eau sont les veines, la mer océan le cœur, les pierres dures les os, la terre les muscles et la peau du grand corps du monde. Seuls les nerfs manquent à la terre, car elle ne se meut pas sciemment, et donc ils ne lui sont pas nécessaires.*

Car l'homme, « monde mineur », microcosmos, *est le modèle du monde.*

Mais si tu veux connaître plus à fond la nature de la Force, *observe comment la pierre, jetée dans l'eau, est la cause de divers cercles qui ont pour centre l'endroit frappé. Sache qu'il en va de même aussi pour le son, qui se propage dans l'air comme les ondes circulaires dans l'eau. Et pareillement encore pour la lumière du soleil : en effet, si tu marches le long d'un fleuve, en voyant le soleil qui s'y reflète, il te semblera, tant que tu marcheras le long de ce rivage, que le soleil marche avec toi. Cela montre que la force du soleil est toute en son tout et toute en chacune de ses parties. Circulairement aussi se diffusent les innombrables simulacres visibles de chaque corps qui se trouve dans l'air lumineux : tous partout et tous dans chaque partie.*

Observe ensuite les cercles que fait la pierre tombée dans l'eau, qui se développent jusqu'à se perdre ; et pareillement pour les bruits et les voix, qui s'éloignent de façon circulaire et s'estompent à tel point qu'à une grande distance on ne les entend plus ; et pareillement se dispersent la chaleur et les espèces visibles des choses, et leurs couleurs qui, à une grande distance, se modifient et se fondent dans le bleu de l'air. Tout, ici-bas, semble courir vers sa propre dissipation, la Force *se perd, les sons s'évanouissent, la vision du paysage s'estompe. Parce que tout aspire à retrouver et à revenir dans le* chaos *premier. Le papillon cherche tellement la lumière qu'il se détruit dans la flamme, et pareillement l'homme, qui attend toujours avec joie le nouveau printemps, puis l'été, et les mois nouveaux, et les années nouvelles, ne s'aperçoit pas que ce à quoi il aspire avec une telle intensité c'est sa propre mort.*

La Force *est donc une puissance invisible, cause du mouvement même chez les choses insensibles, auxquelles elle donne aussi un semblant de vie. Elle contraint toutes les choses créées à changer de forme et de position. Elle court avec furie à sa propre destruction. Si un obstacle la contraint, elle ralentit et se renforce, sans autre désir que d'emporter cet obstacle, comme nous le voyons dans la violence des inondations des fleuves dévastateurs, qui arrache, là où elle se concentre, même les digues les plus fortes ; laissée libre, cette* Force *se dissipe et s'épuise avec rapidité. Telle est sa nature : la lenteur l'augmente, la vitesse l'affaiblit. Grande puissance lui donne grand désir de mort. Elle chasse avec furie tout ce qui s'oppose à sa ruine. Volontiers elle se consume elle-même. Elle tend toujours à s'affaiblir et à s'éteindre.*

Elle vit de violence et meurt de liberté...

Et puis tu étudieras les lois du poids, comment les oiseaux lourds en triomphent avec le mouvement rapide de leurs ailes et avec la percussion grâce à laquelle ils condensent l'air sous eux, et puis comment ils planent avec leurs ailes ouvertes, parce que la pression qu'une chose exerce contre l'air est égale à la pression de l'air contre la chose. Tu étudieras le vol des oiseaux, avec et sans battement d'ailes, avec un vent favorable et contre lui, tu regarderas les volatiles, qui sont des machines mathématiques, leur anatomie et celle de leurs plumes, la science des vents et de la résistance de l'air, et puis le mouvement instrumental : est-ce que l'homme aussi pourrait voler, muni de machines qui imitent les ailes des oiseaux, ou planer avec des pavillons d'une toile légère dont les pores auront été obstrués, larges et hauts de douze brasses, ou s'élever dans l'air avec des sortes de vis de toile de lin et de fil de fer qu'on ferait tourner de façon vertigineuse ?

Et à propos du poids : la Lune. Comment fait la Lune pour rester suspendue là-haut ? Si c'est un corps lourd, pourquoi ne tombe-t-elle pas ? Et si elle n'a pas de poids, pourquoi nous semble-t-elle dense ? Si la Lune est faite des quatre mêmes éléments que notre matière, elle doit forcément se maintenir toute seule dans cet espace là-haut, comme le fait notre Terre avec ses quatre éléments dans l'espace ici-bas, et là-haut elle doit avoir sa propre gravité, comme nous avons la nôtre.

Et si le Soleil était immobile...

Étudie, Léonard, si tu veux faire bon usage de tes jours terrestres, quelle que soit la façon dont tu les as obtenus. Car, de même qu'une journée bien utilisée te donne habituellement un joyeux dormir, on peut espérer qu'une vie bien utilisée te donnera un joyeux mourir.

10

— Salaï et moi allons à Florence.

Frère Luca se retourna, l'air étonné.

On était au début du mois de mars 1500, ils étaient à Venise depuis deux mois et le frère espérait arriver à publier *La Divine Proportion*. Pour l'impression des dessins de Léonard, ils expérimentaient la technique récente de l'eau-forte sur plaque métallique avec des artistes d'Augsbourg au *Fondaco dei Tedeschi*[1], dans le quartier du Rialto. Ils avaient déjà réalisé une autre copie manuscrite de l'œuvre, avec les mêmes illustrations, pour la donner à Piero Soderini, le frère de l'évêque de Volterra, que tous les deux connaissaient, et qui était devenu l'homme politique le plus important à Florence après le supplice de Savonarole. En réalité, ils avaient déjà envisagé de partir pour la Toscane, mais à Venise, le franciscain était chez lui, il donnait des cours à l'école du Rialto où lui-même avait étudié en suivant ceux de Domenego Bragadin, et où son ami Antonio Giustinian enseignait maintenant les mathématiques. Il connaissait tout le monde, c'est là qu'il

1. L'entrepôt des Allemands.

avait publié sa *Summa de arithmetica*, et il y serait volontiers resté plus longtemps, mais en même temps, il aurait regretté de se séparer de ses compagnons de voyage, la petite « Achademia Leonardi Vinci », comme ils aimaient s'appeler ; et Léonard en avait déjà dessiné l'emblème, un enchevêtrement de *vinci*, c'est-à-dire de *vincoli*, des « liens », un labyrinthe de petits nœuds qui encadraient l'inscription.

Il reposa sa plume dans l'encrier, se leva de son écritoire et alla accueillir son ami qui était planté sur le seuil de sa cellule au couvent des Frari.

— Le seul indice dont nous disposons, poursuivit Léonard, c'est le suaire des *frateschi* que portait l'assassin le jour du crime, et c'est un indice qui nous mène droit à Florence. Je dois découvrir le coupable. Et je dois absolument trouver ces livres.

Le frère fut encore plus surpris. Il s'était résigné depuis longtemps et croyait que Léonard aussi avait oublié le crime milanais. De plus, avec les armées de la moitié de l'Europe répandues à travers l'Italie, trouver un assassin qui avait certainement quitté la ville lombarde depuis longtemps, c'était comme chercher une aiguille dans une meule de foin en flammes.

— Ne t'inquiète pas de ces livres : tu ne les retrouveras jamais, répondit le franciscain séraphique, et pour ce qui est de l'homicide, si la justice humaine a ses limites, aie au moins confiance en la justice divine.

En vérité, Léonard avait lui aussi quelques connaissances à Venise. Les Florentins sans lien avec le gouvernement républicain de leur ville gravitaient dans la lagune autour de Giuliano de Médicis, frère cadet de Piero et fils du Magnifique, qui s'était établi à Venise et que Léonard avait rencontré à Milan quelques années auparavant, à l'occasion d'une visite au More. Les Médicis faisaient tout leur possible pour reprendre Florence et utilisaient au mieux l'important réseau de relations internationales qu'ils avaient tissé quand ils tenaient les rênes du pouvoir politique. Léonard était allé dans le quartier du Rialto, dans la demeure discrète que les Médicis avaient conservée à Venise après l'échec de la filiale locale de leur banque prestigieuse. Giuliano l'avait reçu avec beaucoup de cordialité et l'avait mis en contact avec quelques nobles vénitiens de ses amis.

Parmi eux, il y avait Bernardo Bembo, un Vénitien que Léonard connaissait bien aussi : quelque vingt ans plus tôt, juste après la conjuration des Pazzi – et alors que lui n'était pas encore installé à Milan –, Bembo avait été ambassadeur de la Sérénissime à Florence où il s'était platoniquement épris d'une dame florentine déjà mariée, prénommée Ginevra. Il avait même demandé à Léonard, qui n'avait pas encore 30 ans, d'en faire le portrait. Et maintenant, Bernardo l'avait accueilli chaleureusement, il l'avait confié à son fils Pietro, un homme de lettres d'une trentaine d'années, à la conversation agréable et très érudite, amoureux fou d'une veuve des Marches, avec lequel Léonard, encore secoué par les événements de Mantoue, aimait discourir abstraitement d'amour platonique. Lui, en retour, lui avait fait connaître certains membres influents du Sénat vénitien.

Avec Pietro Bembo, il avait aussi visité la bibliothèque de San Marco et aurait voulu jeter un coup d'œil aux quelque huit cents manuscrits, dont cinq cents en grec, que le cardinal Bessarion avait laissés à la Sérénissime à sa mort, une trentaine d'années auparavant. Le cardinal et moine basilien de Trébizonde avait été le plus grand élève de Gémiste Pléthon, puis un inlassable promoteur de l'unité des deux Églises, orthodoxe et catholique, ainsi que de la nouvelle croisade contre les Turcs. Au concile de Ferrare et de Florence, d'abord, en 1438-1439, puis – et surtout – après la conquête de Constantinople par ces mêmes Turcs en 1453, pendant la papauté du Siennois Enea Silvio Piccolomini. Ce Pie II qui s'était opposé par tous les moyens à Sigismond Malatesta, mais avait organisé la nouvelle croisade et était mort à Ancône, tandis qu'il attendait les troupes promises oralement par les grands souverains d'Europe, mais jamais enrôlées. Les bateaux de la flotte vénitienne étaient arrivés en retard à Ancône et aussitôt repartis, vides. Débarqué en Morée quelques mois plus tôt, Sigismond Malatesta les attendrait en vain avant de se rendre et de repartir lui aussi avec le seul trophée de cette expédition : les livres et la dépouille de Gémiste Pléthon.

Après quoi, Bessarion, qui avait un grand sens de la réalité, avait soutenu le mariage de Zoé Paléologue, fille du dernier despote de Morée et de famille impériale, avec Ivan III, prince de Moscou, un événement qui allait séparer définitivement l'Orient et l'Occident de l'Europe, les orthodoxes et les catholiques, et marquer la fin irréversible du rêve de l'union et d'une Byzance redevenue chrétienne. Du plan de sauvetage de Constantinople et de la Grèce ne restaient plus que ces manuscrits, ce prodigieux condensé d'antique culture hellénique que l'Orient et l'Occident devraient un jour se mettre à étudier. Mais, trente ans plus tard, ces livres étaient encore dans leurs caisses d'origine, la seule chose accessible était le catalogue qu'en avait fait établir Federico de Montefeltro, qui en avait gardé quelques-unes en dépôt à Urbino jusqu'à la mort de Bessarion.

Léonard s'était présenté aux sénateurs de Venise comme architecte et ingénieur militaire : il hésitait toujours à se présenter comme peintre. Et puis il avait appris que, plus que les événements italiens, déjà très inquiétants, ce qui terrorisait alors les Vénitiens, c'était la nouvelle avancée des Turcs jusqu'aux abords de l'Adriatique et même au-delà. Maintenant, la menace du sultan Bajazet II venait aussi du Nord : une récente incursion musulmane par-delà le Tagliamento avait effrayé les Frioulans. Léonard avait été aussitôt envoyé inspecter le cours de l'Isonzo pour étudier un système de défense efficace le long du fleuve, pour décourager au moins de nouvelles invasions. Et il était revenu avec le projet d'une barrière-enclos mobile, une écluse qui permettrait éventuellement de provoquer des crues dans la vallée et de faire s'enliser les ennemis si jamais ils osaient tenter une nouvelle incursion.

— Trop coûteux, lui avait répondu le fonctionnaire qui avait jeté un coup d'œil à son projet avant de le transmettre au Sénat, il est certainement plus économique d'envoyer les estradiots albanais mourir contre les Turcs.

Troublé par un tel cynisme, Léonard l'avait regardé l'air surpris, et l'autre s'était sans doute mépris sur les raisons de sa perplexité, car il avait cru bon d'ajouter :

— Surtout s'ils se font tuer, comme ça nous n'aurons plus besoin de payer leurs salaires.

— Tu n'aimes pas Venise ? lui demandait maintenant le mathématicien songeur.

— Il n'y a pas de plus belle ville au monde, répondit Léonard.

Et il était sincère. Venise satisfaisait à la fois son sens pratique et son sens esthétique, il l'aimait parce qu'elle était ce qu'il y avait de plus proche de son idée de la ville considérée comme un organisme vivant, avec ses veines, ses organes internes directement irrigués par le grand cœur battant de la mer ; il aimait sa confusion multiethnique et la rapidité avec laquelle, dans ces veines, couraient la vie et les marchandises.

Parfois, il s'arrêtait fasciné sur un pont dans l'espoir de l'entendre respirer. Il aimait les appels d'une ruelle à l'autre, il aimait se perdre et se retrouver dans le labyrinthe des rues. Mais justement parce qu'il en percevait le battement et la respiration, se sentir étranger à tout ce grouillement le faisait souffrir d'une certaine façon. Dans une ville aussi vivante, il aurait voulu se sentir partie intégrante, et il savait que cela ne serait jamais arrivé. Dès son arrivée, les Bembo, payés par Giuliano de Médicis, avaient mis à sa disposition un petit entrepôt vide, pour qu'il y ouvre au moins provisoirement un atelier. Il y avait installé le tableau avec le portrait *in fieri* d'Isabelle d'Este, qu'il espérait continuer et ne jamais terminer, et deux petits tableaux milanais à retravailler. L'intérêt des Vénitiens pour sa peinture avait été immédiat. Chez les connaisseurs au moins, la réputation de *La Cène* l'avait précédé.

Mais ensuite il était allé visiter l'atelier de l'artiste vénitien le plus renommé du moment, Giovanni Bellini, un énorme entrepôt plein d'élèves et d'ouvriers, et en parlant avec le vieux peintre il avait conclu qu'à

Venise il fallait bien autre chose que son petit atelier : à Venise, les commanditaires, laïques ou religieux, demandaient de la rapidité d'exécution et de la ponctualité dans la remise ; son perfectionnisme maniaque, sa lenteur désormais proverbiale n'y trouveraient jamais un terrain fertile. Il n'était pas fait pour Venise. Il ne se serait jamais habitué à ses rythmes, à sa vitalité impitoyable.

Il se corrigea immédiatement :

— Il n'y a pas au monde une ville plus belle et plus cruelle.

Et puis, ce qui le faisait souffrir plus encore, c'était surtout, à deux pas de l'atelier d'Aldo Manuzio, l'imprimeur vénitien le plus en vogue, la statue du Colleoni faite par Verrocchio, qui était venu mourir à Venise une douzaine d'années plut tôt.

Le monument équestre de Bartolomeo Colleoni, le *condottiere*, réalisé par son vieux maître florentin sur le Campo San Zanipolo, était justement l'œuvre qu'il s'était efforcé de dépasser à Milan avec son Francesco Sforza à cheval : un défi perdu qui le brûlait encore intérieurement. Les élèves se doivent de dépasser leurs maîtres, c'est un engagement qu'ils prennent tacitement avec leurs enseignants, dont – c'est bien connu – les élèves brillants redoublent la gloire. Cette statue pesait sur sa conscience comme un âpre reproche paternel.

Mais ce n'était pas pour toutes ces raisons, ni pour les rencontres vénitiennes de ce dernier mois, qu'il devait partir. Il y avait un motif plus profond, qu'il ne pouvait absolument pas révéler au frère.

— C'est une ville difficile, c'est vrai, répondit le franciscain, c'est une république guidée par une oligarchie fermée, restreinte, mais intelligente. Ce n'est pas comme avoir la protection d'un prince, présent ou non, mais qui, lorsqu'il l'est, te garantit une existence d'une stable dignité. Ici, il faut lutter au quotidien, se battre contre une concurrence impitoyable, fréquenter les personnes bien introduites et cultiver les bonnes amitiés ; et ne jamais croire que c'est gagné, parce qu'il y a toujours un nouvel artiste qui monte et qui peut prendre ta place. Mais c'est une incitation à ne jamais s'arrêter, à se dépasser sans cesse.

— Oui, oui, je l'ai vu dans l'atelier de Bellini, répondit Léonard, un artiste qui travaille depuis plus de quarante ans et qui est toujours en lice : son secret semble justement tenir à sa capacité à se renouveler continuellement. Il a assimilé Piero et Antonello, il a travaillé avec Mantegna qui a épousé sa sœur, et qui maintenant approfondit de son côté les techniques modernes. Je lui ai parlé, et il a aussitôt envoyé chez moi un de ses jeunes élèves, un certain Zorzi de Castelfranco, pour qu'il étudie mon style. Un jeune fou…

Zorzi, ou Giorgio, ou Giorgione, comme l'appelaient ses amis à cause de sa stature. Un jeune homme grand et mélancolique, large d'épaules, avec un regard profond et triste, annonciateur de malheurs. Il lui avait parlé de la prédication à Trévise, mais aussi à Castelfranco dont il était originaire, d'un philosophe et astrologue terriblement pessimiste, venu de l'Irpinia, Giovan Battista Abioso, qui avait lu dans la conjonction astrale imminente de Saturne, Jupiter et Mars en Cancer, prévue entre 1503 et 1504, le signal clair du prochain avènement de l'Antéchrist. Et qui lui avait aussi parlé du déluge annoncé de 1524. C'étaient les signes d'une prochaine ère d'expansion de l'islam qui durerait plusieurs siècles, en concomitance avec la décadence morale du christianisme. Car l'Antéchrist se serait incarné au sein même de la Rome chrétienne, tous les signes étaient déjà présents : l'installation du néo-paganisme au cœur de la chrétienté avec le pape Borgia, le bûcher de Savonarole à Florence et l'échec de la réforme de l'Église qu'il souhaitait, l'avancée implacable des Turcs à l'est, les guerres entre les nations chrétiennes qui se préparaient à exploser de façon encore plus cruelle. Le rachat viendrait des juifs, de l'avènement du Messie qu'ils attendaient, qui coïnciderait avec la seconde venue du Christ, attendue, elle, par les chrétiens, avec la réalisation sur la Terre du règne millénaire prévu par l'*Apocalypse*.

Léonard l'avait écouté avec attention. Il ne croyait pas du tout à l'astrologie, mais il ne pouvait pas nier qu'il y eût une certaine logique dans ces prophéties, qui ne lui semblaient pas autre chose qu'une projection et une dilatation dans l'avenir de circonstances présentes très inquiétantes. Par ailleurs, Zorzi, ou Giorgione, quel que soit le nom qu'on lui donne, s'était progressivement calmé en le regardant peindre. Ses angoisses s'étaient dissipées peu à peu, et Léonard avait tout de suite compris que ce serait un jeune homme de talent, parce qu'il avait des angoisses profondes à dominer et que la peinture semblait avoir sur lui un authentique pouvoir thaumaturgique. Il avait été fasciné de voir comment il estompait la limite entre ombre et lumière sur le profil d'Isabelle d'Este, et à la fin de leur entretien il avait l'expression d'un bienheureux dans une vision paradisiaque. Après, ils n'avaient parlé que de peinture, et le jeune homme était parti content de tout ce qu'il avait appris en une petite heure de conversation. Salaï, il est vrai, lui avait volé sa bourse, mais par chance elle était vide, et Léonard l'avait aussitôt envoyé la lui rapporter.

— Mais c'est plus fort que moi : je dois retrouver ces livres. Ils renferment les secrets de la mécanique, les dessins des machines les plus sophistiquées des anciens Alexandrins, les mécanismes et la théorie pour les construire, dont nous devons nous emparer à nouveau. Je dois absolument revenir à Florence.

Il ne pouvait pas lui dire que deux jours auparavant il avait rencontré clandestinement un *condottiere* de ses amis, et que ce dernier lui avait confié une mission secrète. Le *condottiere* florentin préférait qu'on ne parle pas de lui : que personne ne sache était la seule chose qu'il avait exigée à propos de la tâche qu'il lui avait confiée.

Frère Luca poussa un long soupir. Il n'arrivait pas à y croire.

— Admets plutôt que ta famille te manque, ton père, tes frères…, dit-il, soudain mélancolique. Moi en revanche, je voudrais repasser par Borgo San Sepolcro, même si ma famille est maintenant l'ordre franciscain, dans lequel sont également entrés deux de mes frères. Nous n'étions pas riches, et nous avons été très tôt orphelins de père. Tout petit encore, j'ai été confié à une famille très aisée de Borgo, les Bifolci, amis et voisins de Piero della Francesca, qui m'ont initié au calcul et l'ont chargé de ma formation. Mais je n'étais pas attiré par la peinture, moi. Maintenant, avec mon métier d'enseignant, je n'arrête pas d'errer à travers l'Italie, mais, périodiquement, je repasse par mon cher San Sepolcro. J'ai vécu à Venise les meilleures années de ma jeunesse, entre 17 et 23 ans.

Je n'étais pas encore entré dans les ordres et… je suis tombé amoureux d'une dame vénitienne. J'en suis tombé amoureux comme on le fait à cet âge, comme un fleuve en crue qui emporte tout. Elle était très belle, mais promise à un autre. Il y eut un scandale, je suis parti pour Rome où je fus l'hôte de Leon Battista Alberti. Il avait près de 70 ans alors, mais j'ai continué avec lui le bon chemin sur lequel m'avait mis Piero, le premier de mes maîtres. J'ai prononcé mes vœux. J'aime revenir ici. Maintenant, oui, je peux vraiment profiter de la ville. Maintenant que saint François, Euclide et Platon m'ont ramené sur la voie d'un juste dévouement à mon prochain, je vois ce que je ne voyais pas, je comprends ce que je ne comprenais pas, et je dois revenir de temps en temps à Venise comme à San Sepolcro, ne serait-ce que pour mesurer l'écart par rapport à *ma première erreur de jeunesse.*

Il tourna la tête vers la fenêtre qui donnait sur les canaux et sur le ciel, sur les nuages qu'un vent fort faisait courir rapidement comme une rangée de nonnes blanches en prière qui se hâtent vers les matines.

— Si tu veux vraiment partir, ajouta-t-il, je te suivrai. Mais ne me dis pas que c'est pour les livres ou pour trouver l'assassin. Chercher les assassins est une perte de temps, un inutile gaspillage d'énergie intellectuelle. Quand tu les as trouvés, les morts ne ressuscitent pas. Si tu les tues, tu ne rachètes pas le crime, tu deviens seulement coupable à ton tour. Tu peux leur couper une main ou une jambe pour les punir ou les obliger à ne pas recommencer, mais laissons ce genre d'activités de bouchers aux capitaines de Justice et aux bourreaux. Dieu reconnaîtra les siens. Si c'est pour les manuscrits, tu m'as dit qu'ils sont en grec. Et quand bien même tu les retrouverais, ce qui est impossible, est-ce que par hasard tu connais cette langue ?

— Marliani m'a dit que le manuscrit de Philon de Byzance, relié en cuir noir et avec un crâne en relief sur la couverture, contenait de splendides illustrations de ses machines, répondit Léonard. Et pour ce qui est des autres, je pourrais les faire traduire par Pietro Bembo : il a étudié le grec à Messine. Une fois les manuscrits trouvés, nous pourrions revenir à Venise. Si tu donnes à n'importe quel imprimeur vénitien un livre introuvable de Ctésibios et que tu lui demandes en échange de publier ton livre sur la divine proportion, il y en aura des dizaines qui seront prêts à accepter l'échange.

Il avait rencontré le *condottiere* chez Giuliano de Médicis. Il n'avait pas été très bavard.

— Tu dois revenir à Florence, lui avait-il dit, tu dois trouver ce livre !

Léonard avait immédiatement accepté la mission. « Ce livre » devait par la force des choses être avec « ces livres », avait-il songé. Il n'y avait pas autre chose à faire : ils devaient revenir à Florence et continuer leurs recherches.

— Des éditeurs, à Venise, j'en trouverai toujours, ne t'inquiète pas, répondit le frère. La seule question, c'est la qualité d'impression de tes illustrations, mais cette ville est devenue la patrie de l'édition italienne et peut-être même européenne, le centre le plus avancé du monde pour ce qui est de la nouvelle technique. Ce sont les Allemands eux-mêmes qui sont venus ici aussitôt après l'avoir inventée, ils savaient qu'ils y trouveraient de l'argent à volonté et des gens bien disposés pour une activité de ce genre. Tu as vu le livre de Francesco Colonna imprimé l'année dernière chez Manuzio ? L'*Hypnerotomachia Poliphili*, un chef-d'œuvre d'intégration du texte et des images. Peut-être que, grâce à ton Pietro Bembo, nous pourrions y arriver nous aussi, qu'en dis-tu ?

Léonard haussa les épaules.

Il réussit finalement à convaincre son ami.

Ils partirent quelques jours plus tard. Ils passèrent par Bologne, où Léonard rencontra un de ses anciens élèves et collaborateur milanais, Boltraffio, qui lui promit de le rejoindre à Florence. Puis leurs routes se séparèrent momentanément. Le frère poursuivit vers Borgo San Sepolcro, Léonard et Salaï vers la ville de la fleur. Et ils apportaient avec eux, pour Piero Soderini, la copie de *La Divine Proportion* du mathématicien franciscain, qui les rejoindrait très vite sur les rives de l'Arno.

11

Et ainsi, quand après dix-huit ans d'absence, il vit de loin la coupole de Brunelleschi se dessiner comme une montagne rouge au-dessus des murs de celle qu'il continuait malgré tout à considérer comme sa ville, peu s'en fallut qu'il se mît à pleurer. Il y avait travaillé lui aussi quand il était jeune, entre 18 et 19 ans, quand on avait commandé à l'atelier de Verrocchio la sphère de pierre recouverte de huit plaques de bronze doré, soudées entre elles par les miroirs ardents, qui serait ensuite placée au sommet de la coupole, dernier acte de l'immense chantier, vingt-cinq ans après la mort du grand architecte qui l'avait conçue et construite. À cette occasion, il avait appris de son maître les rudiments de la mécanique, parce que la chose la plus difficile avait été de transporter là-haut cette boule très lourde et, à une telle hauteur, de la déposer sur la cime du toit conique de la lanterne. Une entreprise surhumaine, mais qui n'était rien pourtant en comparaison de la construction de la coupole : une double coque avec des arcs en quart de point, sans armature, posée sur l'énorme octogone du tambour par Brunelleschi, que l'on avait pris pour un fou quand il avait exposé son projet pour la première fois, et pour le plus génial architecte qu'aient jamais connu Florence et l'humanité tout entière, lorsqu'il l'avait réalisé.

Salaï fut impressionné lui aussi, et frappé par la beauté de la ville, par les somptueux palais et par les églises – et par toutes les autres coupoles qu'il imaginait sans les voir dans les décolletés des dames méditerranéennes. Léonard l'accompagna dans une auberge et se dirigea ensuite, seul, vers sa maison, entre la via della Fogna et la via del Pepe, près du palais du Podestà. Dix-huit ans plus tard, il revit donc son père, 74 ans, angoissé ; il fit la connaissance de sa quatrième belle-mère, Lucrezia Cortigiani, 36 ans, hargneuse ; il reconnut ses deux demi-frères qu'il connaissait déjà, Antonio et Giuliano, 24 et 20 ans maintenant – mais ils étaient petits quand il était parti – ; il vit les neuf autres, qui étaient nés entre-temps – dont six de la dernière épouse de son père –, entre 2 et 16 ans. Avec ses 48 ans, il n'était que le premier de douze enfants, mais le seul illégitime. Aucun d'entre eux ne sembla particulièrement heureux de son retour, il était désormais un étranger pour tous, et son père semblait seulement très fatigué. Il était assis à sa table, en train de faire des comptes, quand Léonard entra dans son cabinet. Il leva la tête et sourit, embarrassé.

— Pourquoi laisses-tu pousser ta barbe ? demanda-t-il seulement.

— Ma mère est morte apaisée, chez moi, à Milan, si cela vous intéresse de le savoir, répondit-il, qui sait pourquoi.

Le port de la barbe était une des façons de manifester son deuil, et ser Piero, le vieux notaire, ne posa pas d'autres questions.

C'est pourtant lui, son père, autrefois procurateur des frères servites, qui lui trouva un logement à la Santissima Annunziata. Et son vieil ami et collègue, Filippino Lippi, lui céda aussitôt la commande d'une *Assomption* qu'il devait peindre pour le maître-autel de l'église du couvent. On leur donna deux cellules pour dormir, une pour lui, l'autre pour son assistant, plus deux autres pièces en guise d'atelier, et pour d'éventuels autres assistants. Léonard commença à y travailler à contrecœur, et pour compléter, il donna quelques consultations d'architecture, fit de petits travaux, dont un pour les Gonzague qui semblaient le surveiller par le biais de leurs correspondants florentins : le marquis Francesco lui fit faire le dessin d'une villa hors les murs dont il avait été l'hôte la dernière fois qu'il était passé par Florence ; quant à la marquise, elle continuait de façon obsessionnelle à s'informer de son portrait de profil, qui semblait ne jamais devoir être terminé.

En arrivant à Florence, frère Luca alla vivre chez les franciscains de Santa Croce. Il venait juste de commencer à travailler à un nouveau livre, le *De viribus quantitatis*, une œuvre ludique sur les propriétés des nombres, ou plutôt sur des jeux mathématiques. Quand Léonard alla le trouver, il avait devant lui une feuille, avec un carré plein de chiffres.

14	10	1	22	18
20	11	7	3	24
21	17	13	9	5
2	23	19	15	6
8	4	25	16	12

— Qu'est-ce que c'est que ça ? lui demanda-t-il.

— Le carré de Mars, répondit le mathématicien. Il y a tous les nombres de 1 à 25, en colonnes et en rangées de 5 ; et en additionnant chaque ligne et chaque diagonale, tu obtiens toujours le nombre 65, qui est la somme des 25 nombres (325) divisée par 5.

Il lui expliqua tout sur les carrés magiques, chacun associé à un corps céleste et chacun supposé attirer l'influence de sa planète. Le voyant intéressé, frère Luca dessina rapidement sur une feuille ceux de Saturne, de Jupiter et de Mars, respectivement de 9, 16 et 25 nombres, et les lui offrit.

— Tu m'as toujours dit que tu considérais les astrologues comme des charlatans. Comment se fait-il qu'ils t'intéressent tant ? lui demanda le frère.

Léonard ne répondit pas. Il lui demanda s'il avait appris la triste fin du More.

Ludovic Sforza était rentré à Milan dans les premiers jours de février, avec sa nouvelle armée de treize mille soldats. Les Français en avaient laissé neuf mille dans la ville, qu'ils avaient aussitôt abandonnée à l'ennemi, ne gardant que les forteresses, y compris le château de porta Giovia. Mais contrairement à ce qu'avait fait Bernardino da Corte – auquel le More, à l'époque, avait confié la garde du château –, les Français défendaient vraiment les forteresses, ils ne négociaient pas au premier coup de canon. Les Milanais avaient accueilli leur duc comme ils avaient accueilli peu de temps auparavant le roi de France : avec des fêtes et des cris de joie.

Puis le More avait dû partir assiéger Novare, où les Français s'étaient retirés. Il avait pris la ville, mais y avait été assiégé à son tour par les renforts venus soutenir Louis XII. Début avril, il les avait courageusement affrontés en terrain découvert, mais il avait été trahi par les Suisses qu'il avait enrôlés dans son armée et qui n'avaient pas combattu. Ils avaient appris que d'autres Suisses, de leurs propres compagnies, avaient été enrôlés par le roi de France, une nouvelle qui n'était hélas pas connue de ceux qui combattaient de l'autre côté, de sorte que seuls les Suisses du More s'étaient retirés de la mêlée. Après avoir négocié séparément avec les ennemis, les Helvétiques lui avaient proposé de se travestir en l'un d'eux pour quitter la ville de Novare sans encombre, mais dans ses vêtements de fantassin suisse, il avait été reconnu par un Italien qui travaillait pour les Français et envoyé en prison dans un manoir de la Loire. *Sic transit gloria mundi*. Les Milanais avaient accueilli le roi de France comme ils avaient accueilli peu de temps auparavant le More et, encore avant, le même roi de France : avec des fêtes et des cris de joie.

— À Florence aussi, dit Léonard, on respire un air bien différent de quand j'en suis parti, il y a presque vingt ans de cela. Laurent de Médicis et Marsile Ficin sont morts, morts aussi Luigi Pulci, le Politien et Verrocchio ; après le supplice de Savonarole, Botticelli s'est fait prendre au piège d'un frère *piagnone* et il a sombré dans un sombre mysticisme apocalyptique. Le jeune Michel-Ange Buonarroti, dont on dit beaucoup de bien et qui a eu le temps de fréquenter le jardin médicéen de San Marco et l'école du Ficin, est parti à Rome, où on dit qu'il a sculpté une *Pietà* extraordinaire. Mais plus généralement, c'est le climat qui a changé. Les *compagnacci* et les *arrabbiati*, les plus fiers adversaires de Savonarole, ont recommencé à afficher le luxe, le gaspillage et l'insolence immorale d'autrefois, mais dans une atmosphère de fête et de grivoiserie de mauvais goût, sans la culture raffinée et la mesure qu'il y avait à l'époque de Laurent le Magnifique ; tandis que les *piagnoni*, les disciples vaincus du frère ferrarais visionnaire, se sont enfermés dans un silence hostile et dans l'attente du cataclysme imminent, de la punition divine qui emportera inéluctablement Florence et l'Italie pécheresses et néo-païennes. Il y a moins de travail et plus de pauvreté, plus de conflictualité latente… C'était une ville merveilleuse, où même le dernier des chiffonniers connaissait Dante par cœur. Maintenant, c'est la superficialité prétentieuse des riches et la haine contenue et impuissante des pauvres qui dominent…

— Mais toi, pour qui travailles-tu ? demanda le frère.

— Pour les églises. Nous sommes revenus aux temps où les meilleurs commanditaires étaient les religieux. À vrai dire, c'est aussi un peu ma faute. Je peins sans enthousiasme si le tableau qu'on me demande de faire n'exalte pas mon goût inné pour les défis, pour le dépassement de ce qui existe. Après *La Cène*, me remettre à peindre des Madones statiques avec des angelots qui gazouillent autour d'elles me mortifie profondément. Je veux représenter le mouvement, la *Force*, l'*enèrgheia*, comme tu l'as appelée…

— À vrai dire, Aristote…

— Ah, excuse-moi, toi tu es pour Platon, j'oubliais… Je regrette, cher ami, mais les temps ont changé, maintenant c'est l'ère de l'*enèrgheia*, de la *Force*, ce n'est plus la géométrie, la tienne et celle de Piero ton maître, qui peut changer le monde… Dès que je pourrai, je veux aller à Rome, voir Donino et regarder avec les yeux d'aujourd'hui les choses des anciens. Tu veux venir avec moi ?

— J'ai déjà un contrat, en novembre je recommence à enseigner ; la géométrie ne peut pas sauver le monde, mais elle peut encore me sauver. En été il fait trop chaud, je ne bouge pas. Nous avons donc peu de temps. Et puis… et puis, Piero, ce n'est pas que la géométrie…

— Viendrais-tu au moins avec moi au couvent de San Marco, où vivait Savonarole ? Ils ont une riche bibliothèque, même si elle est sous séquestre maintenant. Les frères avaient acheté pour trois mille florins d'or la collection des Médicis, quand ces derniers ont été contraints de quitter la ville. Mais les livres sont toujours accessibles, et je te présenterai les bibliothécaires… Comme ça nous pourrons peut-être enquêter encore sur l'assassinat du *riminese* à Milan et commencer à chercher ces manuscrits mystérieux.

— Apodictique ! Mais je viens pour la bibliothèque, pas pour me mettre à enquêter comme un sbire. Tu ne crois quand même pas que c'est un authentique *fratesco* qui a tué Pierleoni et qu'il a ensuite apporté ces livres dans la bibliothèque de San Marco ? Tu crois que les dominicains se mettraient à tuer pour un manuel de pneumatique ?

— Moi, qui sait ? je serais peut-être capable de le faire…, répondit le peintre, en se mettant à rire.

— Mais toi, justement, tu n'es pas un dominicain.

Un après-midi, ils allèrent ensemble au monastère de San Marco. Léonard montra au frère gardien son laissez-passer pour la bibliothèque, signé par un fonctionnaire de la Seigneurie. Ils remarquèrent que les frères portaient des robes larges, longues et d'une belle étoffe, des robes conventuelles, pas celles qu'ils portaient à l'époque des *piagnoni*. Le frère gardien regarda le franciscain de travers.

— Il est avec moi, dit Léonard, c'est un mathématicien célèbre, l'auteur de la *Summa de arithmetica*.

Le regard resta torve, mais le gardien fit signe de s'approcher à un novice assis derrière lui.

— Conduis nos deux hôtes dans la bibliothèque.

Ils suivirent le novice le long d'un couloir qui donnait dans le cloître.

— Il ne reste plus personne de l'époque de Savonarole ? demanda l'artiste.

Le jeune homme se retourna vers lui en se signant avec un air épouvanté, comme s'il avait vu le diable se matérialiser à côté de lui.

— Ce nom, entre ces murs, vous ne devez plus jamais le prononcer. Le couvent a été exorcisé, mais l'ennemi est dangereux, le démon du schisme et de l'hérésie est toujours aux aguets, et il ne faut pas lui offrir la moindre prise…

Léonard se signa à son tour et revint à la charge.

— Mais y a-t-il encore quelqu'un de l'époque… de l'hérétique ?

— Tous transférés, ou exilés. Il ne reste que quelques frères trop vieux pour se déplacer, ou trop inoffensifs pour qu'on se méfie d'eux, comme frère Anselmo, ou…

— Serait-il possible de parler avec ce frère Anselmo ? demanda Léonard, tandis que frère Luca lui faisait des gestes éloquents pour l'inciter à abandonner.

— La seule façon, c'est d'aller le trouver dans sa cellule, répondit le novice, car il a perdu l'usage de ses jambes. Mais je ne peux pas…

— C'est juste pour lui demander des informations sur un vieil ami qui était là bien avant l'arrivée de l'hérétique : frère Mariano Ughi. Je suis parti de Florence depuis dix-huit ans. Avant, je connaissais tout le monde. Maintenant, je vois parfois des visages qu'il me semble reconnaître, mais je ne me rappelle plus les noms. Je voudrais lui demander des nouvelles de ce saint frère qui était ici, s'il en a. Je vous en prie, je ferai une offrande au couvent.

— Je ne suis pas autorisé, répondit sèchement le novice tout en leur ouvrant la porte de la bibliothèque.

Puis il tourna les talons et repartit vers la loge.

Ils entrèrent et, passant entre les grandes tables du centre et le mur à leur droite, entièrement recouvert d'étagères pleines de livres, ils se dirigèrent vers le bureau au fond de la salle, où était assis le frère bibliothécaire qui, reconnaissant Léonard, se leva pour venir vers lui. L'artiste lui présenta le franciscain et lui demanda de lui montrer les étagères des mathématiques. Le dominicain les escorta vers le mur d'en face, tapissé de volumes. Pendant que le bibliothécaire et le peintre s'entretenaient à voix basse, le mathématicien s'approcha des livres et commença à les examiner un à un.

— Le *Liber embadorum* ! dit-il soudain en s'adressant à Léonard. C'est le livre des surfaces, écrit il y a environ quatre siècles par un juif espagnol que nous appelons Savasorda. Traduit en latin par son ami Platon de Tivoli, traducteur de l'hébreu et de l'arabe, celui qui introduisit en Europe des traités d'Archimède alors inconnus, et la première description de l'astrolabe.

— Un platonicien du XIIe siècle ? demanda l'artiste.

— Si la quadrature des figures planes t'intéresse, celui-là, tu dois absolument le lire, répondit le mathématicien.

Puis, à la grande surprise de son ami, frère Luca s'adressa directement au bibliothécaire.

— Est-ce que frère Anselmo est encore ici ? C'était un de mes amis très chers, mais s'il est encore vivant, il doit être assez âgé.

— Frère Anselmo da Bisaccia ? demanda le dominicain.

— Oui, c'est ça ! répondit le franciscain en faisant un clin d'œil à son ami.

— Vivant et en pleine forme, dit l'autre.

— Ah, si nous pouvions lui faire une surprise ! Qui sait combien il serait content !

— Je vous accompagne, répondit le bibliothécaire.

Léonard se retint à grand-peine d'éclater de rire.

— Suivez-moi, dit le frère, après avoir échangé quelques mots avec son assistant pour lui signaler qu'il s'absentait brièvement.

Ils revinrent dans le cloître et montèrent à l'étage au-dessus, traversèrent un long couloir, au bout duquel le frère poussa une porte déjà entrouverte.

— Frère Anselmo ! cria frère Luca en se dirigeant les bras ouverts vers le frère encore couché. Vous vous souvenez de moi ?

Vieux, frêle, chauve, une barbe blanche retombant souplement sur la couverture qui le couvrait jusqu'aux aisselles, le prêtre écarquilla les yeux, l'air surpris.

— Non, en vérité, répondit-il d'une petite voix faible et catarrheuse.

Léonard pria *in petto* pour son ami franciscain, pour que le saint fondateur de son ordre lui pardonne le pieux mensonge avec lequel il avait trompé le bibliothécaire dans le seul but, il le comprenait, de satisfaire sa curiosité.

Frère Luca étreignit pourtant le vieux dominicain et s'assit sur le bord de son lit.

— Comment non ? Nous nous sommes fréquentés il y a une vingtaine d'années, la dernière fois que je suis venu à Florence. Vous vous rappelez frère Mariano Ughi ?

— Oui, frère Mariano, bien sûr… (Le peintre avait de plus en plus de mal à s'empêcher de rire.) Mais il n'est plus là maintenant, ajouta le vieux dominicain ; après la triste histoire, il a été envoyé en exil, avec tous les autres… Que Dieu les ait en sa miséricorde, lui et nous tous. Et ton ami, qui est-ce ? Dis-lui de s'asseoir ici, sur la chaise.

— Léonard de ser Piero da Vinci, précisa le peintre, en se présentant tout seul.

— Ah, l'artiste célèbre, dit le frère, mais alors, je vous connais. Vous veniez ici au jardin de San Marco, quand il y avait Laurent le Magnifique… À l'époque, j'étais encore bibliothécaire, puis on m'a écarté, quand il y a eu le vol…

— Le vol ? demanda Léonard, tout en s'asseyant en face du lit.

— Euh… oui, un vol qui a eu lieu il y a quelques années, répondit le dominicain en détournant son regard de ceux des deux visiteurs. Rien d'important…

Et il commença à tousser fort, comme pour expulser un catarrhe inexistant.

— Les manuscrits de Mistrà ? demanda à brûle-pourpoint frère Luca, qui semblait véritablement en état de grâce ce jour-là.

Le dominicain faillit se trouver mal. S'il n'avait pas déjà été blanc comme un linge, ils l'auraient vu pâlir.

— Donc, vous le savez déjà, dit-il. C'étaient des ouvrages qui venaient de Rimini. Ils avaient été apportés ici, pour les sauver, par frère Sacramoro Malatesta, un dominicain de l'illustre famille de Rimini, l'un des plus féroces adversaires de Savonarole…

À ce nom, ne sachant pas s'ils devaient se signer ou pas, ils se tournèrent tous les deux vers le bibliothécaire qui les avait accompagnés et qui était debout sur le seuil de la cellule. Mais il n'était pas exagérément troublé. À l'évidence, tous les frères de San Marco n'étaient pas aussi superstitieux que le novice qui les avait conduits à la bibliothèque.

— Frère Sacramoro entra dans une terrible colère quand il apprit le vol, poursuivit le vieil homme. C'étaient des manuscrits byzantins, en grec, qui devaient être très précieux, ou en tout cas auxquels il tenait beaucoup. Il s'en est pris à moi. C'était juste après qu'on avait chassé les Médicis, et il régnait ici une grande confusion. Les prédications du frère de Ferrare enflammaient la ville, il avait même été envoyé traiter pour la République avec le roi de France. Je n'étais pas dans la bibliothèque quand le vol a eu lieu : c'est un confrère qui a été frappé, déshabillé et attaché…

— Déshabillé ? s'étonna Léonard. Et pourquoi ?

— Il faudrait le demander au voleur… En tout cas, mon malheureux confrère et moi avons été aussitôt retirés du service de la bibliothèque.

Tous les deux pensèrent la même chose : le voleur était sorti du couvent habillé en *fratesco*, et c'était probablement la même personne qui avait tué Pierleoni de Rimini. Ils parlèrent encore de tout et de rien, sans plus rien apprendre d'important, si ce n'est que frère Anselmo était fidèle à la mémoire de Savonarole, qu'il considérait comme un saint homme, et qu'il se disait convaincu que la punition divine s'abattrait sur Florence, sur toute l'Italie, sur le pape Borgia et sur sa descendance, et que lui, en ce qui le concernait, souhaitait seulement mourir avant.

Pendant les mois qui suivirent, Léonard et frère Luca se virent moins régulièrement. Le mathématicien avait commencé à préparer et à donner des cours, et souvent aussi il devait aller à Bologne, comme le prévoyait sa nouvelle charge. Léonard commença à travailler à une *Sainte Anne*, plutôt qu'à son *Assomption*. De multiples raisons l'avaient fait changer d'idée. Michel-Ange était revenu à Florence et, dès son retour, il avait accepté le défi de travailler au « géant », comme tout le monde appelait un énorme bloc de marbre haut, étroit et de piètre qualité qu'aucun artiste n'avait envie de sculpter pour la Seigneurie, et dont lui voulait faire un David, symbole de la République renaissante. Et donc, *Sainte Anne*, parce que le jour où l'on célébrait la mère de Marie, le 26 juillet, les Florentins fêtaient le renvoi du tyran, plus d'un siècle et demi auparavant, ce Gautier de Brienne, duc d'Athènes, qui s'était imposé dans la ville comme seigneur à vie. Des festivités qui étaient redevenues à la mode, chargées de nouvelles significations symboliques après le renvoi des Médicis.

Et si la Santissima Annunziata n'en voulait pas, il vendrait sa *Sainte Anne* à la Seigneurie, qui semblait s'être réveillée et avoir retrouvé sa passion pour l'art, depuis que lui parvenaient les nouvelles des victoires du Valentinois, César Borgia. Ville après ville, à la lisière des territoires florentins, le fils du pape avait conquis toute la Romagne : Imola et Forli, Pesaro, Rimini et, après s'être fait remettre par son saint père Cesena, Fano et Senigallia, il avait également assiégé Faenza. Puis on avait appris que Piero de Médicis, le fils détrôné de Laurent le Magnifique, l'y avait rejoint et l'incitait à marcher sur Florence. La terreur d'un retour imminent des Médicis, voilà ce qui poussait maintenant la République à les égaler dans le mécénat.

Et sa *Sainte Anne* devait être une incarnation de l'*enèrgheia*, un exemple de dynamisme dans la composition des corps. Il en avait conçu une première version avec Marie assise sur les genoux de sa mère, Jésus dans ses bras, qui se tend vers Jean-Baptiste, à droite de la scène. Puis il avait misé sur un autre sens allégorique de la représentation et il avait remplacé Jean-Baptiste par un agneau sacrificiel, symbole de la Passion : la Madone assise dans le giron de sa mère, symbole de l'Église, les deux masses corporelles fondues en une seule, tend les bras pour retenir son fils qui s'enfuit et tend les bras à son tour vers le petit agneau qu'il semble vouloir chevaucher. Hors de toute allégorie, le Christ embrasse son destin de victime sacrificielle, tandis que sa mère, protectrice comme le sont toutes les mères, essaie de le ramener dans son giron, dans le giron de toutes les mères du monde, vu que le sien et celui de sainte Anne se confondent en un ventre unique ; dans le fond, la vie pulsante de l'*anima mundi*, les montagnes lointaines à estomper, un grand fleuve qui creuse son lit dans la pierre dure ; la perspective des couleurs qu'il découvrait alors, qui lui permettait d'obtenir de la profondeur sans avoir besoin de mettre en scène des espaces architecturaux créés par l'homme, et de situer l'épisode sacré au cœur même de la vie ardente de la nature, le microcosme dans le macrocosme, la vie humaine dans celle vaste et mystérieuse de l'Univers.

Seul le carton préparatoire était prêt lorsque les frères décidèrent d'ouvrir au public l'accès à sa *Sainte Anne*, et une foule de gens de tous âges et de toutes conditions se précipita à l'Annunziata, pour découvrir le chef-d'œuvre que Léonard allait créer. On faisait la queue jusque sur la place. Sainte Anne, prie pour nous. Sainte Anne, protège en cette heure obscure l'Église dont tu es le symbole. Mère de la mère, sauve toutes les mères du monde. Veille sur l'éternel mystère de la fuite du fils et de son sacrifice. Triomphatrice du duc d'Athènes, protège Florence de l'oppression de tous les tyrans. Sauve toujours notre ville de l'appétit de ses ennemis.

Tant de beauté les poussait tous à prier, chacun à sa manière. D'aucuns racontèrent même par la suite que la *Sainte Anne* de Léonard avait exaucé leurs prières. D'autres que sainte Anne les avait sauvés de graves dangers. D'autres encore étaient malades, et sainte Anne les avait guéris. Et contrairement à l'habitude, même les plus sceptiques, les plus cyniques – qui étaient si nombreux à Florence – étaient portés à croire à la véracité de ces rumeurs. Même les *compagnacci* les plus mécréants, même les *piagnoni* apocalyptiques. Maintenant, à Florence, il y avait Michel-Ange et Léonard, et tous se remirent à croire, comme autrefois, aux miracles de la beauté.

12

Mais placer ses espoirs dans la République se révéla infondé.

La République n'avait plus d'argent. Elle dépensait tout sans discernement pour payer la protection des potentats européens, du roi de France et de l'empereur allemand, pour la guerre contre Pise et contre les autres villes qui se rebellaient à son exemple. Les Florentins n'arrêtaient pas de protester contre les charges, et plus ils étaient riches, plus ils protestaient, surtout contre la *decima scalata*, un impôt qu'on n'avait jamais vu : proportionnel au revenu – une chose inouïe –, qui ne prenait pas à tous la même proportion de revenu, mais qui croissait avec l'accroissement de la richesse.

À vrai dire, Léonard ne trouvait pas vraiment injuste que ceux qui avaient le plus à gagner des affaires de la République ou de ses guerres contribuent le plus à les soutenir, mais il s'abstenait de donner son avis à la majorité qui s'en lamentait. Sauf une fois, où il avait répondu à Piero Guicciardini, favorable à un taux unique, et qui venait juste de lui dire combien il était dans l'intérêt de l'État de préserver les richesses des riches.

— Mais il est encore plus dans son intérêt de ne pas réduire à la misère la plupart des citoyens qui, eux, ne sont pas riches.

Et ils n'avaient rien appris d'autre à propos du vol des manuscrits de Mistrà, les enquêtes s'étaient enlisées lamentablement. Léonard avait compris très vite que parler du couvent de San Marco et de l'époque de Savonarole était devenu très difficile. Quand il voulait les amener à aborder le sujet, ses interlocuteurs, que ce soient des *piagnoni* dévots ou des *compagnacci* anticléricaux, parlaient systématiquement d'autre chose. Florence semblait réellement vouloir effacer le frère dominicain de sa mémoire historique. Et elle y réussissait très bien.

Dans le même temps, l'annonce du troisième mariage de Lucrèce Borgia, sœur du Valentinois, avait fait scandale : moyennant le paiement d'une somme absurde – la dot exigée par Ercole d'Este –, le père plus ou moins saint de Lucrèce l'avait donnée comme épouse à l'héritier de ce dernier, Alfonso, frère de la marquise de Mantoue, qui deviendrait tôt ou tard duc de Ferrare. En échange de cette somme considérable, Alexandre VI s'était assuré de la paix dans le nord du grand royaume que son fils César était en train de conquérir avec son appui, au centre de l'Italie, entre l'Adriatique et l'Apennin, entre la Romagne et les Marches.

Et cependant, la sœur, désormais mantouane, de l'époux ferrarais n'abandonnait pas[1].

Pendant la Semaine sainte de cette même année, un théologien carme était venu prêcher à la cathédrale de

1. Isabelle d'Este (sœur d'Alfonso d'Este), devenue duchesse de Mantoue par son mariage avec François II Gonzague ; Alfonso d'Este, duc de Ferrare, devenu l'époux de Lucrèce Borgia.

Florence : le vicaire général de l'ordre, frère Pietro da Novellara, confident de la marquise de Mantoue. Il était allé trouver Léonard à l'Annunziata, pour lui faire part de la demande d'Isabelle d'Este : elle voulait une nouvelle esquisse de son portrait, parce que son mari avait offert à quelqu'un, elle ne savait pas qui, celui qu'il lui avait laissé. La marquise voulait aussi un tableau, sur un sujet de son choix, pour son *studiolo*, ou au moins une petite Madone, à lui de voir. À l'Annunziata, le prêtre fidèle n'avait trouvé que Salaï et Boltraffio en train de peindre, Léonard était dans une autre pièce, occupé à lire ses notes sur le livre de Savasordo.

Léonard lui avait montré le carton de *Sainte Anne*. Il avait beaucoup plu au carme, qui avait compris immédiatement sa signification et sa symbolique. Mais il lui avait aussi demandé de répondre à la marquise qu'il ne se consacrait plus beaucoup à la peinture : peindre était pour lui maintenant une fatigue surhumaine.

Et c'était vrai. Il ne s'agissait pas de fatigue manuelle, évidemment. Mais c'était à cause de sa méthode, qui rendait longue et pénible chacune de ses entreprises. Devait-il par exemple représenter un détail ? C'était le début d'une nouvelle enquête sur la nature. Et peindre un bras dans une certaine position ? Il se mettait alors à étudier l'anatomie : les os, les tendons, les muscles, les veines et les artères, les nerfs du bras. Mais chaque observation suscitait une kyrielle de questions, et chaque question, une nouvelle recherche. La façon dont se meut le bras lui suggérait des treuils et des poulies, la machine humaine faisait naître dans son esprit des projets de nouveaux engins mécaniques. Jusqu'à la question suprême : l'âme. Tu peux refaire des machines artificielles semblables à celles d'os et de tendons du corps humain, mais après, c'est à pleurer, parce que ces engins ne bougent pas ; s'il faut de l'énergie humaine ou animale, ce n'est pas un grand avantage. Comment insuffler une âme et doter de mouvement les machines qu'il concevait ?

Il allait parfois sur les bords de l'Arno et restait des heures à contempler les mouvements de l'eau, les vagues, les tourbillons, les courses vertigineuses entre les nouveaux lavoirs et les ruines des vieux foulons maintenant abandonnés. Il essayait de se faire une idée de la consistance des fonds d'après les mouvements de la surface, de deviner la présence de grandes masses sous l'eau à la fréquence des bulles, au dessin des ondulations à la surface de l'eau ; les canaux et les grottes submergés d'après le mouvement à rebours des tourbillons. Il voulait lire le fleuve comme on lit un livre, et se faire raconter par les branches, les frondaisons, les objets flottants qu'il emportait dans sa course vers la mer, les mille histoires de l'arrière-pays.

Au cours de l'été 1502, on apprit à Florence la rébellion d'Arezzo, qui s'était livrée aux armées de Piero de Médicis et de Vitellozzo Vitelli de Città di Castello, l'un des plus audacieux *condottieri* d'Italie et l'allié des Médicis et du Valentinois. La ville était en fibrillation. Le fils du Magnifique était donc aux portes du territoire florentin et, comme on le pressentait, le fils du pape le soutenait. Nouvelles angoisses, nouveaux impôts, nouvelles dettes, et l'avenir se compliquait. Léonard reçut alors une lettre scellée d'un obscur expéditeur. Elle lui fut remise par un jeune inconnu qui, à en juger par son accent, n'était même pas florentin. Il l'ouvrit. C'était une offre de travail très alléchante. Il devait se rendre en dehors de

Florence pour rencontrer *incognito* le *condottiere* florentin qu'il connaissait bien, mais qui, par prudence, ne signait pas. Il ne devait en parler à personne.

Il décida d'y réfléchir en allant comme d'habitude contempler l'Arno. Et il était arrivé du côté du pont de Santa Trinità lorsque, au moment de s'y engager, il tomba sur un groupe de trois jeunes gens qui feuilletaient une *Divine Comédie*. Dès qu'ils le virent – et de toute évidence, ils le reconnurent –, ils attirèrent son attention :

— Maître Léonard !

De beaux jeunes gens en apparence, bien habillés, entre 20 ans, lui semblait-il, pour le plus jeune, et 30 ans, qu'il aurait donné au plus adulte d'entre eux. Il lui semblait aussi que c'étaient des visages familiers, qu'il avait dû voir quelque part, même si leur jeune âge et son absence depuis près de vingt ans rendaient la chose très improbable. Mais cela lui arrivait souvent depuis qu'il était à Florence, cette désagréable sensation de reconnaître quelqu'un qu'il ne connaissait pas. Étaient-ce les enfants de pères connus, très ressemblants à leurs parents, qu'il aurait eu bien du mal à reconnaître maintenant avec des cheveux blancs ? Comme par exemple le jeune imberbe, le plus grand des trois, cheveux courts châtains, visage ovale et fin, qui s'avança vers lui en déclamant Dante :

Entra nel petto mio, et spira tue
Si come quando Marsi traesti
De la vagina de le membra sue[1].

---

1. *La Divine Comédie, Paradis*, I, 19-21: « Entre dans ma poitrine, et souffle, toi,/comme quand tu as tiré Marsyas/hors de la gaine de ses membres » (trad. Jacqueline Risset).

Il s'arrêta pour attendre la question qui ne tarda pas à arriver.

— Marsyas, dit le jeune homme, est le satyre qui défia Apollon en jouant de l'aulos de Minerve et qui fut vaincu par lui et écorché vif. Mais c'est aussi le satyre auquel Platon compare Socrate dans le *Banquet*, car son aspect physique rappelle celui d'un silène et parce qu'il charme les hommes par le son de ses belles paroles ; mais ce qui ressemble surtout à Marsyas, ce sont les discours du philosophe, qui renferment une âme divine dans une enveloppe apparemment simple, lisse comme la peau du satyre arrachée par Apollon. Ici, Dante s'emparadise[1] en citant Platon, mais les aristotéliciens se réclament aussi du poète. Platonicien ou aristotélicien, donc ? Aristotélicien dans l'*Enfer* et soudain platonicien dans le *Paradis* ?

« Ah, nous y voilà, se dit Léonard, les inévitables néo-platoniciens florentins, en conflit perpétuel avec les physiciens qui privilégient Aristote. » Il eut l'impression d'être revenu en arrière de vingt ans. Mais au même moment, il vit arriver Michel-Ange. Buonarroti venait du pont sur l'Arno, petit, barbu, noir, rapide et léger, en tout point semblable à un silène, comme Socrate. Connaissant son admiration pour Dante et pour Platon, Léonard eut l'idée de détourner la question vers lui. C'était une occasion comme une autre de faire sa connaissance, se dit-il, car il le savait renfermé et solitaire.

1. Néologisme emprunté à Dante, qui parle de Béatrice « celle qui emparadise mon âme », *Paradis*, XXVIII, 3 (trad. Jacqueline Risset).

— Messer Buonarroti, vous tombez bien, lui dit-il, ces braves jeunes gens viennent juste de me soumettre une question sur Dante et Platon, que vous pourriez résoudre mieux que moi…

Mais le sculpteur sembla le prendre très mal et lui répondit, agacé :

— Qu'est-ce que tu me veux, Léonard ? Tu es revenu à Florence pour te moquer de nous tous ?

— Non, que dites-vous là ? En vérité…

— Retourne plutôt te moquer des Milanais, tout le monde sait bien que tu leur as promis une statue équestre grande comme une maison et que tu n'es jamais arrivé à la fondre ! dit-il en passant outre.

Léonard fut désarçonné par la réaction insolente du sculpteur : il ne s'y attendait pas. Il n'avait aucune intention de se moquer de lui, il aurait même souhaité devenir son ami. Et puis Michel-Ange avait mis le doigt sur une plaie ouverte, le cheval de Francesco Sforza jamais réalisé… Il resta immobile, stupéfait, comme une statue de sel.

— Ne vous en faites pas, lui dit le jeune homme, figé lui aussi, *La Divine Comédie* dans la main. Enchanté, Piero Bandinelli, et mes amis s'appellent Almanno dei Martelli et Uguccione degli Alberti. Nous sommes florentins tous les trois, mais Alberti et moi nous sommes formés à Rome, à l'académie de Pomponius Laetus.

— Néo-païens, donc, dit Léonard.

À ce qu'il savait, Pomponius Laetus, mort environ trois ans plus tôt, avait fondé à Rome une académie d'admirateurs de l'Antiquité qui se réunissaient aussi dans les catacombes et avaient recréé le *pontifex maximus* païen d'époque romaine ; entre eux, ils ne parlaient que le latin, et ils avaient réhabilité Julien l'Apostat, le dernier empereur païen, qui avait renvoyé de toutes les écoles les enseignants chrétiens. En 1468, ils avaient tous été arrêtés par le pape Paul II, qui soupçonnait une conjuration républicaine à ses dépens, financée par le sultan turc. Ils avaient été torturés, mais n'avaient pas avoué, et enfin libérés pour insuffisance de preuves.

— Ce sont des ragots sans fondement, répondit le jeune homme. Pomponius était seulement le meilleur des latinistes et un grand spécialiste des antiquités romaines. Nous reprenions les rites païens et les célébrions comme au temps de Cicéron, ça oui, mais c'était une façon de nous plonger dans l'âge classique que nous aimions à la folie. De toute façon, nous sommes maintenant en excellents termes avec la curie romaine.

— Ah, je n'en doute pas, maintenant que le *Fregnese*[1] est devenu cardinal…

Alexandre Farnèse – auquel tous donnaient maintenant ce surnom, en raison de la façon dont il était devenu un prélat de premier ordre, sans même être prêtre – avait été l'élève de Pomponius Laetus – ce n'était pas un secret – mais il était surtout connu pour être le frère de Giulia, une splendide jeune femme de 25 ans pour laquelle le pape avait perdu la tête, au point que lorsqu'elle avait décidé de rentrer chez

1. Surnom donné à Alexandre Farnèse, futur pape Paul III, et frère de Giulia Farnèse (la maîtresse du pape Alexandre VI Borgia), nommé cardinal par le pape alors qu'il n'était pas encore prêtre. Le surnom de *Fregnese* est formé sur le mot *fregna*, appellation vulgaire du sexe féminin.

son mari, quand Charles VIII était descendu en Italie, il avait menacé de les excommunier tous, elle et sa famille, si elle ne revenait pas immédiatement à Rome. Elle était revenue, puis s'était enfuie à nouveau juste avant que le roi de France n'entre dans la ville. Mais Alexandre était déjà cardinal depuis un an, et personne n'ignorait à qui il le devait.

— Le cardinal maquereau, comme nous appelons Alexandre Farnèse, n'est plus un disciple de Laetus, répliqua Bandinelli. Il a complété sa formation ici, à Florence, avec Marsile Ficin et avec Pic de la Mirandole, et il s'est converti à la *pia philosophia*.

— À propos de conversion, rétorqua Léonard, vous êtes implicitement en train de déclarer que votre *philosophia* n'est finalement pas si *pia* que ça. Mais je voudrais vous demander quelles étaient les relations de votre maître avec Sigismond Malatesta de Rimini, un néo-païen lui aussi, selon Pie II en tout cas, qui en fait cherchait juste un prétexte pour l'éliminer.

— Ils aimaient tous les deux les doctrines de Gémiste Pléthon, le néo-platonicien byzantin. C'est en parlant avec lui que Cosme de Médicis, grand-père du Magnifique, avait été convaincu de fonder une académie platonicienne à Florence. Mais Gémiste Pléthon parle aussi bien de Dieu que des dieux : pour certains, c'était donc un polythéiste, et quand il parlait du « Un » platonicien, c'était simplement pour dissimuler son propre paganisme de fond ; pour d'autres au contraire c'était un chrétien, et donc un monothéiste, bien qu'anti-trinitaire, qui essayait de concilier platonisme et christianisme, et dont les dieux n'étaient que les principes intermédiaires nécessaires pour expliquer la pluralité des entités à partir de l'unité de Dieu. Pour

Pie II et Paul II, deux papes qui persécutèrent respectivement Sigismond Malatesta et les académiciens romains, ces idées étaient tout simplement hérétiques. Le second de ces deux papes était convaincu que, lors de la croisade de Morée, Sigismond Malatesta avait comploté avec le sultan turc, et que les néo-païens de Rome, en contact avec lui, avaient ourdi une conjuration républicaine pour instaurer dans la ville du martyre de Pierre un pontificat païen. Mais, même sous la torture, Laetus et ses hommes n'avaient pas la moindre idée de ce que l'on voulait leur faire avouer, et on n'a jamais trouvé la moindre preuve du complot.

— Mais d'après ce que l'on m'a dit à Venise, poursuivit Léonard, maintenant, avec le pape Borgia, le néo-paganisme est installé au Vatican. Le pontificat païen dont rêvaient les académiciens romains, nous l'avons ici, au cœur même de la chrétienté.

— À Venise, on dit tout et son contraire, mais Alexandre VI, le pape Borgia, est plus un athée qu'un néo-païen. Et pourtant, un vrai chrétien ne devrait jamais douter du fait que quiconque monte sur le trône de Pierre, quand bien même ce serait un fils bâtard de Lucifer, ne peut pas faire autrement que d'être le véhicule de la grâce divine.

— Savez-vous quelque chose à propos des manuscrits de Mistrà ? lui demanda le peintre à brûle-pourpoint.

— Les manuscrits de… ?

— Quelques-uns des manuscrits de la bibliothèque de Gémiste Pléthon, que Sigismond Malatesta avait rapportés à Rimini et qui, à sa mort, avaient fini ici, à Florence, à San Marco, avec Sacramoro Malatesta, pour être ensuite volés par Dieu sait qui.

— J'ai entendu parler il y a quelques années d'un vol à la bibliothèque de San Marco, mais j'ai cru que c'étaient des textes médicéens.

— Et avez-vous jamais entendu parler d'un certain Pierleoni, exilé de Rimini ici à Florence, probablement un ami de frère Sacramoro ?

— Bartolomeo Pierleoni ? Je sais qui c'est, oui, mais nous n'étions pas amis. Je l'ai rencontré quelques fois aux prêches de frère Domenico da Ponzo, qui attaquait Savonarole depuis la chaire de Santa Croce, l'un des plus fiers adversaires des *frateschi*. Un ami m'a dit un jour qu'il s'appelait comme ça, Bartolomeo Pierleoni, mais cela fait des années que je ne le vois plus par ici.

— Il est mort à Milan. Tué par on ne sait qui…

— Je regrette… (Le jeune homme baissa la tête, s'efforçant de conformer l'expression de son visage à la nouvelle de ce deuil.) Mais donc, Marsyas ! reprit-il aussitôt. D'après vous, Dante, il était platonicien ou aristotélicien ?

— Pour autant que je sache, à son époque, on ne connaissait que deux dialogues de Platon, donc aristotélicien, j'en suis sûr.

Il salua les jeunes gens et revint sur ses pas, de mauvaise humeur.

De retour à l'Annunziata, il s'enferma dans sa cellule sans même passer saluer Salaï. Il s'assit à son bureau, songeur ; c'était surtout l'insulte de Michel-Ange qui le brûlait intérieurement. Ils auraient pu être amis, ils auraient eu beaucoup à y gagner tous les deux, il y avait tellement de choses dont ils auraient pu parler, d'autant que, ces derniers temps, il n'était pas facile de trouver à Florence des interlocuteurs avec lesquels partager des intérêts communs. Mais Buonarroti avait tranché : ils seraient ennemis. « Il suffit d'un rien, il est plus facile d'être ennemis qu'amis », songea-t-il. Il s'adapterait à la guerre, bien qu'il ne la désirât pas. Il est plus facile de fermer les portes que de les ouvrir.

Et il n'avait pas encore pris de décision à propos de la charge que lui confiait le *condottiere* florentin qu'il devait voir *incognito* aux frontières de la Toscane. Mais la désagréable rencontre de cet après-midi était une raison de plus pour y aller.

Puis il se retrouva par hasard avec la feuille des carrés que lui avait donnée frère Luca et il oublia toutes ses sombres pensées. Il songea au carré non magique des nombres dont la somme se lisait difficilement sur la petite ardoise du portrait avec l'*eicosiexaèdre* donné aux ducs d'Urbino. Il devait y avoir un lien. Il se mit à écrire, comme il le faisait chaque fois, parce que écrire ses idées aide parfois à les clarifier, ou à les laisser définitivement de côté quand on finit par découvrir qu'elles sont complètement ridicules.

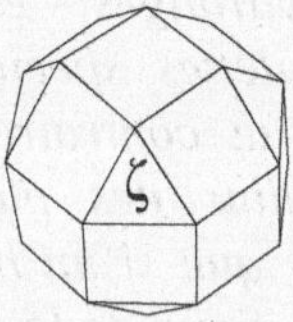

En astronomie, dit maître Luca, les plus grands de cette science, comme Ptolémée, Albumasar, al-Faraghani, Géber et tous les autres – dont aucun n'est chrétien mais qui sont pourtant beaucoup plus savants en cette science que les chrétiens –, ont magnifiquement montré que la force et la vertu des nombres sont nécessaires, et même que sans eux l'astronomie ne peut exister. Et de là, grâce à des figures carrées, tous ont trouvé pour les planètes des nombres qui leur sont propres, des nombres différents mais qui donnent toujours, quelle que soit la façon dont on les prend, la même somme, sur chaque côté, par le travers et en diamètre. Et ils ont attribué à Saturne le carré de 3 par 3, à Jupiter celui de 4 par 4, à Mars le carré de 5, au Soleil celui de 6, à Vénus le 7, le 8 à Mercure et à la Lune le 9.

Et ces figures, explique maître Luca dans son livre De viribus quantitatis, *doivent toujours être faites avec des nombres entiers, sans en exclure ni en répéter aucun, à partir de 1 dans le premier carré. Par exemple le carré de Saturne, le plus facile à illustrer, avec un côté de 3 nombres et le carré de 9 (3 par 3), doit contenir tous les chiffres de 1 à 9, aucun exclu et aucun jamais répété.*

Et les astrologues disent que ces carrés ont des vertus magiques – mais il ne faut pas accorder trop de crédit à leurs bavardages – et que, gravés sur des pierres ou des amulettes spécialement conçues, ils peuvent attirer ou au contraire éloigner les influx bienfaisants ou malins des planètes qu'ils représentent. C'est-à-dire que si un homme est envieux et sous l'influence maléfique de la planète Saturne, particulièrement vouée aux humeurs mélancoliques, il ne s'exposera jamais au carré de Saturne, car il doit au contraire contrebalancer lesdites influences porteuses de tristesse. On gravera plutôt sur l'amulette la figure de Jupiter, inspirateur de tempérament sanguin et susceptible d'équilibrer les humeurs saturniennes. On reproduira sur la pierre le carré de Jupiter de 4 par 4, qui contiendra donc tous les nombres de 1 à 16 en rangées de 4, comme on l'illustre ci-dessous :

16	3	2	13
5	10	11	8
9	6	7	12
4	15	14	1

Où l'on verra que la somme de chaque ligne, de chaque colonne et de chaque diagonale est toujours 34 (que l'on obtient en prenant la somme de tous les nombres de 1 à 16, divisée par 4 ; 34 étant 136 divisé par 4). Et bien que je ne croie pas aux bavardages des astrologues, qui sont tous des charlatans, il faut pourtant reconnaître que la force du nombre que manifestent ces carrés est admirable.

Le carré de Saturne, en revanche, sera fait avec tous les nombres de 1 à 9 : additionnés entre eux, ils font 45, qui divisé par 3 donne 15 ; et 15 est la somme de chaque ligne, de chaque colonne et de toutes les diagonales, comme dans le carré que présente frère Luca dans son volume :

4	9	2
3	5	7
8	1	6

15 par côté, 15 de travers, 15 le diamètre, toutes les sommes font 15.

Mais ensuite j'ai cherché en vain comment on peut appliquer cette doctrine des carrés astronomiques à la somme que frère Luca a fait apposer sur l'ardoise de son portrait vénitien envoyé à Urbino. Pourtant, là aussi, comme dans le carré de Saturne, les nombres additionnés étaient tous ceux de 1 à 9 :

4	7	8
9	3	5
6	2	1

Mais tout ce que je peux dire c'est que ces nombres, ici, n'ont aucun sens. Ce n'est pas un carré magique, parce que les chiffres ainsi disposés, et si on les additionne, en largeur, en hauteur et en diagonale, ne font jamais 15, mais des résultats différents les uns des autres. La signification d'une telle somme continue donc à m'être interdite. Dès que le frère m'a expliqué ses carrés astronomiques, j'ai pensé un instant que j'aurais pu trouver grâce à eux la solution de l'énigme de son portrait.

Mais frère Luca a un temps d'avance sur le diable.

13

Ils longèrent l'Arno sous les sommets du Pratomagno jusqu'à la vallée de l'Enfer et Laterina. Léonard fut frappé par les failles, par ces argiles durcies et creusées comme des blessures ouvertes sur le flanc des collines, par le déploiement des anfractuosités comme des faisceaux de nerfs sous la peau, mis à nu par l'érosion. De temps en temps, il s'arrêtait pour esquisser un dessin ou prendre des mesures avec l'alidade et le goniomètre, et Salaï n'en pouvait vraiment plus.

— Quand arrivons-nous, maître ? N'est-il pas dangereux de traverser la frontière ?

Ils quittèrent d'ailleurs l'ancienne via Cassia, parce qu'ils savaient qu'elle était étroitement surveillée au pont de Buriano par les gardes florentins. Ils préférèrent traverser tranquillement l'Arno sous Laterina, où il y avait, entre deux falaises, un pont ancien à quatre arches surbaissées, qui plut tellement à Léonard qu'il voulut monter sur une colline, en face, pour dessiner le fleuve et le pont dans ce paysage suggestif, où il lui sembla saisir encore le cœur palpitant du monde et le travail constant de la nature. Et ils montèrent donc, laborieusement, malgré les résistances épuisantes sous le soleil de juin des deux chevaux, du mulet, des broussailles, de Salaï.

Puis ils gagnèrent Arezzo, où ils trouvèrent les premiers gardes arétins.

Ils montrèrent leurs lettres de créance et on les escorta dans la ville rebelle. Bien qu'il soit déjà tard, Léonard laissa Salaï au logement qui leur était destiné et se rendit aussitôt au lieu de son rendez-vous. Le *condottiere* le reçut au Palazzo del Popolo, dans une salle grande et nue, où ils étaient assis l'un en face de l'autre, de part et d'autre d'une table éclairée par deux grandes lampes.

— Mission accomplie ? demanda l'homme.

— Hélas, non, répondit-il.

— Ça ne fait rien, répliqua l'autre. Je ne t'ai pas appelé cette fois pour t'avoir à mon service. J'ai une dette envers le Valentinois, et c'est à lui que je t'envoie. J'ai appris qu'il est entré à Urbino il y a deux jours avec son armée : repose-toi pendant quelques jours, puis remets-toi aussitôt en route. Si nous devons nous affronter avec les Florentins, je ne veux pas que tu en subisses les conséquences.

— À Urbino ? demanda Léonard, très surpris. Et le duc Guidobaldo ?

— César Borgia nous a tous pris de court. De retour de Rome, il était au siège de Camerino et il avait demandé au duc d'Urbino, qui le lui avait accordé, l'accès au col de Cagli pour rejoindre avec ses troupes son nouveau duché de Romagne. Mais il a brusquement laissé tomber Camerino et envahi le duché d'Urbino. Il a frappé par surprise. Il semble que Guidobaldo de Montefeltro ait été averti juste à temps et se soit enfui, déguisé en paysan.

— Nous sommes du même bord ?

L'homme, la trentaine, le visage dans la pénombre animé par les éclats de la flamme, vêtu de noir, le regarda en esquissant un sourire amer.

— J'espère que oui, répondit-il. Je suis venu à Arezzo avec Paolo Orsini, qui est un de mes parents. Il y avait avec nous Vitellozzo Vitelli. Tous les deux sont des capitaines à la solde du Valentinois, mais ils ne lui ont bien sûr pas demandé la permission de venir à Arezzo : ils sont venus, c'est tout, pendant que lui, César Borgia, était à Rome. Vitellozzo veut étendre ses possessions au détriment de Florence, de Città di Castello à Borgo San Sepolcro et Anghiari, et il espère que le Valentinois lui accordera ses nouvelles conquêtes, qu'il ne les revendiquera pas pour lui. Paolo Orsini voudrait Arezzo ; quant à moi, je voudrais seulement revenir à Florence. Nos objectifs sont donc prévisibles. En tout cas, le Valentinois au moins les connaît bien. Le seul qui est totalement imprévisible, c'est lui justement. Il est à moitié espagnol d'origine, il n'a aucun précédent dynastique chez nous et aucune règle à respecter : l'attaque d'Urbino l'illustre bien. Il ne serait jamais venu à l'esprit d'aucun d'entre nous d'attaquer le dernier membre d'une famille qui gouverne cette ville depuis des siècles. C'était un pacte tacite en Italie, avant que n'arrivent les Français appelés par le More et les Borgia, et c'est malheureusement nous qui les avons élus. Pour l'instant, nous sommes alliés, oui. Des alliés qui se regardent avec méfiance, mais des alliés. Nous sommes du même côté, sinon je ne t'enverrais pas travailler pour lui.

— Et qu'est-ce que je peux faire pour César Borgia ?

— Tu seras architecte et ingénieur militaire, tu t'occuperas de ses forteresses, tu dessineras des cartes, tu feras des relevés préparatoires et tu auras énormément à dessiner. S'il veut, tu feras même son portrait. Mais tu verras qu'il ne te le demandera pas. Et tu pourras continuer à Urbino ta recherche, la mission que je t'ai confiée.

Léonard acquiesça et se leva. Il s'inclina, prêt à sortir.

— Un moment ! dit l'homme. Passe chez Vitellozzo Vitelli. Il a occupé Borgo San Sepolcro et il a volé des livres qui avaient appartenu à Piero della Francesca. Des livres de physique et de géométrie. Je lui ai dit de t'en offrir un. Et César Borgia te donnera un volume d'écrits d'Archimède qui appartenait à Barozzi, l'évêque de Padoue, un passionné de sciences mathématiques. Tu dois passer par Borgo, Vitelli y est déjà. Après, tu poursuis par Urbino.

— Les mots me manquent pour remercier Votre Excellence. Si je trouve deux chevaux frais, je pars avec mon assistant après-demain à l'aube.

Il s'inclina à nouveau et sortit.

Il commençait à ressentir la fatigue du voyage et l'angoisse de l'incertitude. Il était sorti de cette rencontre avec un sentiment d'inquiétude diffuse. Maintenant, il avait un travail, oui, mais il plongeait dans le cratère d'un volcan en activité. En Italie, tous les équilibres qui avaient tenu bon pendant près d'un demi-siècle étaient définitivement rompus, et il lui semblait se trouver à nouveau au beau milieu de la tempête. Milan était devenue une ville française, au sud on disait que les Espagnols allaient débarquer et, entre Arezzo et Urbino, les Vitelli et les Orsini, payés par le Valentinois et par l'Église, essayaient de profiter du bouleversement causé par les Borgia pour en tirer quelques avantages personnels. Et le fait que, pour toute réponse, le Valentinois se soit emparé d'Urbino ne laissait rien présager de bon.

Par exemple, à qui appartenait Arezzo maintenant ? À Piero de Médicis ? Aux Orsini ? À César Borgia ? Au pape ? Ou Louis XII la rendrait-il à la République florentine qui le payait ? Dans tous les cas, c'est probablement le roi de France qui prendrait la décision. Le climat de tension était palpable : une guerre de tous contre tous allait éclater. Et pour les Italiens, ce serait une tragédie. Mais les princes et les différents *condottieri* ne semblaient pas s'en apercevoir. Concentrés sur leurs petits intérêts locaux, et pourvu qu'ils gagnent quelques empans de territoire, ils marchaient joyeusement vers leur ruine. Et les souverains étrangers les regardaient faire, trop heureux que la milice italienne se décime toute seule dans de stupides querelles fratricides.

Léonard rejoignit le pâté de maisons en face de San Francesco où se trouvait leur logement arétin. Le lendemain, il irait à l'église voir les fresques de Piero della Francesca sur la légende de la Vraie Croix. Il entra dans la maison, mais il entendit une voix féminine qui venait de la chambre de Salaï et se mit en colère. Il frappa énergiquement en criant :

— Ouvre tout de suite, c'est moi.

À l'intérieur, le silence se fit, on n'entendit plus qu'un bruit de chaises déplacées. Quelques atomes – ou instants, selon la nouvelle mode – de temps s'écoulèrent : 47 instants, on le sait, font 1 once, 12 onces un moment, 10 moments 1 point, 4 points une heure,

1 moment est donc fait de 564 instants, calcula-t-il mentalement, 1 heure de 40 moments, c'est-à-dire de 22 560 atomes indivisibles de temps[1].

Il n'aimait pas cette façon de compter le temps. Trop d'instants.

— Tu vas m'ouvrir cette maudite porte ? hurla-t-il enfin, furieux.

Salaï arriva en culottes et l'artiste réussit finalement à entrer. Il se dirigea aussitôt vers la femme, une belle jeune fille bien en chair, avec son bustier encore à demi délacé. Léonard mit ses mains autour de son cou ; on aurait dit qu'il voulait l'étrangler. Elle lui serrait les poignets et se démenait en pure perte, miaulant.

Puis, soudain, il la lâcha.

— Dehors, lui dit-il d'une voix ferme en lui montrant la porte.

— Mais… maître, protesta Gian Giacomo.

L'air offensé, la femme finit de s'habiller et sortit de la pièce en claquant la porte.

— Maître, maintenant, vous devez m'expliquer…, dit Salaï en essayant de se remettre de sa surprise et de prendre un ton indigné.

— Les glandes sur son cou sont gonflées, répondit Léonard. Tu sais que les armées, quand elles se déplacent, emmènent avec elles toute leur suite de prostituées ordinaires pour les troupes, et de courtisanes de haute volée pour les commandants ? Cette femme, la malheureuse, est atteinte de *pudendagra*…

---

1. Commentaire d'une citation de Dante: « *Imperocchè in un atomo la può aver colui che prega* », *in* Dictionnaire de la Crusca, 5e édition.

— De… quoi ?

— Le *morbus gallicus*, le mal français, le mal napolitain… comment l'appelles-tu ? Combien de fois dois-je te dire qu'à notre époque il vaut mieux fuir la luxure ? Il faudra te trouver une épouse, jeune homme. Tu as 22 ans, et tu maîtrises difficilement tes *bollenti spiriti*. Mais je t'aime beaucoup et, donc, je te trouverai une vierge…

Il caressa doucement sa joue. Salaï était un homme fait maintenant, le garçonnet gracile était devenu râblé et puissant comme un jeune taureau. Léonard le salua et sortit de la pièce, mais il revint aussitôt sur ses pas en entendant Gian Giacomo hurler à pleins poumons d'incompréhensibles jurons en dialecte de la Briance.

— Que se passe-t-il ? demanda-t-il, inquiet, en passant la tête par la porte.

— Cette catin m'a volé ma bourse avec tous mes *danee*.

Léonard éclata de rire.

— Oh, grand Dieu ! Alors, excuse-moi ! Tu avais trouvé ton âme sœur et elle t'a échappé à cause de moi… (Il riait, incapable de se contrôler.) Tu aurais pu fonder une famille, tu sais ? Le cercle des voleurs…

Et ainsi, rassuré en outre sur la modicité de la somme volée, il alla se coucher de bonne humeur.

Le lendemain matin, il vit les fresques de Piero à San Francesco. Quand il apprit qu'il était l'ami de frère Luca Pacioli, que tout le monde connaissait au couvent, frère Bonaventura l'accompagna à la chapelle principale et proposa de lui expliquer tout le cycle. Une narration complexe allant de la mort d'Adam, le premier homme, à l'exaltation de la Croix qui était revenue de Jérusalem au VIIe siècle, après la victoire de l'empereur d'Orient Héraclius sur le roi de Perse Khosro II, qui l'avait volée. Selon la légende, l'arbre sacré de la croix du Christ avait germé dans la bouche d'Adam après son enterrement, à partir des graines de l'arbre du péché données par l'archange Michel à son fils Seth.

C'était une histoire symbolique de la chrétienté entre le péché et la rédemption, jusqu'à l'affrontement avec l'Orient infidèle, et on devinait, d'après les événements racontés et la façon dont ils l'étaient, qu'elle était influencée par le climat de nouvelle croisade qui régnait alors, juste après le milieu du siècle précédent, quand Constantinople venait de tomber aux mains des Turcs et que les deux Églises d'Orient et d'Occident envisageaient de s'unir face au nouvel ennemi.

— Vous voyez ? dit frère Bonaventura en montrant la fresque centrale sur le mur de droite, et comme pour confirmer cette première impression. Là, c'est la rencontre entre Salomon et la reine de Saba. Mais Salomon est en réalité le cardinal Bessarion, le philosophe grec qui vint avec son maître Gémiste Pléthon défendre au concile de Florence la cause de l'union des deux Églises et de la nouvelle croisade contre le Turc. Il semble que le peintre de Borgo était un adepte du platonisme de Bessarion. Une croisade très réduite, contre le Despotat de Morée, est réellement partie quand Pie II était pape…

— Oui, oui, je sais tout de cette croisade, dit Léonard, de Sigismond Malatesta, de la dépouille de Gémiste Pléthon rapportée à Rimini, et caetera, et caetera.

Il s'arrêta surtout sur deux choses. Il lui sembla tout d'abord que, dans ces épisodes, Piero della Francesca avait utilisé une technique mixte, un peu de fresque, un peu de peinture à sec, et il approcha ses yeux du mur pour vérifier cette impression et la tenue de la peinture à sec dans l'ensemble. Puis il observa avec une extrême attention la représentation de la bataille entre Héraclius et Khosro qui mettait en scène – en dépit des maladresses anatomiques et optiques normales il y avait encore quelques dizaines d'années, à une époque attentive à la géométrie jusqu'à la maniaquerie et totalement ignorante de la perspective – le plus violent des combats de chevalerie qu'il ait jamais vu. Un mélange terrifiant de corps blessés sur le sol, écrasés par les chevaux, un enchevêtrement de têtes, de chevaliers uniquement soucieux de frapper, des épées, des lances, des cimeterres, des masses cloutées, des étendards.

Il songea à ce qu'aurait été cette fresque si, à cette époque déjà, ils avaient parfaitement assimilé la leçon des Flamands et avaient été capables de peindre la poussière soulevée par les chevaux dans une vraie bataille, s'ils avaient pu représenter sur le sol des flaques de sang et de boue, mettre en scène avec une réelle fidélité anatomique la tension des visages, les tendons crispés, les yeux exorbités, la fureur. Et il conclut qu'une bataille serait le terrain idéal pour mettre à l'épreuve ses nouvelles connaissances sur la perspective lumineuse, sur les jeux de lumière, sur la nature de la *Force*, sur l'anatomie humaine.

Le lendemain, ils partirent de bonne heure pour Borgo San Sepolcro, le petit village isolé qui avait pourtant eu la chance de donner naissance à deux personnages comme Piero della Francesca et frère Luca. Ils traversèrent Anghiari et le Tibre, et entrèrent par la porte du Pont au cœur de la bourgade. Ils y découvrirent combien il importait, en ce lieu, de se dire amis de Luca Pacioli, plutôt que de Léonard de Vinci. Tous le connaissaient, ils en parlaient avec affection et, comme c'est souvent le cas dans les petits villages, ils se sentaient concernés par la renommée qu'il avait acquise entre la Romagne et Venise.

« Dans ces cas-là, songea Léonard, un village est comme une équipe de ce jeu de ballon auquel on joue piazza Santa Croce pour le carnaval, où même ceux qui n'y ont pas participé se sentent pourtant concernés par une action gagnante. »

Ils lui montrèrent aussi deux œuvres de Piero, le retable de la *Miséricorde* et la *Résurrection*. Le lendemain soir, ils étaient déjà amis avec tout le monde. Profitant de la chaleur de fin juin, on dressa une table en plein air à laquelle se joignit la moitié du village, et dont lui et son assistant étaient les hôtes d'honneur. Puis Léonard se mit à jouer du luth et Salaï à danser sous la Berta, la tour antique, avec une centaine de *Biturgensi*[1] de tous les âges. Ils auraient voulu rester là toute leur vie, surtout son compagnon, mais Vitellozzo Vitelli n'était plus là, et le lendemain à l'aube, ils repartirent directement vers Urbino.

Ils traversèrent la Bocca Trabaria, au milieu des champs, des bois et de surprenants éperons de roches stratifiées, qui avaient l'air de pierres tombales entassées à la va-vite dans un cimetière de géants. Dans une vallée verdoyante, ils rejoignirent le Metauro, dont

1. Nom des habitants de Borgo San Sepolcro.

ils devaient suivre le cours jusqu'à Casteldurante et Monte Asdrualdo, où était né Donato Bramante, avant de remonter pendant deux milles jusqu'à Urbino. Mais juste avant d'arriver à Casteldurante, ils furent arrêtés par une patrouille armée du Valentinois et escortés en deux étapes jusqu'à la cité ducale.

14

Lorsque vous arrivez à Urbino à cheval par le sud et que, d'en bas, vous voyez soudain la ville jaillir de ses murs, accrochée sur une double colline, inaccessible, quel que soit le chemin emprunté, vous êtes inévitablement frappé par l'élégance des petites tours du palais de Federico de Montefeltro. Elles vous signalent aussitôt le cœur noble de l'édifice monumental : la grâce délicate des petites loggias qu'elles encadrent, entre les créneaux gibelins qui couronnent les murailles ; un bref songe d'aménité dans la dure écorce d'un lieu de pouvoir austère et massif. Il le savait déjà, il était préparé, Donino et frère Luca lui en avaient parlé comme de l'un des plus beaux palais d'Italie, mais ils y arrivèrent aux alentours de midi, le soleil tapait sur la tête et, quand il leva les yeux et le vit devant lui comme un géant de briques, il se sentit presque défaillir d'émotion. Par chance, son cheval et Salaï étaient beaucoup moins sensibles que lui à l'architecture, et ils continuèrent à avancer.

Plus tard, quand il parcourrait en long et en large le centre de la ville avec l'odontomètre d'Héron d'Alexandrie, quand il examinerait tout le périmètre des murs et mesurerait les distances depuis le sommet d'un clocher avec le goniographe circulaire pour essayer d'en dessiner une carte, à vol d'oiseau, il aurait l'impression qu'en la voyant ainsi d'en haut, en planant au-dessus comme un faucon, la citadelle faisait songer à un cerveau humain juste après une craniotomie : une cannelure centrale, l'ancien *cardo* de la ville romaine, la partageait en deux hémisphères, et un labyrinthe de ventricules entortillés sur eux-mêmes se déployait sur les deux versants de la calotte découverte jusqu'à l'os puissant des bastions. C'était son vice et son luxe, y compris avec la vie, de l'imaginer trop souvent dans une vision d'en haut, et si parfois la mélancolie le prenait de ne pas y être assez immergé, il se laissait aussitôt entraîner le plus loin possible par le courant impétueux de sa curiosité.

Mais il n'y avait personne alentour à cette heure, rien que des soldats et tous les hommes de la suite, plus ou moins occupés à monter et descendre les ruelles, des groupes d'oisifs qui jouaient aux dés sur la place, aucun enfant et pas de vieux : des femmes, oui, mais seulement celles des cantonnements. Salaï et lui descendirent de cheval devant l'entrée du palais. Salaï resta garder leurs affaires, Léonard montra la lettre du *condottiere* aux gardes qui surveillaient l'entrée.

— À gauche, et puis encore à gauche, le grand escalier, dit la sentinelle.

Léonard traversa un couloir large et court et se retrouva dans la galerie de la cour d'honneur, soutenue par des arcs en plein cintre sur des colonnes ornées de chapiteaux corinthiens.

« Extraordinaire », pensa-t-il, et il s'avança pour lire l'inscription sculptée sur les bandeaux des architraves :

FEDERICUS URBINI DUX MONTISFERETRI AC DURANTIS COMES... « Federico duc d'Urbino, comte de Montefeltro et Casteldurante... » On comprenait tout de suite qui avait fait construire ce palais A FUNDAMENTIS, « depuis les fondations », comme le précisait la suite qui célébrait les succès en temps de paix et de guerre du duc défunt, le père de Guidobaldo. Un *condottiere* véritablement exceptionnel si, comme il était écrit et s'il avait bien compris avec son latin hésitant, SEXIES SIGNA CONTULIT OCTIES HOSTEM PROFLIGAVIT, « il avait vaincu l'ennemi huit fois, sur six où il l'avait affronté en terrain découvert ». Exceptionnel, en tout cas, son sens de l'ironie, chose rare chez un *condottiere*.

— À gauche et encore à gauche, se répéta-t-il en revenant en arrière.

À gauche par rapport à la porte par laquelle il était entré, et encore aussitôt à gauche, il y avait une autre porte gardée par un hallebardier, auquel il montra à nouveau la lettre du *condottiere*. Le garde lut la feuille et dit :

— Ça, c'est la porte de la bibliothèque, et ici, par ordre du duc Valentinois, on ne peut entrer qu'avec son laissez-passer.

— La célèbre bibliothèque de Federico de Montefeltro ?

— Oui. Si vous voulez accéder à l'étage noble et être reçu par le duc, vous devez aller au fond et prendre cette porte : à gauche, vous trouverez un grand escalier.

Léonard monta et arriva dans le vaste et lumineux couloir des *Sopralogge*, plein de serviteurs qui allaient et venaient par la porte ouverte à sa droite d'un immense salon, occupé par deux longues tables, où étaient en train de manger, à ce qu'il comprit, les capitaines au service de César Borgia. Il venait juste d'y entrer quand il s'entendit appeler par une voix qu'il ne reconnut pas.

— Maître Léonard !

Il vit un militaire assis à la table face à lui qui faisait de grands gestes pour attirer son attention. Il se rappela enfin qui il était : c'était Giovanni Conte, il avait été un homme d'armes au service du cardinal Ascanio Sforza à Milan, et maintenant, de toute évidence, il était passé au service du Valentinois. Il le rejoignit pour le saluer. L'homme se leva pour lui serrer la main et offrit de l'accompagner chez le duc. Ils sortirent par l'autre porte du salon et pénétrèrent dans une nouvelle salle, plus petite, aussitôt à droite, puis dans une autre encore plus petite, avec en face d'eux une cheminée richement décorée, surmontée d'un aigle impérial noir sur fond or. À gauche de la cheminée, un rai de lumière filtrait par une grande fenêtre entrouverte ; la pièce était dans la pénombre, mais il vit sur sa droite un tableau dont il reconnut tout de suite le style : il était de Piero della Francesca.

Giovanni Conte lui fit signe d'attendre et se laissa engloutir par une haute porte à droite de la cheminée. Il se mit à observer le tableau. On y voyait une Madone qui tenait dans son giron un Enfant Jésus endormi. Elle était entourée de six saints, trois de chaque côté, et quatre anges derrière le trône sur lequel elle était assise. Devant elle, de profil comme il était d'usage pour représenter les princes, était agenouillé un chevalier armé de pied en cap, mais la tête découverte, les tempes dégarnies, avec un curieux nez aquilin. Dans le fond, une architecture classicisante : une voûte en berceau qui rappelait celle des petites loggias extérieures du palais, et une abside recouverte de panneaux de marbre coloré au-dessus de laquelle s'ouvrait une énorme coquille de stuc où pendait un œuf de pierre. La coquille et l'œuf, des symboles païens : la première évoquait l'embarcation sur laquelle Aphrodite avait rejoint l'île de Chypre et rappelait la naissance de la déesse de l'amour dans les eaux de la mer grecque, le second en revanche avait donné naissance aux enfants de Leda, aimée par Zeus sous la forme d'un cygne. Des mythes qui faisaient référence au renouvellement des temps dans le nouveau souffle d'amour divin et à la naissance miraculeuse, par fécondation mystique, du Rédempteur. Son regard s'attarda ensuite sur le franciscain représenté sous les traits de saint François, et il lui sembla y reconnaître un jeune Luca Pacioli.

— Ce tableau de Piero de Borgo San Sepolcro est ici provisoirement, dit une voix caverneuse sortie des ténèbres à sa gauche, tandis que Giovanni Conte passait derrière lui et prenait congé. On m'a dit qu'il était destiné à l'église de San Bernardino da Sienne, qui était le confesseur de Federico de Montefeltro. C'est une église hors les murs, mais on est en train d'agrandir le chœur, parce qu'elle est destinée à accueillir les ossements du grand *condottiere*. Le chevalier avec son armure, agenouillé devant la Vierge de façon si inconfortable, c'est lui justement, le père du duc… de l'*ex*-duc Guidobaldo, devrait-on dire.

Léonard se tourna en direction de la voix et, quand il le vit, il s'inclina profondément.

— Léonard de Vinci, pour vous servir.

La figure du Valentinois était imposante. Hormis le taureau rouge sur champ d'or cousu sur sa poitrine et constellé de pierres précieuses, hormis l'inscription ambitieuse AUT CAESAR AUT NIHIL, « Ou César ou rien », cousue en dessous de son blason, il était finalement vêtu de façon très sobre, en soldat ; il avait une silhouette musculeuse, des cheveux longs et noirs et une souple barbe dense qui recouvrait entièrement sa gorge, une barbe de philosophe, plus que de *condottiere*.

— Federico de Montefeltro nous montre toujours son profil gauche, poursuivit le duc, parce que, semble-t-il, il avait perdu l'œil droit au combat. Et une légende, peut-être sans fondement, nul ne sait, veut qu'il ait ce profil très singulier parce qu'il s'était fait couper une partie de la cloison nasale pour conserver une vision globale, même avec un seul œil.

Il fit signe à Léonard de s'asseoir sur la chaise sous la fenêtre, mais lui resta debout dans la pénombre et continua à aller et venir lentement dans la pièce, pendant toute cette conversation.

— J'ai admiré votre *Cène* à Milan, dit-il. Je sais que vous êtes un excellent artiste, mais ce n'est pas d'un peintre que j'ai besoin pour l'instant. Quand tout sera fini, peut-être vous demanderai-je de célébrer l'histoire que nous sommes en train d'écrire. Que dit-on, à Florence, de nos entreprises ?

— Nous les observons avec une profonde et sincère admiration, mentit Léonard en sachant que l'autre savait qu'il mentait.

Il ne pouvait pas raconter la terreur des Florentins à chaque incursion qu'il faisait en terre toscane avec ses hommes.

— La Romagne et les Marches appartiennent à Rome depuis toujours, enchaîna le duc, mais les Malatesta de Rimini et les Montefeltro d'Urbino se combattent depuis des siècles, un comportement indigne de vicaires du pape, car si l'un des deux est ton ami, l'autre est inévitablement ton ennemi. Mais nos troupes ont désormais conquis Urbino et Rimini, et toutes les terres des deux familles nous appartiennent. L'Église et le saint-père ont besoin de consolider leur pouvoir sur l'Adriatique dominée par les Vénitiens et malmenée par les Turcs. La chrétienté est en danger et les Vénitiens ne sont pas un rempart suffisant : ils ont passé avec le sultan des accords commerciaux semblables à ceux qu'ils avaient avec Byzance, et pour eux, pourvu que l'on fasse du commerce, chrétiens et islamiques se valent.

Léonard savait qu'il était impitoyable et qu'il tuait sans vergogne, il savait que les Borgia étaient cyniques et avides de pouvoir, il fut donc surpris de l'entendre parler de chrétienté. Il se demanda s'il croyait aux mots qu'il disait ou s'il mentait en sachant que lui savait qu'il mentait.

— En quoi puis-je vous être utile ? s'enquit-il.

— Pour le moment, vous devez me faire une carte d'Urbino et de ses environs, répondit l'autre, puis je vous enverrai inspecter les différentes forteresses du duché et des alentours, vérifier qu'elles ne sont pas obsolètes, qu'elles peuvent résister aux attaques de l'artillerie moderne. Si vous avez besoin de collaborateurs, vous n'avez qu'à demander. La main-d'œuvre locale a de remarquables capacités artisanales et nous pouvons nous en servir. À Rome, j'ai rencontré Donato Bramante, qui vous connaît bien et qui est en train de faire des choses remarquables dans la Ville éternelle. Lui, par exemple, il est de cette région, il s'est formé ici, et c'est quelqu'un qui fait parler les murs. Promenez-vous dans la ville, discutez avec les artistes locaux et choisissez vous-même votre personnel. S'il y a des forteresses un peu faibles et qu'il faut restructurer, venez me le dire personnellement, à moi et à moi seulement…

Une fois, lors des courtes promenades qu'il faisait en parlant, le Valentinois s'était beaucoup approché de lui et Léonard avait remarqué une tache rouge sur sa joue droite, malgré la barbe touffue qui la couvrait presque entièrement. Il avait aussitôt compris pourquoi il portait la barbe, pourquoi il restait toujours dans la pénombre, et pourquoi il ne lui demanderait jamais de portrait : lui aussi avait attrapé le *morbus gallicus*, qui ne tarderait pas à l'envahir. C'était une maladie dont on ne savait rien, si ce n'est qu'elle était apparue mystérieusement depuis quelques années et qu'elle se propageait rapidement partout. On soupçonnait une transmission sexuelle, puisque sa première manifestation était toujours une ulcération sur les organes de reproduction. Et que dans ses intervalles, elle tendait à s'aggraver : c'est ce qu'on savait, rien d'autre. Et César Borgia semblait en être atteint.

— Nous avons peu de temps, poursuivit le Valentinois, le saint-père commence à vieillir, et ce dessein doit être mené à terme avant qu'il ne disparaisse. Plus tard, quand nous aurons consolidé notre domination, il y aura aussi de la place pour les beaux-arts, pour qu'ils transmettent à nos descendants la gloire des Borgia. Si vous avez besoin de quoi que ce soit…

— Oui, répondit-il, j'aurais besoin d'un sauf-conduit pour accéder à la bibliothèque...

— C'est juste, répondit le duc, vous y trouverez peut-être une carte déjà faite, ou des informations précieuses sur ces territoires. Suivez-moi.

Il prit à nouveau la porte par laquelle il était apparu et Léonard lui emboîta le pas. Il trouva curieux que le fils du pape lui donne l'opportunité, s'il en avait eu l'envie ou le courage, de le poignarder dans le dos. C'était un signe de confiance qu'il s'efforcerait de rendre. Ils entrèrent dans une petite pièce extraordinaire, entièrement revêtue de bois marqueté avec de fausses perspectives et des scènes allégoriques qui célébraient les arts et les sciences : les contrastes chromatiques des marqueteries créaient seuls l'illusion de portes entrebâillées ou grandes ouvertes et de stalles imaginaires sur lesquelles reposaient de faux instruments de musique, des sphères armillaires et des astrolabes, des perspectives de paysages, une corbeille de fruits, un écureuil, et le portrait de Federico de Montefeltro habillé en homme de lettres, avec son armure à ses côtés. En haut, il y avait les portraits d'une trentaine de sages de tous les temps, de Moïse aux philosophes de l'ancienne Grèce, de Dante et Pétrarque à Bessarion et à Pie II.

— Le *studiolo* du duc Federico, dit le Valentinois en s'asseyant à une petite table encastrée dans un renfoncement du mur et en commençant à rédiger son laissez-passer. En vérité, poursuivit-il, même si l'esprit de Federico de Montefeltro semble omniprésent, on ressent partout la présence silencieuse de son frère...

— Son frère n'est-il pas mort très jeune ? demanda Léonard.

— Oddantonio, répondit le prince, l'héritier légitime éliminé par une conjuration à laquelle il semble que Federico n'était pas étranger, n'était pas vraiment son frère. Federico a été adopté alors que son père n'avait pas d'héritier mâle, avant la naissance d'Oddantonio, fils de sa seconde épouse. Lui, en fait, il était le fils d'une fille de son père, Aura de Montefeltro, mariée à Bernardino Ubaldini delle Carda. Son vrai frère était Ottaviano Ubaldini, qui vécut dans ce palais, partageant le pouvoir avec lui qui était souvent parti pour des expéditions militaires. « Le mage d'Urbino », comme certains l'appellent, était l'ami de philosophes et d'astrologues, il était notamment très proche du cardinal Bessarion, au point que, lorsque ce dernier décida de laisser ses livres à la bibliothèque de San Marco à Venise, il les entreposa jusqu'à sa mort dans la bibliothèque du duc, dont l'organisation fut assurée par le frère occulte qui y consacra l'essentiel de son énergie. Il était astrologue et alchimiste, et il est mort il y a quatre ans. On dit que c'est une de ses potions magiques qui a rendu impuissant Guidobaldo, le fils de Federico, qui n'a pas d'enfants de son épouse, et dont tout le monde sait qu'il ne peut pas en avoir…

Il lui remit le laissez-passer, Léonard s'inclina et s'apprêta à quitter la pièce.

— Vous êtes mon hôte, il y a beaucoup de pièces libres dans le palais. Vous avez des assistants ?

— Oui, un, très jeune.

Il voulait se rendre tout de suite à la bibliothèque. Il alla donc chercher Salaï et installer les chevaux dans les écuries ducales, il envoya le garçon s'occuper des logements et descendit dans la cour d'honneur, en agitant triomphalement son laissez-passer sous le nez de l'homme d'armes.

Le garde observa attentivement le papier pour vérifier la signature, puis il dit :

— N'ayez pas peur quand vous serez à l'intérieur, il y a un autre visiteur, entré dans la bibliothèque il y a trois heures et qui semble ne pas avoir la moindre envie d'en sortir.

Il lui ouvrit la porte et Léonard pénétra dans un vaste hall tapissé d'étagères pleines de livres. À droite, un alignement de portes ; au centre, une table dans la lumière diffuse qui pénétrait par les hautes fenêtres. Au fond du hall, il vit l'inconnu, qui le fit tout d'abord songer à un épervier.

Il frissonna quand le garde referma la porte derrière lui.

15

Il était habillé de noir. Il avait les cheveux courts, le visage sec, sans barbe, deux yeux perçants qui exprimaient une grande vivacité, et il les fixa sur lui comme lui fixait habituellement les siens sur la surface de l'Arno quand il voulait se faire une idée de ses fonds. L'homme qu'il trouva dans la bibliothèque, absorbé jusque-là par l'examen des volumes sur le mur, avait une quinzaine d'années de moins que lui et n'était pas habillé à la française, il ne semblait vraiment pas faire partie de la suite du Valentinois : un habitant d'Urbino, peut-être, ou un ambassadeur d'une des villes toscanes voisines. Dès qu'il l'entendit entrer, il vint vers lui entre deux rangées d'étagères, dans la lumière chaude de l'après-midi d'été qui pénétrait par les baies vitrées. Et il lui tendit la main.

— Vous êtes maître Léonard, je le sais, je vous connais, dit-il. Moi je m'appelle Nicolas. Nicolas Machiavel, pour vous servir. Je suis florentin, comme vous, mais, contrairement à vous, je suis ici pour le compte de ma patrie.

Léonard comprit la subtile ironie, le demi-reproche contenu dans cette phrase.

— Cette même patrie dont je suis le fils moi aussi, bien qu'illégitime, répondit-il avec froideur.

— Pour nous, bien sûr, reprit Machiavel, il serait avantageux de pouvoir profiter de vos services en de telles circonstances, car vous êtes si proche du duc Borgia que vous connaissez certainement mieux que nous ses intentions secrètes à propos de notre ville. Mais donc, laissez-moi réfléchir… Oui, bien sûr, tout est clair… Les Sforza étaient les amis des Médicis, quand vous étiez à Milan chez Ludovic le More ; et maintenant que les Médicis veulent rentrer à Florence avec l'aide du Valentinois, vous vous retrouvez là, à travailler pour lui, sans même l'avoir voulu : vous êtes depuis toujours un homme des Médicis, vous êtes maintenant l'homme de Piero comme vous étiez celui de Laurent le Magnifique, j'ai vu juste ?

— Mon père travaillait pour eux, répondit-il.

— Votre père ?

— Ser Piero di Antonio da Vinci, le notaire.

— Vous êtes sûr qu'il est votre père ? demanda l'ambassadeur florentin, sardonique et insolent. À part vous, il n'a commencé à faire des enfants qu'à 50 ans passés et après avoir enterré deux jeunes épouses, et on raconte qu'il n'y est arrivé que moyennant force puissantes infusions de mandragore, je ne sais pas si je suis clair…

— Je suis aussi sûr d'être son fils que vous d'être le fils du vôtre…, murmura-t-il, frappé pour la seconde fois par la perfidie de cet homme.

Au premier abord, cet ambassadeur de la République florentine auprès du Valentinois, insolent et mauvaise langue comme tous les Florentins, ne lui était pas sympathique. Mais il devait lui reconnaître une sagacité pénétrante, une vive intelligence. Comme d'ailleurs à presque tous les Florentins.

— Quoi qu'il en soit, il semble que vous ne soyez à l'aise qu'avec les princes, n'est-ce pas vrai ? dit encore Machiavel.

— Comprenez-moi. C'est peut-être parce que depuis que je suis né, je suis justement à la recherche d'un père, vu que le mien… Et peu importe si les diverses figures paternelles dont je cherche la faveur sont presque toujours plus jeunes que moi. Mais je vous dirai mieux encore : mon aspiration secrète, c'est d'en trouver un qui me paie un salaire et qui me laisse libre de me consacrer à ce qui me convient le plus, autrement dit, qui me paie pour être moi-même. Pour faire mes recherches, et pour peindre aussi, mais seulement quand je le veux vraiment, quand j'ai une idée nouvelle… Et pourtant je sais aussi que, si je trouvais jamais un tel prince, j'en mourrais en quelques années : nous aspirons toujours à la liberté, mais apparemment, la liberté nous tue…

— Je vous demande pardon pour mon insolence de tout à l'heure, répliqua l'ambassadeur, qui avait compris à ces derniers mots qu'il avait mis le doigt sur une plaie ouverte ; et ce n'était pas son intention. De toute façon, vous refuseriez par principe les offres de collaboration d'une république ?

— Je suis revenu à Florence depuis deux ans, et il ne me semble pas que la République soit intéressée par autre chose, en ce qui me concerne, que par le montant de mon patrimoine pour le soumettre éventuellement à la *decima scalata*. Vous, vous avez votre Michel-Ange, un républicain convaincu qui plus est, et apparemment, cela vous suffit largement.

— Et pourtant je ne sais pas si vous vous rendez compte de la nature des aspirations de César Borgia, pour lequel vous travaillez maintenant ; et quel danger représente le personnage en question pour notre patrie commune.

— Il me semble qu'il est l'allié des Français, comme nous le sommes aussi.

— Mais il est assez ambitieux pour changer de bannière dès qu'il y trouve un avantage. Disons plutôt qu'il se sert de l'alliance des Français et de la protection de son père pour se tailler un royaume dans l'Italie centrale, et que sur les dimensions de ce royaume, ni lui, ni son père ne semblent avoir des idées bien définies. Ainsi, maintenant, il fait semblant de soutenir Piero de Médicis, mais qui nous garantit que lui-même n'a pas des vues précises sur notre ville ? Nous avons versé des centaines de milliers de ducats au roi de France pour qu'il garde le Valentinois loin de nous, mais combien de temps pourrons-nous continuer ainsi ?

— Rassurez-vous, dit Léonard, pour l'instant, le duc Borgia a d'autres préoccupations. Il est très content que notre République soit terrorisée par ses incursions et par celles de ses alliés dans nos territoires. Tant que Florence aura peur de lui, elle évitera de l'attaquer par-derrière.

— Mais croyez-moi, dit Machiavel, le fils du pape se soucie beaucoup plus de ses ongles que des aspirations de votre Piero de Médicis, contrairement à ce que croit ce dernier. Sans doute, avec lui, il aurait un allié sûr à Florence, et s'il veut prendre la ville, il est bon pour lui d'avoir à ses côtés quelqu'un qui a encore des partisans en son sein. Mais s'il bouge ses armées, ce n'est pas pour offrir un royaume à quelqu'un d'autre.

— Il a les forces pour prendre Florence, répondit Léonard, et il a d'extraordinaires dons de stratège, mais il sait très bien que l'entreprise lui coûterait beaucoup trop. Pour le moment, à mon avis, la ville peut dormir tranquille ; le Valentinois doit d'abord consolider le royaume qu'il vient juste de conquérir sur des territoires qui appartiennent déjà à l'Église, mais qui étaient administrés jusqu'à ce jour par des vicaires peu fiables. Il devra ensuite renforcer leurs frontières et s'assurer la collaboration de la noblesse locale.

— Si vous le dites… Mais je ne veux pas abuser de votre temps. Nous sommes dans l'une des plus riches bibliothèques du monde. Nous sommes dans la bibliothèque de Federico de Montefeltro. Il y a tout ici. Des manuscrits, très peu de livres imprimés, et tous les manuscrits sont magnifiquement illustrés. C'est un patrimoine extraordinaire que le père de Guidobaldo a réuni : presque tout en latin, beaucoup d'ouvrages en grec, et quelques-uns en hébreu et en arabe. Je viens juste de feuilleter un manuscrit qui contient des sourates du Coran en arabe et en latin…

— Je sais que le vieux duc était un militaire, dit Léonard, un commandant d'exception même, mais dans les périodes de paix il aimait lire. Et puis, son frère…

— Les œuvres de Philon d'Alexandrie, traduites par Lelio Tifernate, le commentaire de Giorgio Merula aux *Satires* de Juvénal, la *Vie d'Alexandre le Grand* de Curzio Rufo, l'*Historia florentina* de Poggio Bracciolini, le *De re militari* de Vegetius à côté de celui de Valturio, don des Malatesta, la *Vita Braccii*

Fortebracii de Giovanni Antonio Campano, le commentaire au *Digestum vetus* de Bartolo da Sassoferrato ; et je suis planté depuis une demi-heure devant l'étagère des historiens : Hérodote, Thucydide, Polybe, Plutarque, Tite-Live, Tacite, Flavius Josèphe…

— Et les mathématiques ? La physique ? demanda Léonard.

— Suivez-moi, dit Machiavel. Je vous y conduis tout de suite, comme ça j'en profiterai pour vous montrer une chose bien étrange…

Il le conduisit vers un coin caché dans la dernière des quatre pièces de la bibliothèque. Et là, il le revit, et cette vue lui coupa le souffle, comme s'il venait juste d'arriver à un rendez-vous attendu depuis longtemps, comme s'il avait toujours su qu'il le reverrait tôt ou tard : sur le mur, il y avait le portrait de Luca Pacioli que Léonard connaissait si bien, avec le jeune Gonzague, le dodécaèdre en bois, l'*eicosiexaèdre* en verre. C'était donc sa destination finale. Et qu'est-ce qu'il faisait là ? Il se rappela que son ami mathématicien lui avait dit que les nombres sur la petite ardoise contenaient « un code numérique chiffré, à peu près inviolable, pour protéger des informations et des objets très secrets ». Et en dessous, il y avait une étagère à deux niveaux, plus basse que les autres, avec une quinzaine de volumes de mathématiques, de perspective et d'architecture. Il sortit aussitôt les œuvres d'Archimède, ouvrit le livre : il venait de Borgo San Sepolcro, il avait peut-être appartenu à Piero della Francesca, songea-t-il…

— Et maintenant, faites bien attention, dit le secrétaire de la République.

Il retira tous les livres de l'étagère qui était sous le portrait et les posa par terre. Puis il lui montra derrière un curieux mécanisme fait de plaques métalliques et de dalles de pierre en forme d'*eicosiexaèdre*, et fixé au mur par l'une de ses 8 faces triangulaires. Les faces carrées, 18 en tout, étaient numérotées avec des chiffres de 0 à 8.

— Je l'ai observé avec attention, dit Machiavel. Selon moi, il s'agit d'un cadenas à combinaison extrêmement sophistiquée et très compliqué à ouvrir. Il a 8 triangles, qui sont fixes, et 3 octogones de faces carrées en largeur, longueur et hauteur qui peuvent pivoter autour de leur centre, en formant des combinaisons numériques chaque fois différentes. En devinant la bonne série à emboîtement, on devrait débloquer le mécanisme et je crois vraiment que cela devrait ouvrir un passage dans ce mur.

— Et que pensez-vous qui puisse se cacher derrière lui ?

— Je pense que le défunt père du duc d'Urbino, collectionneur de ces codes précieux, a également fait construire une bibliothèque secrète pour les livres les plus importants. Il est vrai qu'ici, apparemment, il y a tout. Mais il n'y a rien qu'on ne puisse trouver ailleurs. J'ai comme l'impression que les manuscrits uniques d'œuvres qui ont disparu ailleurs ont été cachés. N'oubliez pas que la bibliothèque de Federico était considérée comme la seule en Italie capable de concurrencer celle de Laurent le Magnifique. Où sont passés les manuscrits byzantins de philosophie et de mathématique ? Je crois que la combinaison pour ouvrir cet engin est introuvable, même si sa clé est, peut-être, contenue dans le tableau.

Léonard ne se le fit pas dire deux fois, il se pencha sur le mécanisme et commença à observer les octogones de carrés numérotés. Puis il sortit son carnet de notes et un fusain. Certains des 18 nombres étaient évidemment répétés : ceux de 0 à 5 y figuraient deux fois, il y avait donc 12 nombres en tout, trois fois le 6, une fois seulement les 3 chiffres de 7 à 9. Il le nota.

— L'homme représenté sur ce tableau est un de mes très chers amis, dit-il, un mathématicien franciscain : il s'appelle Luca Pacioli.

— Je le connais de réputation et de vue, mais pas personnellement, répondit Machiavel, et si la clé de l'énigme est mathématique, j'ai la vague impression que je ne réussirai jamais à la résoudre.

— Et moi moins encore, trancha Léonard.

Mais il pensait déjà à cette curieuse addition sur l'ardoise, aux carrés magiques, au théorème XIII, 8 d'Euclide, aux formules de l'*eicosiexaèdre*. Et il eut hâte de retourner dans sa chambre pour se mettre au travail.

— Il vaudrait peut-être mieux chercher l'artisan qui a construit ce mécanisme, dit Machiavel.

— Excellente idée, dit Léonard.

— Demain je partirai à sa recherche, conclut l'ambassadeur florentin.

— Nous pourrions nous voir demain après-midi, qu'en pensez-vous ?

— Venez chez moi, je loge quasiment en face de l'église de San Domenico, dans un palais moderne avec un portique de style grec.

Et il lui dessina un plan de l'itinéraire à suivre.

Ce fut plus fort que lui : Léonard passa la soirée à essayer en vain de déchiffrer l'énigme. Il était certain d'avoir en main tous les éléments pour y parvenir, ils devaient figurer dans le portrait de son ami franciscain : l'*eicosiexaèdre* était la clé de voûte, le théorème d'Euclide était le point de départ et les mystérieux chiffres additionnés sur le petit tableau devant le frère devaient contenir à la fois la solution du problème mathématique et la combinaison pour débloquer l'engrenage. S'il comprenait le sens de cette addition, il en était certain, il trouverait la série numérique nécessaire pour ouvrir le passage secret et il aurait accès aux livres perdus. Il concentrait tour à tour son attention sur le problème mathématique, la proportion entre racine de 3 et racine de 2, les carrés magiques, mais il n'arriva à aucune solution satisfaisante. À l'aube, il s'endormit épuisé sur ses pages pleines de notes.

En allant trouver son concitadin, le lendemain, il était plein d'espoir. Machiavel logeait dans un élégant palais moderne d'où l'on apercevait le clocher de San Domenico. Il l'accueillit dans une pièce dépouillée, avec un bureau sous la fenêtre qui donnait sur la rue. Un paquet de feuilles qui lui servait certainement pour sa correspondance quotidienne avec les *Dieci di*

Balia[1]. Un encrier. Une plume. Des petits ciseaux pour affiner la pointe.

— J'ai retrouvé le bibliothécaire qui était au service du duc Guidobaldo, lui dit le secrétaire de la République. Rien à faire : le ferronnier qui a construit le mécanisme était à Urbino de passage, envoyé à Rome par Ladislas Jagellon, roi de Hongrie. Il rentrait dans sa patrie, il est passé ici pour s'entretenir avec Ottaviano Ubaldini et Paul de Middlebourg, évêque de Fossombrone et astrologue de cour. Il a construit le mécanisme pour une mystérieuse confrérie au service des Montefeltro, mais il est reparti aussitôt après l'avoir réalisé. Il ne nous reste qu'à le briser à coups de marteau.

— Au risque de ne plus jamais réussir à ouvrir le passage secret.

— Pourtant, dit Machiavel, je crains de devoir vous laisser résoudre seul le problème. J'ai vu aujourd'hui le Valentinois. Il m'a dit qu'il s'apprêtait à partir pour Milan, où le roi de France vient juste d'arriver. Il a des questions d'une extrême urgence à discuter avec lui. Parmi lesquelles, c'est moi qui l'ajoute, le destin de notre ville. Et je dois immédiatement retourner à Florence, parler avec Piero Soderini. Je pars demain, à l'aube. Et surtout : réfléchissez à ce que je vous ai dit hier. Excusez-moi si j'ai été un peu trop agressif, mais je vous en prie : si par ici on songe à nous attaquer, rappelez-vous que vous êtes essentiellement florentin vous aussi. Et sachez-le : dans la nouvelle République

1. Magistrature extraordinaire à laquelle on confiait dans les moments critiques la résolution de situations qui menaçaient la vie de Florence.

il y a de la place pour tous. Si vous revenez, je vous le promets, il y aura du travail pour vous aussi.

Léonard le remercia et lui souhaita bon voyage.

Puis il revint chez lui, il s'assit à sa table, prit quelques feuilles et se mit à écrire.

— Calme, se dit-il. La chose la plus importante c'est de garder ton calme. Ton calme et ta lucidité.

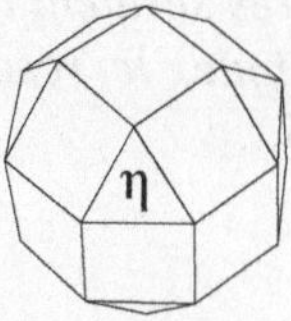

*Il est certain que la combinaison de l'*eicosiexaèdre *pour ouvrir le passage dans la bibliothèque est contenue dans le portrait de frère Luca et qu'elle doit avoir quelque chose à voir avec les nombres inscrits sur la petite ardoise :*

$$\begin{array}{cccc} & 4 & 7 & 8 \\ & 9 & 3 & 5 \\ & 6 & 2 & 1 \\ \hline 2 & 0 & 3 & 4 \end{array}$$

Les nombres additionnés ne forment pas un carré astronomique parce que leurs sommes ne sont jamais égales entre elles. De gauche à droite, les colonnes, additionnées séparément, donnent respectivement 19, 12 et 14, les lignes, de haut en bas, 19, 17 et 9. Les diagonales 8 et 17. Mais ce sont peut-être justement les deux points essentiels sur lesquels je dois concentrer mon attention : que les nombres additionnés ne constituent pas un carré magique, et qu'ils soient pourtant additionnés. Dans le carré de Saturne, la somme de chaque colonne fait 15 et donc, si on additionnait un tel carré de neuf chiffres, quelle que soit la façon dont les nombres seraient disposés à l'intérieur, si le carré est magique, le résultat de cette somme serait toujours 1 665…

$$\begin{array}{cccc} & & 1 & 5 \\ & 1 & 5 & \\ 1 & 5 & & \\ \hline 1 & 6 & 6 & 5 \end{array}$$

*1665-2034 : ces séquences de chiffres, additionnées, font exactement huit chiffres. Et si c'était justement eux la clé ? Mais sur la base de quel raisonnement ? En effet, si on les disposait de façon à ce qu'ils s'emboîtent sur deux des trois octogones de faces carrées, avec quatre nombres inutilisés, ils seraient compatibles avec les nombres marqués sur l'*eicosiexaèdre.

Qui étaient donc : deux fois les nombres de 0 à 5, trois fois le 6, une fois le 7, le 8 et le 9. Si les huit nombres horizontaux et les huit nombres verticaux de la combinaison se croisaient une fois sur un des deux 6, on n'aurait plus besoin de quatre 6, mais seulement de trois, et puis ils se croiseraient une autre fois sur le 3 ou sur le 0, selon la position de l'emboîtement, sur le premier ou le second 6. Si on essaie de les faire se croiser sur le second 6 de 1 665, par exemple, il *faudra obtenir, en faisant pivoter l'*eicosiexaèdre*, la combinaison suivante :*

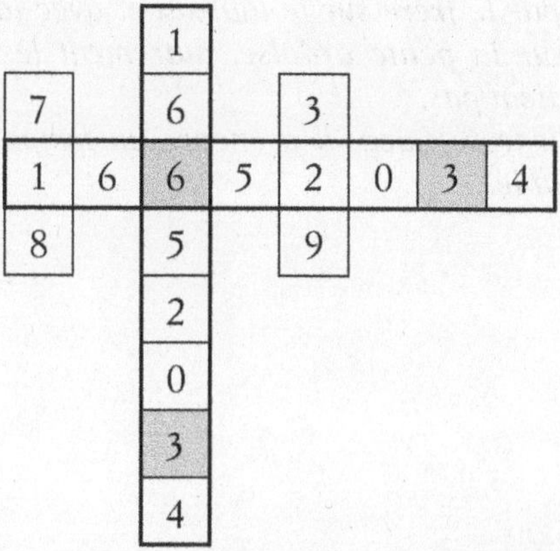

*C'est juste le premier croisement possible, avec deux 3 qui se superposent et un autre 3 extérieur aux deux perpendiculaires ; autrement, en faisant s'emboîter les deux séquences sur le premier 6, elles se croiseraient encore sur le 0, et nous aurions l'autre 0 qui serait en dehors de l'emboîtement. Il faut faire tourner les trois octogones de l'*eicosiexaèdre *de façon à obtenir exactement ces deux séquences, et espérer que l'endroit où se placent les quatre autres nombres n'a pas d'importance.*

Mais je ne suis pas convaincu. Quel lien y aurait-il entre la combinaison 1665-2034 et la signification du tableau ? Aucun. C'est une pure coïncidence qu'elle fonctionne comme combinaison du mécanisme. Mais c'est seulement une parmi tant d'autres, toutes également possibles. Parce qu'une chose est sûre : si 1 665 et 2 034 sont les nombres clés, ils doivent avoir quelque chose à voir avec le théorème d'Euclide indiqué par le frère sur le tableau et avec la démonstration sur la petite ardoise, autrement le raisonnement ne tient pas.

Maudit frère Luca, il a encore un temps d'avance sur le diable.

16

Il alla se coucher très tard, fatigué et insatisfait. Mais il fut incapable de fermer l'œil. Il s'assoupissait parfois, mais la pensée de ces nombres le réveillait en sursaut. Jusqu'à ce qu'une intuition soudaine le contraigne à se relever et à rallumer la lumière.

— Par la Madone, comment ai-je fait pour ne pas y penser plus tôt ? La division ! Combien fait la division ?

Il reprit la feuille et se mit à faire le calcul :

2 0 3 4	1665
1 6 6 5	1,22...
3 6 9 0	
3 3 3 0	
3 6 0 0	
...	

— 2 034 divisé par 1 665 fait 1,22 et caetera ! dit-il à voix haute, dans le cœur de la nuit.

Racine de 3 sur racine carrée de 2, la divine proportion de l'*eicosiexaèdre,* donnait également 1,22 et caetera. Le frère avait donc caché, sous la forme d'une devinette, la solution du raisonnement développé sur la petite ardoise à partir du théorème d'Euclide qu'il désignait, sur le tableau, avec l'index de sa main gauche. Le rapport entre les diagonales des deux carrés, celui construit sur un côté du triangle équilatéral et celui inscrit dans le même cercle que celui où était inscrit le triangle lui-même, était racine de 3 divisée par racine de 2 : 1,22 et caetera. Ce qui était aussi la proportion entre les diamètres, et donc entre les rayons, des deux cercles dans lesquels étaient inscrits les deux carrés, et à partir desquels on dessinait toutes les faces de l'*eicosiexaèdre* avec l'équerre et le compas.

Il faisait encore nuit noire, peut-être pas très loin de l'aube et de l'aurore.

Il réveilla Salaï, lui dit de s'habiller immédiatement et de venir monter la garde depuis le *piano nobile* du palais ducal : dissimulé dans l'obscurité de la galerie fermée, il devrait surveiller en permanence, par la fenêtre opposée qui donnait sur la cour intérieure, la porte de la bibliothèque parfaitement visible depuis là, jusqu'à ce qu'il en soit ressorti. S'il voyait entrer quelqu'un, ou s'il ne le voyait pas ressortir, il devait aussitôt appeler Nicolas Machiavel, qui logeait à peu près en face du palais ducal, et il lui montra l'endroit avec un dessin.

Comme d'habitude, il y avait un garde devant la porte, armé d'une épée et d'une hallebarde.

— Maître Léonard ! dit-il en le voyant. Que faites-vous là à cette heure ? Vous vous souvenez de moi ?

Léonard leva la lampe qu'il tenait à la main pour éclairer le visage de l'homme.

— Piero Bandinelli, dit encore le garde, nous nous sommes rencontrés une fois à Florence sur les bords de l'Arno…

Il reconnut le jeune néo-païen qui lui avait soumis un mois plus tôt les questions sur Dante, près du pont de Santa Trinità. Et il rougit, parce qu'il se rappela aussitôt la rencontre fortuite avec Buonarroti, et ce qui s'était ensuivi.

— Que faites-vous ici, vous ? demanda-t-il à son tour.

— Je suis un soldat de Giovanni Conte, au service du Valentinois.

Léonard lui sourit, puis il lui montra son laissez-passer et l'homme lui ouvrit aussitôt la porte de la bibliothèque. Léonard lui demanda de la fermer à clé après son entrée et de ne laisser passer personne tant qu'il ne le verrait pas réapparaître. Il avait, lui dit-il, une mission d'une extrême urgence à accomplir, dans le plus grand secret, pour le duc en personne. Il le pria aussi, s'il n'était pas encore ressorti au moment de la relève de la garde, de passer la consigne au soldat suivant.

L'homme obéit et, aussitôt enfermé à l'intérieur, Léonard se dirigea, sa lampe à la main, vers la pièce du portrait. Il débarrassa de ses livres le rayonnage où se cachait le mécanisme et y posa la lampe, sur le côté droit. Les lueurs de la flamme dessinaient sur le visage du mathématicien, sur le portrait devant lui, un rictus qui lui parut diabolique. Il commença à observer la disposition des nombres sur les octogones. Il n'aurait pas su dire combien elles étaient, mais les combinaisons possibles devaient être innombrables, trop pour que le mécanisme soit fermé au hasard par celui qui en gardait le secret. À l'évidence, celui qui s'en servait devait posséder une méthode rapide pour ouvrir le passage, par exemple deux tours à droite et deux vers le bas, ou quelque chose de ce genre, de façon à ce que le mécanisme ne soit véritablement compliqué que pour ceux qui ne connaissaient pas la clé d'accès. Il espéra que Machiavel n'avait pas manipulé le mécanisme avant son arrivée, compliquant encore les choses.

Il ne toucha à rien. Il sortit son carnet et recopia la disposition des nombres. 54164520 et 03116622, qui se croisaient sur le 1 et sur le 2. C'était comme il l'avait imaginé. Tous les chiffres de la combinaison à emboîtement qu'il avait trouvés étaient sur deux des trois octogones. Cela simplifiait les choses, car il pourrait ignorer le troisième octogone. Il ne bougea pas l'*eicosiexaèdre*, mais travailla sur le dessin qu'il avait reproduit dans son carnet. Même comme ça, ce n'était pas facile. Surtout quand il lui semblait être sur le point de reconstruire les deux suites perpendiculaires, le moindre déplacement erroné suffisait pour qu'il doive presque recommencer au début.

Il perdit bien vite la notion du temps. Un atome après l'autre, une once plus une once, le temps se fondit en un seul moment sans dimensions. Il fut plusieurs fois sur le point de renoncer. Dans ces cas-là, il faisait une courte pause, attendait que sa nervosité retombe et recommençait avec la patience d'un mosaïste byzantin. Pendant une de ces pauses, il essaya de se distraire en pensant à Piero Bandinelli : pourquoi cette curieuse sensation de l'avoir déjà vu avant la rencontre sur l'Arno ? Un soldat de Giovanni

Conte. Peut-être l'avait-il déjà vu à Milan ? Mais il ne trouvait rien et il se remit au travail.

Il fallait réduire l'*eicosiexaèdre* au cube imaginaire formé par les six faces opposées au centre de tous les croisements entre les octogones. La solution qu'il avait trouvée coïncidait sur le 3 et le 6, et les autres faces du cube étaient deux fois le 1 opposé au 2. Il devina que les tours de fermeture des deux octogones devaient avoir quelque chose à voir avec le rapport 2/3 entre les deux carrés qui étaient sur le portrait du frère. Tourner l'octogone horizontal deux fois vers la gauche, puis l'octogone vertical trois fois vers le haut, c'était la solution. Il l'essaya sur le solide, et se retrouva finalement avec les deux séries 1665-2034 parfaitement alignées sur le second 6, comme dans le premier schéma qu'il avait dessiné. Il entendit un déclic, un bruit mécanique dans le solide d'Archimède.

« Mais j'ai un temps d'avance sur frère Luca, se dit-il en lui-même en un élan intérieur de triomphe. Deux de plus que le diable. »

Il fit pression sur les bords de l'étagère en bois : elle bougeait. Il s'aperçut qu'il devait pousser sur la partie basse, mais avant, il devait la débarrasser de tous les livres qu'elle contenait encore. L'étagère s'ouvrait par le haut, qui basculait vers l'intérieur en pivotant sur des gonds horizontaux qui devaient être placés sur sa face arrière, à la hauteur et tout le long du rayonnage supérieur, juste en dessous du portrait. Il dut se pencher pour franchir le passage. Il prit sa lampe, s'accroupit et passa de l'autre côté avec la bibliothèque repliée au-dessus de sa tête.

Il était dans une petite pièce étroite et basse, d'où partait un escalier en colimaçon très exigu qui menait vers les souterrains. Il descendit lentement, en faisant attention à ne pas glisser sur les marches trop courtes. L'escalier se déroulait dans un cylindre de pierre et semblait ne jamais finir. L'obscurité et les ombres mobiles sur les murs quand il passait lui rappelèrent les scènes de *L'Enfer* de Dante mêlées à certains de ses cauchemars nocturnes. Quel monstre infernal trouverait-il devant lui à la fin de ce *descensus ad inferos*, le Cerbère tricéphale ou le gluant Géron ? Et quelles ombres défuntes rencontrerait-il dans ce sinistre royaume de la nuit ? À moins que, juste là-dessous, ne se révèle simplement à lui le cœur aqueux du monde…

Quand il eut fini de descendre, il se retrouva devant un couloir long et étroit, avec une voûte en arceaux, des murs ruisselants d'humidité ; l'escalier en colimaçon lui avait fait perdre totalement le sens de l'orientation, il n'aurait donc pas su dire s'il allait vers le nord, vers le sud, ou dans une autre direction. Au terme de ce parcours lugubre, le mur à sa gauche se prolongeait de façon uniforme, l'autre s'ouvrait à angle droit sur une salle souterraine interrompue par des rangées d'énormes étagères, perpendiculaires à la direction de sa marche et fermées par de lourdes portes vitrées, de sorte qu'à sa droite il y avait un nouveau couloir entre deux bibliothèques et, après avoir dépassé l'étagère centrale, après un autre couloir semblable au premier, la vaste salle s'ouvrait au milieu de rayonnages couverts de livres anciens comme dans l'espace central d'une cathédrale à cinq nefs. Une grande table octogonale en occupait le cœur, entourée de huit chaises en bois massif habillées de cuir.

La bibliothèque secrète du duc, comme l'avait supposé Machiavel. Le salon était fermé dans le fond par une abside en demi-cercle revêtue de marbres polychromes et occupée par un trône, en marbre également. Et au-dessus du trône, sur la voûte, une grande coquille en stuc, au centre de laquelle était accroché un œuf de pierre qui descendait verticalement : c'était le décor de la *Vierge à l'Enfant* avec Federico de Montefeltro de Piero della Francesca, qu'il avait vue dans le palais et où il avait reconnu le jeune frère Luca sous les traits de saint François. Derrière le trône, il y avait un tableau, dont il s'approcha avec sa lampe pour bien le voir. Une étrange flagellation, dans un splendide cadre en bois doré. Et il n'eut aucun doute : une peinture *a tempera* de l'inévitable Piero. D'ailleurs, une des marches du trône sur lequel était assis un curieux Ponce Pilate en vêtements byzantins portait l'inscription : OPUS PETRI DE BURGO SANCTI SEPULCRI.

Et *Petrus*, « Pietro », en toscan, on le sait, se dit *Piero*.

La scène avait pour cadre la loggia du palais moderne où Léonard avait rencontré Machiavel, et dans le fond, comme chez lui, on entrevoyait le clocher de San Domenico. Elle était partagée en deux : à droite, au premier plan, trois personnages qui discouraient entre eux ; sur la gauche, un péristyle à la grecque au fond duquel, attaché à une colonne surmontée d'une statue en or, Jésus regardait dans les yeux un de ses bourreaux, de dos par rapport à l'observateur, le fouet levé dans la main droite, prêt à frapper. Derrière le Christ, deux portes, l'une ouverte et l'autre fermée. Assis à l'extrême gauche, le Ponce Pilate « byzantin » qu'il avait remarqué tout de suite, et deux autres personnages entre Pilate et le Rédempteur :

un vieux de trois quarts, semi-frontal – l'autre flagellant –, et un homme avec un turban à la turque, de dos par rapport au spectateur. C'était certainement une œuvre pleine d'un symbolisme secret, qu'il ne saisit que vaguement. Il regarda les trois personnages au premier plan, disposés en demi-cercle comme une abside humaine, et il reconnut aussitôt celui de gauche, qui portait une coiffure byzantine : c'était Bessarion, le personnage avec une barbe à deux pointes qu'il avait vu à Arezzo, où il incarnait le Salomon de la *Légende de la Vraie Croix*. Mais il lui sembla reconnaître aussi le personnage central : Marsile Ficin, l'autre grand philosophe platonicien, bien que très jeune ici, comme Piero avait dû le connaître. Pieds nus. En revanche, il fut incapable d'identifier le troisième personnage, celui de droite, somptueusement vêtu de brocart bleu avec des décorations dorées, une longue étole rouge accrochée à son épaule droite.

Les symboles du tableau devaient évoquer deux univers parallèles, mais liés entre eux : le Christ, attaché à une colonne sous la statue dorée d'un empereur romain – peut-être Constantin, transformé en divinité solaire –, devait faire allusion à Constantinople flagellée par les Turcs sous le regard impuissant d'un souverain byzantin, vraisemblablement Jean VIII Paléologue, celui que Piero avait vu défiler dans les rues de Florence en 1439 ; quant aux trois personnages du premier plan, ils faisaient songer à une initiation platonicienne, soulignée par l'inscription en bas à droite sur le cadre : CONVENERUNT IN UNUM, « ils se réduisirent au Un », qui devait être le « Un » de la théologie néo-platonicienne, ou l'unité des deux Églises catholique et orthodoxe, prélude à l'unité d'intention de la nouvelle croisade. Mais *Convenerunt in unum adversus Dominum et adversus Christum eius*, « Ils se sont réunis contre le Seigneur et contre son Oint », c'était aussi un verset des *Psaumes* repris dans les *Actes des apôtres*, et c'était une allusion menaçante à un complot anti-chrétien.

Il commençait à connaître Piero, et plus il entrait dans sa « poétique », plus il lui semblait comprendre frère Luca, qui en avait été le disciple. Son ami avait raison : bien que la perspective de ce tableau construisît des prodiges secrets, et bien que l'éclairage de la scène continuât à lui sembler abstrait, Piero n'était pas que géométrie. L'espace représenté avait tout l'air d'être le lieu de rassemblement d'une secte néo-platonicienne : un centre de collecte et peut-être d'étude de livres introuvables, mais aussi celui de réunions secrètes et de rites initiatiques.

Il revint en arrière et commença à jeter un coup d'œil aux livres. Il y avait des œuvres étranges : il vit l'*Asclepius* attribué par saint Augustin à Hermès Trimégiste, le *De Platone* et le *De mundo* d'Apulée, les *Oracula chaldaica* attribués à Zoroastre, des livres de magie et d'alchimie, d'astrologie et de sciences occultes. Et puis il y avait les copies des livres que Bessarion avait donnés à la bibliothèque de San Marco à Venise, les laissant en dépôt, avant sa mort, chez Federico de Montefeltro, qui en avait évidemment profité pour les faire transcrire. Mais, plus que la bibliothèque cachée de Federico, ce devait être celle de son frère Ottaviano, le « mage d'Urbino », l'astrologue et alchimiste néo-platonicien qui gouvernait dans l'ombre les affaires secrètes du duché.

Puis son attention fut attirée par un manuscrit de grande taille, avec une couverture noire et un crâne blanc en relief : il était là, le livre qu'il cherchait depuis si longtemps, inimitable et sinistre jusque dans son aspect ! Il tira aussitôt les portes de l'étagère et le saisit. Il l'ouvrit. C'était un texte byzantin avec, sur le frontispice de l'ouvrage, une traduction latine du nom de l'auteur et du titre : *Philo Bisanthius de automatorum fabricatione*, les *Automatopoietikà* de Philon de Byzance. L'ex-libris de Gémiste Pléthon, que Marliani avait esquissé devant lui à Milan, dissipa ses derniers doutes : c'était bien le livre volé à Bartolomeo Pierleoni. Il le feuilleta : des illustrations grandes et précises d'engins mécaniques ou pas, d'époque antique, un appareil pour mesurer la pression, des machines à vapeur, dont celle qu'il connaissait déjà comme machine de Héron, mais mieux dessinée dans les détails, et un éolipyle stupéfiant, relié à des roues dentées et à des engrenages, des arbalètes géantes, une combinaison sous-marine… Il referma le livre aussitôt et le fourra dans son sac en bandoulière.

Il trouva aussi les autres manuscrits dont lui avait parlé Marliani, la *Pneumatica* de Philon et la théorie pneumatique de Ctésibios. Comment diable avaient-ils fini ici, à Urbino ? Pourquoi le voleur les avait-il apportés là ? Pour le compte de qui les avait-il volés ? Il mit aussi ces derniers dans son sac et continua à feuilleter les autres : *Plethon de legibus*, un ouvrage de Gémiste Pléthon sur les lois d'une incommensurable valeur. Et un traité en grec sans traduction latine du titre, mais accompagné de précieuses planches anatomiques. Les manuscrits de Mistrà finissaient là, venaient ensuite des textes autographes de Leon

Battista Alberti et de Piero della Francesca. Il mit dans son sac un livre d'Alberti sur les mesures et un sur les solides réguliers de Piero.

Soudain, il entendit un bruit lointain, faible, mais amplifié par le silence et par l'écho. Et il se rappela alors le dialogue insensé quelques années auparavant à Santa Maria delle Grazie à Milan : « Le Christ c'est Pietro », « Non, le Christ c'est le Christ ». « Oui, mais Pietro c'est Piero ! » Voilà qui il était, et où il avait déjà vu Piero Bandinelli. À Rome et à Milan, il est probable qu'on l'appelait « Pietro », et à Florence, « Piero ». Un soldat de Giovanni Conte, au service du cardinal Ascanio Sforza, et maintenant, du Valentinois. Il n'avait plus de barbe et il avait les cheveux courts, mais c'était sans aucun doute le soldat qui avait prêté son visage au Christ de sa *Cène*. Et il était à Florence quand il y avait eu le vol à San Marco, à Milan quand Bartolomeo Pierleoni avait été tué. Il eut soudain la sensation d'être en danger. Peut-être le soldat avait-il déjà fini son tour de garde et, si ces livres l'intéressaient vraiment…

Il n'y avait pas de temps à perdre. Il attrapa des livres et les posa largement ouverts sur le bord de la table octogonale au centre de la salle, puis il en prit deux plus petits qu'il mit debout sur les autres, il les couvrit avec un de ses mouchoirs, et installa sa lampe de façon à ce que, sur le mur opposé, se dessine une ombre que l'on pourrait prendre pour celle d'un homme assis à la table. Et il s'éloigna silencieusement en gardant dans son sac les trois livres qu'il avait poursuivis depuis Milan, et les autres œuvres qu'il avait trouvées.

Il finit juste à temps. Il entendit tout à coup le bruit sourd de pas et alla se cacher derrière une étagère. Il vit seulement l'ombre de l'épée se lever derrière sa fausse ombre. Sur la pointe des pieds, sans faire de bruit, il longea la paroi opposée à celle qu'il avait suivie en entrant, il parcourut la nef latérale entre les étagères et se retourna vers la voûte en arceaux, juste au moment où retentissaient le hurlement de l'homme et le fracas des livres qui tombaient par terre. Il se mit à courir vers l'escalier en colimaçon et s'y engagea, le cœur dans la gorge.

Les pas étaient juste derrière lui maintenant, et la lumière en dessous, qui le suivait. Et qui, bien que lentement, gagnait du terrain : le jeune soldat le poursuivait dans l'escalier en colimaçon, et Léonard était à peine moins rapide que lui. Mais il n'accéléra pas. Il savait que l'escalier était long et que, s'il le montait trop rapidement en tournant sans cesse, il perdrait son souffle et son équilibre. Il entendit donc les pas et vit la lumière se rapprocher de plus en plus. Puis il entendit un bruit sourd et la lumière s'éloigna jusqu'à disparaître. Piero Bandinelli avait dû tomber, et lui avait repris son avantage initial. Puis il l'entendit à nouveau sur ses talons, jusqu'à ce qu'il arrive à l'entrée du passage secret et tire la petite porte vers lui. Les pas étaient proches, maintenant ; il se courba et passa de l'autre côté.

Pendant qu'il essayait de refermer la porte du passage, il sentit le soldat qui la tirait de toutes ses forces dans l'autre sens. Et Bandinelli était décidément le plus fort. Alors, il lâcha prise, brusquement, et se mit à courir vers la sortie de la bibliothèque. La lumière réapparut bientôt derrière lui. De son ombre qui se raccourcissait, il déduisit que le soldat se rapprochait. Il accéléra, mais l'autre était bien plus rapide. Il venait juste d'entrer dans la dernière salle et frôlait des doigts la poignée de la porte d'entrée quand il sentit sa ceinture accrochée par l'épée. Il se dégagea, plia instinctivement les genoux en se jetant en avant, face vers le sol, pour éviter que la pointe de l'arme plonge dans sa hanche. Il entrevit la flamme de la torche derrière son épaule gauche, tandis que la main droite du soldat essayait de l'obliger à se retourner.

Il était perdu.

Il entendit alors un grand bruit métallique. L'homme se jeta sur son dos avec un cri. Dans quelle intention ? Il serra les dents. Ferma les yeux. Quand il les rouvrit, il vit la torche devant son nez, sur le sol. Il vit aussi l'épée glisser devant lui. D'un brusque coup d'épaule, il se débarrassa du corps de l'homme d'armes qui était sur son dos, il ramassa la torche et l'épée et se releva.

Il ne s'attendait vraiment pas à ce qu'il vit derrière lui.

17

Derrière lui, il y avait Salaï, une hallebarde à la main, surpris de le voir pointer une épée à la hauteur des muscles puissants de son ventre. Alors, il baissa les yeux et vit Piero Bandinelli étendu sur le sol, inanimé.

— Sois béni, mon enfant, dit Léonard en abaissant l'épée, et il s'avança vers lui pour l'embrasser. Tu l'as tué ?

— Je ne crois pas : je l'ai frappé avec le plat.

— Alors, je t'embrasserai plus tard : maintenant, enlevons nos ceintures et attachons-le solidement.

Ils serrèrent étroitement leurs ceintures de cuir autour des mains et des pieds du soldat, puis Léonard grimpa à une fenêtre et arracha un rideau, avec lequel il finit de l'immobiliser. Pendant ce temps, Salaï racontait qu'il avait vu le garde très agité, après que lui, son maître, était entré dans la bibliothèque, mais qu'il avait attendu l'arrivée de la nouvelle sentinelle. Après, il s'était produit une chose très étrange : Bandinelli était resté à sa place, il n'y avait pas eu de relève de la garde. Une fois seul, il avait ouvert la bibliothèque et s'était faufilé à l'intérieur. Inquiet,

Salaï s'était précipité en bas. Il avait trouvé la porte fermée, mais pas à clé. Il était entré, avait fait le tour de la bibliothèque, il n'y avait personne, toutes les salles étaient complètement vides ; comme il avait été réveillé à l'aube, il avait pensé avoir rêvé, mais ensuite il avait trébuché sur la hallebarde du soldat, tombée sur le sol de la dernière pièce, seule preuve du fait qu'il n'avait pas eu une hallucination. Il n'avait rien trouvé de mieux à faire que de se tapir dans un coin de cette salle avec la hallebarde à la main. Et il avait pleuré.

— Je t'aime, lui dit Léonard, et il l'embrassa.

Pendant ce temps-là, le soldat, ficelé comme une paupiette sur une broche, reprenait peu à peu ses esprits. Puis, assis par terre, sous une étagère, il avoua tout sans aucune difficulté. Il n'hésita pas à admettre qu'il avait tué Bartolomeo Pierleoni. C'était un ennemi, et pendant la guerre, il peut arriver qu'on doive tuer un ennemi. Par-derrière ? Lâchement ? L'important, pour lui, c'était de récupérer les manuscrits de Mistrà. Ce qui était grave, c'est que, à Milan, il n'avait pas trouvé le moindre feuillet de ces ouvrages. Disparus. Volatilisés. Pierleoni les avait volés à l'intendant de Marliani, ça, il en était sûr, mais dans sa cellule il n'avait rien trouvé. Quelqu'un les avait-il volés avant lui ? Étaient-ils là, maintenant, dans cette bibliothèque souterraine d'Urbino ? Il n'avait pas eu le temps de la fouiller. Dès qu'il avait entendu Léonard courir vers l'escalier en colimaçon, il avait pensé seulement à ne pas rester coincé en bas. Non, il n'avait aucune intention de le tuer lui aussi. Il voulait l'attacher à une table et retourner en dessous chercher parmi ces livres celui pour lequel il avait tué l'homme de

Rimini : c'est tout. Et ce n'était pas lui qui avait volé ces manuscrits dans la bibliothèque de San Marco à Florence. C'était son confrère Alamanno dei Martelli, Léonard le connaissait lui aussi. Puis, lui, Bandinelli, était allé à Milan les remettre à Marliani.

— Marliani est l'un des nôtres, dit-il. Nous sommes partout.

— Vous quoi ? Vous qui ? demanda Léonard, un peu irrité.

— Nous ! Vous faites semblant de ne pas le savoir ? La Nouvelle Byzance, le Nouvel Orient..., répondit Bandinelli comme si c'était une évidence.

Et il lui raconta toute l'histoire, à sa façon confuse et agitée, en sautant d'un point à un autre de l'espace et du temps, sans ordre ni méthode.

— Laurent le Magnifique aussi, et Federico de Montefeltro et son frère Ottaviano Ubaldini... et, autrefois, Sigismond Malatesta, mais il n'a voulu en faire qu'à sa tête. Recréer la nouvelle Byzance en Morée, c'était ça le projet initial, puis tout a changé... Il y avait aussi le cardinal Bessarion et Marsile Ficin, évidemment... Il fallait refonder l'Empire romain d'Orient après la conquête turque. Et le Nouvel Orient se serait inspiré de Pythagore, de Platon, de Zoroastre, c'est-à-dire des principes d'une religion universelle qui aurait transcendé le christianisme, et donc rendu définitivement vaine l'opposition entre catholiques et orthodoxes, entre islamiques et chrétiens. Tout à refaire, mais il n'y aura plus un pape à Rome. Et le *pontifex maximus* avec son cortège de vestales montera à nouveau au temple de Jupiter capitolin...

Léonard se rappela quand il l'avait pris comme modèle pour le Christ de sa *Cène*. Il ne l'avait pas reconnu tout de suite parce que ses traits avaient perdu leur ancienne noblesse. Avec l'âge, son expression était devenue vulgaire. Cela arrive parfois.

— Mais rares étaient ceux qui avaient les connaissances les plus secrètes, poursuivit Bandinelli. Gémiste Pléthon, *initié du cercle le plus secret*[1], et Bessarion, son disciple, estimaient que les doctrines les plus profondes ne devaient pas être transmises par écrit, mais oralement, et pas à tous les frères en Platon. Ils étaient peu nombreux à faire partie du *cercle le plus secret*. Bessarion avait un programme bien précis. Il avait décidé de faire semblant de céder sur le plan doctrinal face à l'Église de Rome, parce qu'il considérait que la seule façon de reprendre, sinon Constantinople, du moins la Morée, c'était d'entraîner l'Orient catholique dans une nouvelle croisade et, pour y arriver, il avait besoin de promouvoir l'union au moins apparente entre les deux Églises. Il était parvenu à devenir le principal collaborateur du pape Pie II et l'avait convaincu de convoquer à Mantoue un concile pour inviter les princes européens à une grande campagne contre les Turcs. En attendant, il fallait remettre sur le trône de Morée le dernier despote, Thomas Paléologue. Mais il y avait, et c'était là le problème, un autre prétendant au despotat : Sigismond Pandolfo Malatesta. Il était le demi-frère de Cleopha Malatesta, qui avait épousé Théodore Paléologue, l'un des derniers despotes porphyrogénètes, et Sigismond était exaspéré par l'hostilité de Pie II à son égard. Il avait perdu toutes les villes

1. Référence à une lettre écrite par le cardinal Bessarion, après la mort de Gémiste Pléthon, où il le qualifie de « réincarnation de Platon ».

de ses ancêtres, sauf Rimini, et il menaçait de tout faire sauter. C'est pourquoi il était parti pour la Morée et s'était barricadé à Mistrà. Si la croisade s'était véritablement mobilisée et avait conquis Constantinople, il aurait pu revendiquer pour lui un rôle important dans le Péloponnèse. Mais aucun bateau ne partit jamais et Sigismond revint avec le corps et les manuscrits de Gémiste Pléthon. Parmi ceux-ci, il y en avait un qui pesait comme un rocher : le livre sur les lois, dans lequel le philosophe de Mistrà dévoilait quelques-uns de ses enseignements secrets.

C'était donc lui le livre fatal ! Marliani ne lui en avait pas parlé, mais maintenant, il comprenait pourquoi, si lui-même faisait partie de l'organisation secrète. Pour Léonard, les plus importants étaient incontestablement les manuscrits qui contenaient l'antique technologie et l'antique science hellénistiques, les principes d'une physique quantitative, l'application aux phénomènes des sciences mathématiques, où les Alexandrins de l'ère antique étaient parvenus à des résultats extraordinaires. Il voulait s'emparer de tous ces secrets, il avait deviné – mais il ne savait pas encore comment – qu'à partir d'eux on pouvait s'envoler vers une science radicalement nouvelle et différente de l'aristotélisme et du platonisme de son temps.

— Qu'est-ce qu'il avait de si important, ce livre ? lui demanda-t-il.

— C'est la seule copie existante du *De legibus*, répondit Bandinelli. À la mort de Gémiste Pléthon, le patriarche de Constantinople, Genadius Scholarius, en a fait brûler tous les exemplaires sur un bûcher public. On croyait qu'il avait disparu, mais en fait les disciples du philosophe étaient parvenus à en sauver un, le plus important, le texte autographe qui avait appartenu au maître. C'est la seule œuvre du philosophe où apparaît une partie considérable de ses enseignements secrets. Dans ce texte, Zeus est le seigneur de l'éternel retour, Apollon le tisserand de l'harmonie du multiple et les dieux planétaires, les ministres des influences divines. On y célèbre Phainon et Phaéton, Stilbon et Pyrois, les dieux du nouvel Olympe païen. La science chrétienne est dissoute elle aussi dans le paganisme ancien, et on y professe la religion philosophique des initiés. Si ce livre avait été découvert, toute la mise en scène de Bessarion se serait écroulée, et le projet d'une nouvelle croisade aurait sombré misérablement. À la mort de Pie II et de Bessarion, le pape Paul II avait compris que l'organisation secrète qui assurait l'union de presque tous les princes d'Italie serait finalement un danger pour l'Église. Mais il n'avait pas du tout saisi les dynamiques du mouvement clandestin, il pensa à une trahison de Malatesta et à une implication, qui n'avait en fait jamais eu lieu, du sultan turc. Il persécuta le néo-platonisme romain, mais il n'avait bâti qu'un château de cartes qui s'écroula, et il ne put jamais démontrer son théorème. En revanche, le pape Sixte IV complota contre Laurent de Médicis qu'il considéra à tort comme le plus haut représentant de l'organisation secrète. Il souleva contre lui une conjuration en se servant des Pazzi, la famille de banquiers rivaux des Médicis, mais le Magnifique réussit à se sauver et déclencha contre lui une véritable guerre. Federico de Montefeltro, seigneur d'Urbino, parvint à la gérer avec un extraordinaire double jeu. Officiellement il était le capitaine des armées pontificales, et en tant que tel, il envahit avec ses troupes le territoire florentin, mais chaque fois qu'il aurait pu lancer l'attaque décisive, il recula. Tandis que leurs armées se battaient ou faisaient semblant, entre Poggibonsi et Colle Val d'Elsa, Laurent et Federico continuaient à échanger des ouvrages précieux pour leurs bibliothèques. Ce fut l'une des guerres remportées par Federico sans combattre, mais pas contre Laurent : contre Sixte IV qui ne douta pas un instant de sa fidélité.

— Bon, mais venons-en à nous, dit Léonard. Pourquoi fallait-il tuer Pierleoni ?

— Parce que les Malatesta se servaient de ce livre pour nous faire chanter. Ils voulaient revenir aux splendeurs du passé, mais ils étaient divisés et n'avaient plus d'alliés en Italie. Ils menaçaient de tout faire sauter, de divulguer les secrets, de détruire toute l'organisation.

— Et vous dites que vous n'avez pas trouvé ces livres dans la cellule de Pierleoni. Qui peut les avoir pris, sinon vous ?

Léonard avait décidé de ne pas révéler que ce manuscrit que Bandinelli cherchait partout avait fini dans la bibliothèque de Federico.

— Notre organisation s'est scindée en deux parties dès l'époque du Magnifique et du grand Montefeltrano, répondit le Florentin. Après la guerre des Pazzi, toute idée d'une nouvelle croisade ayant disparu, Florence et Urbino ont tenté une médiation entre Rome et l'Orient, qui ont accepté de reconnaître le rôle inaliénable de l'Église de Rome et se sont identifiés à la politique officielle de Bessarion, plus qu'à ses doctrines secrètes. Nous au contraire, nous représentons les fidèles au néo-paganisme originaire. Je suis même retourné à San Francesco Grande chercher à nouveau les livres, mais cette fois encore, je ne les ai pas trouvés. Ce sont eux, les *pii philosophi*, je ne sais pas comment, mais eux, ils veulent brûler ce livre, tandis que les Malatesta menaçaient de le publier. Nous au contraire, nous voulons juste le cacher, le faire circuler uniquement entre les initiés.

— Pourquoi m'avez-vous révélé tout cela ?

— Parce que vous, maître, vous faites partie de l'organisation… Non ? De quel côté, je ne sais pas… Vous êtes un homme des Médicis, vous travaillez pour Piero, mais vous êtes aussi très ami avec Marliani… Et donc ?

Il ne nia pas, mais ne confirma pas non plus.

— J'ai soigneusement visité la bibliothèque secrète du duc, et les manuscrits de Mistrà n'y sont pas, conclut-il. À présent, je vais refermer le passage secret et brûler le papier avec la combinaison qui permet d'y accéder. Le *De legibus*, il faudra le chercher ailleurs. Je devrais vous livrer à la justice pour le crime de Milan, mais je ne crois pas que cela servirait à grand-chose. Est-ce que le capitaine de Justice de Milan était un adepte lui aussi ?

Le Florentin acquiesça.

— Et donc, poursuivit Léonard, je vous laisserai libre. C'est la justice divine, ou celle de Zeus, ou du puissant Phaéton qui s'occupera de vous.

Il fit comme il l'avait dit. Il referma la cachette et brouilla les chiffres de la combinaison, il replaça les livres sur les étagères, déchira en mille morceaux le feuillet avec la combinaison. Puis il fit signe à Salaï de détacher l'assassin.

— Ne parlez à personne ni de notre rencontre ni de la bibliothèque, dit-il.

Puis il rendit à Bandinelli sa hallebarde et son épée, et il s'éloigna avec son assistant. C'était l'aube, la cour d'honneur du Palais ducal commençait à se teinter de reflets pourpres.

— Comment avez-vous fait, maître, lui demanda Salaï, pour trouver la combinaison qui ouvre ce mécanisme diabolique ?

— J'ai beaucoup écouté frère Luca quand il parlait, répondit-il. Rappelle-toi, mon enfant : le plus grand talent d'un être humain, c'est de savoir écouter. Si tu respectes ce principe, tu possèdes, en plus du tien, l'esprit de celui qui parle. Et ton âme brille d'une énergie redoublée.

Il repensa toute la soirée aux paroles du soldat néo-païen. Qui sait s'il avait dit la vérité, ou si c'était un mythomane visionnaire ? Le fait est que, s'il est vrai que l'histoire humaine est pleine de grands complots, leur destin éternel semble être de faillir lamentablement. Il arriva à cette conclusion en méditant sur la triste fin qu'avait faite, à son époque, l'idée de la croisade et de la religion des philosophes. En ce moment, toutes les grandes dynasties qui auraient dû œuvrer à ce dessein plus ou moins occulte avaient disparu : les Sforza à Milan, les Médicis à Florence, les Montefeltro à Urbino, les Malatesta à Rimini. Et l'histoire s'était accélérée pour prendre une direction radicalement différente et imprévisible. Il avait remis en liberté un assassin, et cela heurtait d'une certaine façon son sens de la justice, mais il avait la sensation de l'avoir laissé libre dans un monde qui n'était plus le sien, et il n'y a pas pire prison que de vivre dans le temps de quelqu'un d'autre.

Le Valentinois revint de Milan quelques jours plus tard, et l'armée, la cour et toute la suite du duc se remirent en route. Le 1er août 1502, ils étaient à Pesaro, et ils arrivèrent à Rimini le 8 août. Il vit Castel Sismondo, l'imposant manoir adossé aux murailles de la ville, et le temple des Malatesta, le chef-d'œuvre inachevé de Leon Battista Alberti. Il s'arrêta d'abord à l'extérieur, sur le côté droit de l'église, sous les grands arcs en plein cintre qui abritaient, côte à côte, les tombeaux de Roberto Valturio, l'auteur du *De re militari* qu'il avait lu plusieurs fois, et de Gémiste Pléthon, l'*initié du cercle le plus secret*, le sage qui avait généré tout ce mouvement de philosophie et de politique qui avait traversé leur époque.

Puis il entra. Il vit les tombeaux de Sigismond Malatesta et de sa troisième et dernière épouse, la seule aimée, Isotta degli Atti. Sur le baldaquin, une inscription : *Tempus tacendi, tempus loquendi*. Le temps de se taire, surtout. Mais après tout ce qu'il avait appris à Urbino, le verset de l'*Ecclésiaste* gravé ici lui apparut seulement comme une obscure menace : le temps viendra de parler, de tout révéler. SI, le S et le I entrelacés, figurait sur tous les murs de l'église, sous les arcs, sur les montants : le chiffre de Sigismond, peut-être, mais que l'on pouvait aussi interpréter, si on le voulait, comme l'union des initiales de Sigismond et d'Isotta. Il vit les chapelles latérales, celle des Reliques, où l'incontournable Piero avait réalisé une fresque : le portrait de Sigismond Malatesta, de profil, agenouillé devant un saint Sigismond qui en réalité était peut-être l'empereur Sigismond de Luxembourg, celui qui avait fait chevalier Malatesta âgé de

15 ans à peine. Puis il vit la chapelle des Planètes et du Zodiaque, les bas-reliefs sur les pilastres des deux côtés, les planètes errantes, de la Lune à Saturne sur la face centrale, et les douze signes du zodiaque sur les faces latérales de chacun, répartis en fonction des maisons nocturnes et diurnes des planètes. Le Soleil-Apollon sur son char traîné par de puissants destriers sur la clé de voûte, face à Mars-Pyrois et Jupiter-Phaéton. C'était pour lui l'image d'un temps désormais révolu, d'une ère sans pareille et inéluctablement passée, peut-être sur le déclin. Le rêve précaire d'un équilibre, d'une harmonie sublime et fragile entre le ciel et la terre, entre l'humain et le divin, entre le christianisme et Platon, entre les Anciens et les Modernes.

C'était le rêve irrémédiablement évanoui, dans lequel lui-même avait été élevé.

Pour la nuit de la Saint-Laurent ils étaient à Cesena, dont César Borgia voulait faire le chef-lieu de son duché de Romagne, et Léonard mûrit l'idée d'une voie fluviale qui la relierait au port-canal de Cesenatico. L'idée plut beaucoup au Valentinois. Il passait la plupart de son temps libre avec cet architecte militaire visionnaire, aux idées grandioses et impossibles – comme les siennes.

Ils restèrent longtemps à Imola, presque jusqu'à la fin de l'année. Léonard eut le temps de dessiner une carte de la ville vue d'en haut. Et il y rencontra à nouveau Machiavel, envoyé une seconde fois par la République florentine dans les premiers jours d'octobre pour parlementer avec le Valentinois. Mais ils eurent peu d'occasions de se parler en privé. Le duc de Romagne était confronté à une série de problèmes totalement inattendus. Pendant qu'il préparait une campagne contre Bologne, les principaux capitaines à son service, Vitellozzo Vitelli, les Orsini et Olivierotto da Fermo s'étaient rebellés avec Pandolfo Petrucci, seigneur de Sienne. Urbino s'était soulevée et avait chassé la garnison de César Borgia, imitée par quelques forteresses de l'intérieur. Léonard avait beaucoup à faire et Machiavel devait constamment informer Piero Soderini, devenu entre-temps gonfalonier à vie de Florence. Le Valentinois demandait souvent les rapports de son architecte militaire, et Machiavel l'interrogeait quand il pouvait avoir des nouvelles inédites sur la situation.

César Borgia attendait patiemment les renforts que lui avait envoyés le roi de France. Quand ils surent que des troupes fraîches approchaient de la Romagne, les *condottieri* rebelles en vinrent à plus de raison et envoyèrent Paolo Orsini à Imola pour négocier une paix plus digne. Malgré leur trahison, le Valentinois n'aurait jamais songé à faire la guerre aux Orsini, l'une des plus puissantes familles d'Italie. L'accord qu'ils signèrent prévoyait que ces mêmes Orsini – Paolo et Francesco – occuperaient la ville de Senigallia avec Vitellozzo Vitelli et Olivierotto da Fermo, pour la remettre au fils du pape. Ils se reverraient lorsque tout serait réglé. Vers la mi-décembre, le Valentinois et toutes ses armées abandonnèrent donc Imola pour revenir dans le Sud.

Ils passèrent les fêtes à Cesena. Le jour de Noël, le duc fit arrêter le gouverneur de Romagne, Ramiro Lorqua, qu'il avait nommé personnellement, et nul ne sut jamais de quoi on l'accusait. Les *romagnoli* le détestaient pour sa cruauté et pour ses malversations, mais il avait joué le jeu des Borgia, en faisant régner autour de lui un climat de terreur qui avait détruit dans l'œuf toute velléité d'opposition au nouveau tyran.

Ils quittèrent Cesena le lendemain. Sorti de bonne heure du palais où il logeait, pour partir en même temps que les armées ducales qui poursuivaient vers le sud, Léonard vit, au centre de la place, le trône sur lequel était assis Lorqua en habit de cérémonie. Comme il n'avait plus de tête, il ne le reconnut pas tout de suite, mais seulement quand il vit, en se retournant, le visage défiguré du terrible gouverneur, fiché sur une lance, de l'autre côté de la place. On n'aurait pas su dire si les habitants de Cesena qui passaient par là, et qui l'avaient pourtant détesté, étaient satisfaits ou effrayés. Il vit Nicolas Machiavel traverser la place, songeur, comme s'il s'efforçait de comprendre le sens profond de ce spectacle infâme.

Le 30 décembre, ils étaient à Fano, ville amphibie par vocation, avec ses bastions à pic sur les rives de l'Adriatique et toujours cette porte pour Rome, édifiée par l'empereur Auguste, qui indiquait la route vers Urbino, vers le Tibre, vers l'autre côté de l'Italie. Le lendemain, de bonne heure, ils partirent vers Senigallia. D'abord récalcitrants, puis repentis, les *condottieri* vinrent à la rencontre du duc et le rejoignirent à trois milles de la ville. César Borgia avait donné des consignes pour qu'on garde le gros des troupes à l'intérieur des murs et les portes fermées, pendant qu'ils fêteraient ensemble, à l'extérieur, la paix retrouvée et l'arrivée de l'an 1503 *a circumcisione*[1] dans une

1. Le 1er janvier, date de la circoncision de Jésus, a progressivement été choisi comme date officielle du début de l'année, qui était précédemment fixée au 25 décembre, ou au 25 mars.

agréable demeure, toute proche de la porte nord de la ville. Au milieu du banquet, le Valentinois était sorti de la salle du repas sous un prétexte quelconque, et des gardes armés y avaient fait irruption. Vitellozzo et Olivierotto avaient été étranglés sur place, et les Orsini emmenés ailleurs, enchaînés.

Deux jours plus tard, Léonard rencontra Machiavel à Corinaldo, dans l'arrière-pays. En un seul jour, le duc s'était emparé de Senigallia, et il préparait déjà la guerre contre d'autres rebelles. Il croisa le secrétaire florentin le long des bastions de la petite ville, qu'il était en train d'inspecter. Machiavel l'invita dans sa demeure, en haut de la colline, à l'endroit le plus haut du bourg fortifié. Ils parlèrent de quantité de choses. Le diplomate de la République semblait fasciné par le personnage du Valentinois, il dit que le suivre dans ses entreprises imprévisibles lui apprenait beaucoup sur l'art du gouvernement et de la guerre. Léonard déplora sa cruauté, il dit qu'il n'avait jamais vu tant de violence que pendant ces six derniers mois. Machiavel semblait méditer sur une sorte d'économie du sang versé et soutenait que n'importe quel massacre, si horrible fût-il, accompli par le fils du pape, avait en fait épargné un carnage beaucoup plus cruel.

— La guerre, dit Léonard, n'est qu'une folie bestiale.

— Mais la vraie spécialité du Valentinois, répliqua le secrétaire, c'est justement de prendre les forteresses sans les attaquer, il se contente de menacer de les assiéger. Son talent, c'est l'art de se faire craindre. Il a remporté la plupart de ses batailles sans tirer un seul coup de canon.

— Je voudrais que ce soit vraiment aussi simple, répondit Léonard, mais nous verrons ce qu'il fera des Orsini qu'il a capturés. S'il les tue, il provoquera une guerre plus atroce que celle qu'il vient juste d'éviter.

Les deux Orsini connurent la même fin que les seigneurs de Città di Castello et de Fermo. Ils furent étranglés deux semaines plus tard, à Castel della Pieve. Et les armées continuèrent encore jusqu'à Pérouse, puis jusqu'à Sienne. Machiavel était reparti quelques jours après leur dernière rencontre, tandis que Léonard avait continué à suivre l'armée du duc.

Le 1er février, ils étaient à Pienza. La ville idéale conçue par le pape Pie II, auquel elle est dédiée, et dessinée pour lui par Rossellino da Settignano à la place du bourg de Corsignano où était né le pontife. C'est justement le pape siennois qui avait donné au père du Valentinois, quand il était encore vice-chancelier de l'Église, le sobre palais que César Borgia utilisait maintenant comme quartier général, en attendant la capitulation de Sienne. Léonard se promenait tout seul dans les environs du petit bourg, plongé dans la nature enchantée des collines toscanes qui sentaient bon la maison, quand il s'aperçut qu'il était suivi par un promeneur habillé en courrier, qui toussa bruyamment pour attirer son attention. Il se retourna, l'homme ne dit rien et le dépassa en laissant tomber à ses pieds une missive scellée. Il la ramassa immédiatement, l'ouvrit et lut.

On y avait dessiné une carte approximative pour aller de Pienza à l'abbaye de San Galgano, par la route de la Maremme.

C'était la convocation habituelle de l'habituel *condottiere* florentin.

Il partit le lendemain de bonne heure en emmenant avec lui un Salaï plutôt réticent. Au soir, il arriva à l'ermitage de Montesiepi, édifié à l'endroit même où, au XIIe siècle, le légendaire saint de Chiusdini[1] avait miraculeusement planté son épée dans la roche pour en faire une croix, mettant fin à la vie de guerrier à laquelle il était destiné. C'est dans ce lieu de prière qu'ils se virent, à côté de l'épée, désormais noircie, fichée dans la pierre dure de la chapelle circulaire qui avait été construite autour d'elle et que tous appelaient la Rotonde.

— Tu dois quitter le Valentinois et revenir tout de suite à Florence, dit le *condottiere*. Nous ne sommes plus du même bord.

Il l'avait deviné, il le savait déjà. Le *condottiere* était le fils de Clarice Orsini et il avait épousé Alfonsina Orsini. Des parents très lointains des innombrables branches de la famille Orsini, qui se disputaient le pouvoir avec les Colonna, à Rome. Et maintenant, après avoir fait tuer Paolo et Francesco Orsini, les Borgia les avaient tous les deux contre eux. Leur temps était échu.

— Je suis avec les Orsini, naturellement, poursuivit le *condottiere*, et je suis avec les Français. Si les Médicis reviennent à Florence, ce sera avec les Valois-Orléans. Les Espagnols viennent de débarquer dans le sud de l'Italie, pour disputer Naples au roi de

1. Galgano Guidotti, dont la tradition rapporte qu'il aurait planté son épée dans la roche en signe de renoncement à la vie mondaine. L'ermitage de Montesiepi a été construit sur le lieu où le chevalier s'est retiré et a vécu en ermite jusqu'à sa mort en 1181.

France. Et les Borgia sont espagnols, tu vas voir qu'ils ne vont pas tarder à trahir le roi Louis. Tu dois partir. Je vais dans le Sud combattre pour les Français. Le roi m'a nommé gouverneur de Cassino.

Léonard acquiesça d'un signe de tête : il obéirait, comme toujours.

— Pour ce qui est de la mission que vous m'aviez confiée à Venise chez votre frère, je l'ai finalement accomplie.

Il tira de son sac de cuir le *De legibus* de Gémiste Pléthon et le lui remit. Le *condottiere*, très surpris, saisit le manuscrit des deux mains et le feuilleta avidement.

— Comment avez-vous fait ?

— Il était à Urbino.

L'homme prit une torche au mur de la chapelle et sortit. Il posa le livre sur un gros bloc de pierre, à l'extérieur de la Rotonde. Il y mit le feu. Ils restèrent tous les deux à regarder la flamme monter des pages qui se carbonisaient. Léonard comprit ainsi de quel côté du regroupement néo-platonicien il avait été, sans le savoir, pendant toutes ces années. C'était le bon côté, se dit-il, même si ce n'était pas la partie gagnante. Pour le moment en tout cas.

18

Quand il revint à Florence, frère Luca l'accueillit à Santa Croce avec chaleur et lui remit une lettre de Cecilia Gallerani. Elle avait été envoyée de Milan en 1501, mais dame Cecilia, n'ayant plus de nouvelles d'eux, l'avait adressée au couvent des Frari, à Venise, à l'intention du mathématicien franciscain pour qu'il la remît à son ami. Le frère ne l'avait reçue qu'un an plus tard à Bologne, où il allait souvent pour ses cours, grâce à un confrère vénitien de passage. Puis Léonard avait disparu, si bien qu'il ne la recevait que maintenant, avec deux ans de retard.

Léonard à son tour lui raconta presque toutes ses aventures à la suite du Valentinois, sans parler de la bibliothèque souterraine du duc Federico ni de la conclusion de son enquête sur le crime milanais. Mais il lui parla du portrait avec le dodécaèdre et l'*eicosiexaèdre*, il lui dit qu'il l'avait retrouvé – et frère Luca l'avait regardé avec appréhension, ou du moins, c'est ce qu'il lui avait semblé. Mais Léonard avait hâte de revenir à son logement et de lire cette lettre venue de Milan. Alors, il coupa court, prit la missive encore soigneusement scellée et repartit rapidement à la Santissima Annunziata.

Dame Cecilia disait qu'elle était revenue dans sa ville quand la situation s'était normalisée. En vérité, elle vivait à Carugate et ne descendait que rarement à Milan, parce qu'elle était la mère d'un Sforza et que ses biens en ville avaient été confisqués, mais son mari et elle, et bien qu'ils ne soient pas vraiment dans les grâces des nouveaux gouverneurs français, s'en sortaient assez bien. Elle disait qu'elle avait eu un quatrième enfant, fin septembre 1500. Léonard refit plusieurs fois les calculs, et le résultat était toujours le même : leur rencontre à Mantoue avait eu lieu en janvier, neuf mois exactement s'étaient donc écoulés avant l'accouchement. Mais dame Cecilia ne faisait aucune allusion au fait que l'enfant puisse être le sien. Elle en parlait comme d'un fils né de son mari.

Puis elle parlait d'événements milanais, de messer Fazio Cardano par exemple, qui, de sa fugue et de sa maîtresse à Pavie, avait ramené un fils, auquel il avait donné le prénom de Girolamo, elle parlait aussi d'autres connaissances communes, même si, disait-elle, Milan n'était plus la même… Elle revenait ensuite à la vie à Mantoue, sans faire aucune allusion à leur *erreur*. Elle disait qu'après le départ de Léonard les Gonzague avaient trouvé dans sa chambre l'esquisse d'une femme décoiffée qu'ils avaient conservée. Son mari lui avait dit qu'à son avis cette femme lui ressemblait beaucoup, et il s'était demandé si par hasard Léonard n'était pas secrètement amoureux d'elle. Alors, pour calmer sa jalousie, elle lui avait rapporté le bruit qui courait sur l'homosexualité de l'artiste – comme d'ailleurs de tous les artistes, avec leurs assistants, c'était bien connu. Et les craintes de son mari s'étaient calmées, et puis Isabelle d'Este avait dit avec une pointe de méchanceté qu'elle reconnaissait vraiment Cecilia dans cette femme décoiffée, un peu idéalisée bien sûr et avec les cheveux au vent, mais que, pour elle, cela ne faisait aucun doute. Alors, tout en se défendant, elle avait éprouvé une profonde tristesse. Contrainte de nier toutes les rumeurs, elle s'interdisait à elle-même ce qu'elle aurait souhaité le plus ardemment : qu'on lui offrît ce portrait, même inachevé. Mais Isabelle d'Este l'avait gardé pour elle, pour la punir – disait dame Cecilia, elle en était certaine – de ne pas avoir avoué sa faute. Son amie concluait en l'invitant à revenir à Milan, pour faire revivre les jours heureux, parce que ni lui, ni Donino, ni aucun des autres n'étaient plus là. Et elle souffrait d'une profonde nostalgie.

Léonard en eut les larmes aux yeux, et il eut envie de repartir tout de suite pour Milan. Il se mit à dessiner une Léda avec le cygne, Léda nue avec ses quatre enfants : quatre, comme ceux de Cecilia. Pollux et Clytemnestre, Hélène et Castor, nés des deux œufs qui s'ouvraient devant elle. C'était un hymne à la vie naissante, plus qu'à l'Éros. Quel que soit le père – un duc de Milan, un comte de campagne ou un vulgaire peintre –, il s'agissait de Zeus ou de Phaéton ou encore du *spiritus mundi*, incarné dans un cygne séducteur. En florentin, « cygne » se dit *cecero*, autre allusion énigmatique à Cecilia, de même que *galè*, l'hermine en grec, faisait penser à son nom, Gallerani. Et Léda est le mystère païen ou chrétien, ou simplement humain, de l'incarnation de la vie qui, tandis qu'elle aspire à sa propre consomption, se reproduit en un cycle virtuellement interminable avant de se dissoudre dans le chaos primaire, meurt et recommence sans fin en un jeu métamorphique éternel de retours et de changements. Mais qu'irait-il faire à Milan ? Il était évident que, quel que soit le père du dernier enfant de Cecilia, elle avait sagement décidé de l'attribuer au mari qui la nourrissait.

Et ce fut à nouveau son père, messer Piero, qui lui trouva une commande. Un riche marchand de soie qui avait été un de ses bons clients, Francesco Giocondo, autrefois fournisseur des Médicis, était devenu veuf, il s'était remarié avec Mona Lisa Gherardini, alors âgée de 24 ans, qui venait de lui donner deux enfants. Après deux accouchements rapprochés, Mona Lisa del Giocondo souffrait d'humeurs saturniennes. Avant de faire son portrait, Léonard essayait de l'égayer en lui racontant des histoires amusantes ou en jouant du luth. Tout ce qu'il parvenait à obtenir d'elle, c'était un sourire superficiellement apaisé où restaient encore des traces de sa douleur profonde. Il pensa à un portrait qui reproduirait derrière elle un paysage traversé par les mêmes passions, paisible à première vue, mais profondément marqué par le tourment des ères géologiques, par l'érosion des eaux et des vents, par les forces constantes de la nature qui creusent et sculptent, érodent et solidifient à nouveau. Ce serait la *summa* de tous les paysages de sa vie : dans le fond, les Alpes lombardes, le Carse, les glaciers et les lacs alpins ; au premier plan, les méandres de l'Arno en dessous d'Arezzo et le pont entre deux falaises au Romito. Il l'imagina, mais ne le réalisa pas. Il l'esquissa, mais sans l'achever. Pour le finir, il devait d'abord atteindre lui aussi la sérénité apparente et provisoire qui marque la fin de tout conflit ancien, l'état de grâce, l'équilibre précaire et caduc entre le tourbillon contradictoire des élans vitaux et l'angoisse de la stase et de la décomposition définitive.

Il y eut aussi une audience pour la République, pour la réalisation d'une idée dont Léonard lui-même avait parlé à Machiavel, à Imola : pour affaiblir Pise et la plier à la nouvelle domination florentine, il fallait dévier l'Arno afin qu'il soit directement navigable de Florence à la mer Tyrrhénienne, sans passer en territoire pisan. Une idée que Machiavel, même s'il la jugeait ambitieuse, trouvait réellement géniale. Les anciens Romains étaient capables de dévier le cours des fleuves, si bien qu'il s'agissait, entre autres choses, d'un véritable défi au monde classique. Mais Léonard avait étudié le système des écluses utilisées pour la canalisation des eaux à Milan et se sentait à la hauteur de la tâche. Il ne fut pourtant pas directement impliqué dans la réalisation des travaux, qui furent confiés à d'autres et limités à une canalisation défensive sur le front, à la frontière entre les deux territoires. Le projet, même restreint, était toutefois mal engagé, et il finit par une inondation catastrophique qui fit beaucoup plus de mal aux Florentins qu'aux Pisans.

Le 18 août de cette année, le pape mourut. Comme on pouvait s'y attendre : d'un mal de ventre. Une semaine auparavant, il était allé dîner avec son fils César chez le cardinal da Corneto. Après le repas, tous s'étaient sentis mal, même le Valentinois, mais seul le pape était mort. Dysenterie ? Malaria ? Poison ? Le fait est que les bandes armées des Colonna et des

Orsini pillaient maintenant les biens des Borgia, le duc de Romagne était malade, le nouveau pape, un Piccolomini qui prit le nom de Pie III, mourut à son tour au bout de deux mois, et le pape suivant, Giuliano della Rovere, qui monterait sur le trône sous le nom de Jules II, allait se révéler le pire ennemi des Borgia. Le Valentinois fut arrêté deux fois, la dernière fois par les Espagnols qui le conduisirent finalement à Medina del Campo, où il languit en prison. *Ou César ou rien* avait été sa devise, mais on laissait entendre qu'il avait été l'un et l'autre. Sa Romagne se désagrégea en moins d'un an. Urbino retrouva Guidobaldo ; Rimini, un Pandolfo Malatesta, qui la livra ensuite aux Vénitiens. L'État était né et mort avant d'avoir trois ans.

Le 28 décembre mourut aussi Piero de Médicis, le *condottiere* florentin dont Léonard avait fait la connaissance à Milan et dont il était resté l'ami jusqu'à cette dernière rencontre dans le sud de la Toscane. Il s'était noyé dans le Garigliano pendant qu'il se repliait, traqué par les Espagnols de Consalvo di Cordova. Espérant se rapprocher plus vite de Gaète, il avait chargé des armes et des canons sur une embarcation légère qui s'était renversée sous la charge excessive. Son cadavre avait été enterré dans l'abbaye de Montecassino.

À Ferrare, de tous les Borgia, il ne restait que Lucrèce, qui noyait à son tour ses déboires familiaux dans une vie de passions incongrues. On murmurait qu'elle avait été la maîtresse de Pietro Bembo, puis de Francesco Gonzague, le mari d'Isabelle d'Este. Comme ça, au moins, la marquise avait maintenant autre chose à quoi penser, et elle avait définitivement cessé de tourmenter Léonard avec ce fameux portrait de profil.

Il songeait encore à partir pour Milan, mais après la mort de Piero de Médicis, qui le libérait de tout soupçon de collaboration, la République se manifesta enfin. Un jour, il reçut la visite d'Agostino Vespucci, représentant de Nicolas Machiavel dont il était un proche collaborateur à la Chancellerie florentine. Agostino lui rapporta que le secrétaire, dont il avait fait la connaissance à Urbino, songeait pour lui à un nouveau projet pictural, qui consistait à peindre la bataille d'Anghiari, une victoire florentine sur les Milanais en 1440, sur l'énorme mur oriental de la salle du Grand Conseil du Palazzo Vecchio. Encore une fresque, mais le thème de la bataille le stimulait : c'était le banc d'essai idéal pour lui permettre d'exprimer toutes ses nouvelles acquisitions, comme il l'avait pensé à Arezzo en observant les fresques de Piero. Bien que plein d'angoisse, il accepta.

Et en janvier, comme le *David* de Michel-Ange était prêt, il fit également partie d'une commission qui devait décider de l'endroit où on l'installerait. La majorité voulait qu'il soit juste devant l'entrée du palais de la Seigneurie, nouveau symbole d'une République qui avait chassé le géant médicéen et prospérait avec orgueil. Léonard fut de ceux qui auraient voulu le placer dans la Loggia voisine, sous prétexte de le protéger des intempéries, mais en réalité pour le cacher au public. Plus qu'un désir de se venger de l'insolence passée du sculpteur, c'est surtout qu'il ne se reconnaissait pas dans les raisons idéologiques que voulait exprimer le colosse : le renvoi des Médicis n'avait, selon lui, pas apporté grand-chose à Florence.

Mais puisqu'il était exposé de façon aussi visible, il s'entêta lui aussi, et cette fois uniquement par dépit, pour qu'on couvrît au moins ses parties génitales – en réalité, bien sous-dimensionnées – par égard pour les dames florentines qui auraient pu s'en plaindre, à juste titre. Et il l'emporta : le pénis du David fut couvert d'une guirlande dorée de feuilles de cuivre.

Le 19 juillet 1504, un mardi, mourut messer Piero di Antonio da Vinci, son père. Ses frères l'en informèrent le lendemain. Il n'avait laissé aucun testament, de sorte que lui, qui n'avait jamais été légitimé, fut exclu de la succession. Son seul héritage de ce père qui, peut-être, au fond de son cœur, et à sa manière, l'avait aimé, fut de supporter indirectement les querelles interminables de ses onze demi-frères qui se partageaient ses riches propriétés au son d'insultes sonores. Amertumes sur amertumes.

Pour qu'il réalise à son aise l'énorme carton préparatoire de *La Bataille d'Anghiari*, la République fit restaurer et mit à sa disposition la vaste salle du Pape au couvent de Santa Maria Novella, près du logement du pape en visite dans la ville, le Latran florentin. C'était l'énorme salon où s'était réuni en 1439 le concile de l'union, où avaient parlé et défendu leurs thèses Gémiste Pléthon et Bessarion, le pape Eugène IV et le patriarche de Constantinople, qui était précisément mort ici, à Florence. C'est là qu'on avait discuté du destin de l'Orient et de l'Occident, de la nouvelle croisade, des projets grandioses et vains pour remettre l'Italie et la Grèce au centre de l'univers méditerranéen et chrétien.

Pendant les premières phases de conception, il y recevait souvent la visite d'Agostino Vespucci, qui lui faisait part des demandes de Piero Soderini et qui lui racontait la bataille d'Anghiari, lui disait comment elle s'était passée. Elle avait eu lieu dans ce climat de concile et d'union, d'alliance entre le pape vénitien Eugène IV et la Florence de Cosme de Médicis, dont les grands projets, au caractère universaliste, étaient contrecarrés par les visions expansionnistes des Visconti milanais, au détriment justement de Florence et de Venise. L'épisode dans lequel devait culminer l'action marquante de la bataille et du tableau était le moment où les Florentins, attaqués par surprise, avaient pourtant su réagir rapidement, arrachant leur étendard aux Milanais et les mettant en fuite. Léonard s'était mis à étudier la scène avec passion. Il voulait représenter la fumée et la poussière, la sueur boueuse sur les visages, les bouches grimaçantes des chevaux, la tension des regards, les flaques de sang dans les empreintes des soldats, la folie bestiale de la guerre.

Et puis, un jour, de but en blanc, Vespucci s'était mis à parler de son cousin Amerigo, un navigateur qui explorait les côtes méridionales de ce que tout le monde appelait encore les Indes occidentales. La famille avait reçu des nouvelles fraîches de première main.

— Ça n'a rien à voir avec les Indes, lui dit le brave Agostino, Amerigo a découvert qu'il s'agit d'un nouveau monde, un continent inconnu jusque-là, dont aucun livre ne parle. Songe un peu, Léonard : des géographes allemands proposent de donner à la nouvelle terre le nom de mon cousin…

— Vespuccia ?

— Non, Ameriga… En fait, le Cathay aux toits dorés dont parlait Marco Polo serait encore plus à l'occident…

— Je ne sais pas si c'est une bonne nouvelle, répondit l'artiste, nous nous sommes toujours considérés comme l'Occident du monde, et maintenant, avec les Turcs qui nous barrent la route de la soie, on oublie le Cathay : à la longue, c'est nous qui allons devenir l'extrême Orient du monde.

Dès les premières phases de travail sur les cartons préparatoires, les peintres et les curieux venaient en foule pour assister à ce dont on comprenait déjà que ce serait le manifeste d'une *nova aetas* de la peinture.

Il reçut notamment la visite dans la salle du Pape d'un jeune peintre d'Urbino, fils de l'art, belle allure, manières élégantes et nobles comme les siennes. Son père, Giovanni Santi, avait été poète et peintre de cour à l'époque du grand Montefeltrano. Il s'appelait Raphaël, et bien qu'il n'ait guère qu'une vingtaine d'années, il avait déjà travaillé avec le Pérugin et avec le Pinturicchio, et on en disait beaucoup de bien. Ce fut pour Léonard l'occasion d'évoquer à nouveau Florence et Urbino de ces temps magnifiques, maintenant qu'il en savait davantage. Il lui raconta la découverte de Platon, l'époque de Piero della Francesca et du jeune Botticelli. Il lui parla de ses recherches sur la perspective lumineuse, mais il ne dit rien de ce qui était sa véritable obsession du moment : trouver la bonne technique pour peindre à l'huile sur un mur, en évitant les problèmes qu'il avait connus à Milan avec *La Cène*, l'utilisation de la cire dont parlaient Pline l'Ancien et Vitruve, et qu'il avait l'intention d'essayer.

Ce serait sa grande contribution technique à l'histoire de la peinture, combiner la leçon des Hollandais et celle des Italiens, refaire sur le mur ce que les Flamands avaient enseigné à faire sur bois, comme il était presque parvenu à le réaliser à Milan et comme il le ferait encore mieux à Florence. Le défi entre Milan et Florence qu'il devait peindre au Palazzo Vecchio devenait maintenant celui entre *La Cène* et *La Bataille d'Anghiari*. Mais cela prenait un temps infini, Soderini se souciait comme d'une guigne de l'histoire de la peinture, et Léonard retrouva tous les problèmes qu'il avait eus pour *La Cène*, avec une circonstance aggravante : cette fois, au lieu du modeste Montorfano, c'est Michel-Ange qui peignait, sur le mur opposé au sien, la classique bataille remportée par les Florentins contre Pise. Soderini en avait décidé ainsi et, à l'évidence, il avait un faible pour Buonarroti, qui était en plus un républicain convaincu.

Ainsi sa lenteur devenait à nouveau un problème. La cire était une procédure délicate, il fallait mélanger sur la palette les pigments et les collants avec la cire punique à température de fusion, puis étendre un voile de cire uniforme sur toute la surface peinte et laisser sécher. Quelques jours plus tard, on allumait des braseros sur l'échafaudage pour faire fondre à nouveau la cire et lustrer. Le résultat devait exalter l'éclat et les nuances de la peinture. Il avait essayé avec la scène de la lutte pour l'étendard et avait eu bien des problèmes. Il était impossible de maintenir les braseros à une température constante, et quand la chaleur augmentait, la cire et la couleur coulaient ensemble, comme sur le côté d'une bougie. Éteindre et allumer, allumer et éteindre ; à ce rythme, l'éternité n'aurait pas suffi.

Et on ne pouvait pas échouer, parce que retravailler sur un mur trop imprégné de cire aurait été impossible.

Pendant ce temps, Michel-Ange avait terminé son carton préparatoire et commencé à se présenter dans la salle du Grand Conseil pour les premiers relevés. Et Soderini le pressait avec une insolence croissante. Une fois, il avait même menacé Léonard de lui faire un procès pour qu'il rende tous les florins qu'on lui avait versés s'il ne terminait pas très vite les travaux qui lui avaient été commandés. Alors, Léonard avait rassemblé tout l'argent gagné en deux ans, se faisant prêter ce qui lui manquait, et il était allé chez le gonfalonier le lui rendre. Soderini ne l'avait pas accepté, et l'avait prié sur un ton plus conciliant de finir au plus vite. Mais une goutte d'eau fit déborder le vase : quelques mois plus tard, alors qu'il était venu au comptoir des paiements pour retirer sa paie mensuelle, Léonard se vit remettre un sac plein de petite monnaie. Qu'on le traitât comme un « peintre de quatre sous », cela le rendit définitivement fou furieux.

— Pouilleux ratatinés, sales abrutis ! hurla-t-il en lançant violemment le sac par-delà le comptoir. Si c'est ça votre République, vous pouvez la garder. Ce sera un miracle si elle dure un an de plus.

En fait, elle allait durer six bonnes années, avant le retour définitif des Médicis. Mais ça, à l'époque, personne ne pouvait encore le prévoir.

Un jour donc, en entrant dans la salle du Pape, Salaï vit tous les autres assistants au travail, mais son maître n'y était pas. Il le trouva dans son cabinet, avec une pile de livres par terre et une caisse à côté de lui, une plume dans la main gauche, une feuille sur les genoux. Il déposait les livres dans la caisse après en avoir enregistré les titres, et il était justement en train d'inscrire le livre de mécanismes avec la mort dessus. Lorsque Léonard le vit, il lui montra une feuille posée sur son bureau.

— Qu'est-ce que c'est ? demanda le garçon.

— L'autorisation de la République de m'absenter trois mois, pour faire un travail pour un lieutenant du roi de France. Prépare tes affaires, on part.

— Et où on va ?

— À Milan.

— Pour trois mois ?

— Pour toujours. À Milan nous avons une maison et une vigne. Ici, nous ne possédons rien.

Avant de partir, il alla une dernière fois saluer l'ami qui avait partagé avec lui cette décennie tourmentée. Quand il entendit sa voix à l'extérieur de sa cellule à Santa Croce, Luca Pacioli se leva du prie-Dieu sur lequel il était agenouillé et alla lui ouvrir. Ils étaient assis l'un en face de l'autre quand Léonard lui annonça sa décision de retourner à Milan. Qui sait s'ils se reverraient jamais. Ils reparlèrent de ces années, des mille intérêts qu'ils avaient partagés, des turbulences auxquelles ils avaient survécu.

— Je dois t'avouer une chose, lui dit le frère avant qu'ils prennent congé.

Léonard savait déjà de quoi il s'agissait, mais il attendit que ce soit son ami qui parle.

— Ces livres, les manuscrits de Mistrà, qu'avait Bartolomeo Pierleoni à San Francesco Grande, dit le mathématicien, l'assassin ne les a jamais trouvés, parce que l'homme les avait bien cachés dans une cavité, sous les dalles du sol. C'est moi qui les ai retrouvés, par hasard, aussitôt après l'homicide, dans sa cellule, en trébuchant sur un carreau descellé. Il y en avait un en grec, mais avec le titre réécrit en latin, dont Marliani ne t'avait pas parlé : une œuvre insidieuse de Gémiste Pléthon, qui révélait sa pensée la plus authentique et la plus secrète. C'était un livre que beaucoup cherchaient. Je devais absolument le faire disparaître. Je l'ai envoyé avec les autres à Urbino, où, s'ils ne l'ont pas encore fait, ils vont certainement le brûler…

Et il lui raconta tout le reste, la bibliothèque et la confrérie secrète, toutes les choses que lui avait déjà rapportées Piero Bandinelli, mais cette fois du point de vue d'un platonicien franciscain qui avait rejeté le néo-paganisme de l'*initié du cercle le plus secret* dont tout était parti. Léonard en revanche ne lui révéla rien de ce qu'il avait découvert. À Urbino, pendant qu'il interrogeait l'homicide, il avait déjà imaginé que c'était le frère qui avait expédié au palais des Montefeltro les manuscrits dangereux. Il l'avait imaginé quand il avait vu l'abside souterraine de la bibliothèque inspirée du tableau où un frère Pacioli jeune figurait dans *l'entourage*[1] immédiat de Federico de Montefeltro. Une *sacra conversazione* de son maître Piero della Francesca, qui plus est. Il ne lui révéla pas qu'il avait décrypté son code et découvert les salles souterraines, il ne lui dit pas qu'il avait volé des livres qui d'ailleurs ne semblaient intéresser personne d'autre que lui ; ni la fin qu'avait connue la dernière copie existante des *Lois* de Gémiste Pléthon.

Ils s'embrassèrent sur le seuil. Sans le savoir, ils avaient milité du même côté. En toute conscience en revanche, ils avaient cultivé la même vigoureuse

1. En français dans le texte.

passion pour la science alexandrine oubliée, Pacioli pour Euclide, lui pour Archimède et Philon de Byzance. Tandis qu'à leur époque on s'égorgeait pour autre chose. Et qui sait s'ils avaient été l'avant-garde d'un monde à venir ou le dernier soubresaut d'un rêve déjà évanoui.

— Merci pour les mathématiques que tu m'as enseignées, dit Léonard en guise d'adieu.

— Merci pour tes leçons sur l'*enèrgheia*, répondit le frère.

Et il était mélancolique pendant qu'il marchait le long de l'Arno en repensant aux années passées, aux mille projets inutiles, à ceux qui avaient échoué, ou aux œuvres laissées en plan. Des bouffées d'angoisse le surprenaient parfois : que reste-t-il de tout cela ? Et il se demanda si l'histoire, individuelle ou collective, s'écoule comme les fleuves qui, lorsqu'ils arrivent dans la vallée, semblent infiniment plus paisibles, sans les indécisions, les hésitations, les sursauts, les courbes paraboliques qui marquent le début de leur cours, le long des pentes abruptes des montagnes.

— Maître Léonard !

Il eut du mal à comprendre d'où venait la voix, même si ce ne pouvait être que du gueux assis sur la berge. Il avait des habits râpés, une barbe chaotique, des cheveux châtains, gras et ébouriffés.

— Phaéton m'a puni, selon votre malédiction, dit-il en agitant devant lui son avant-bras droit, au bout duquel manquait la main.

Et c'est alors qu'il le reconnut. Piero Bandinelli, qu'il avait pris comme modèle pour le visage du Christ à Milan.

— Au siège de Ceri contre les Orsini, dit-il en agitant encore son moignon devant lui. Un éclat du projectile d'un fauconneau…

Il était méconnaissable, il semblait vieilli de vingt ans. Il lui donna trente sous, même si l'homme ne les lui avait pas demandés. Tout aspire à revenir au premier chaos. Tout court inexorablement vers son propre anéantissement.

Il avait été un jeune homme d'une grande beauté, et qu'était-il devenu ?…

Comme la nature humaine peut dégénérer…

Il avait été son Christ, et s'il l'avait rencontré aujourd'hui, il l'aurait trouvé trop laid même pour prêter son visage à Judas.

ÉPILOGUE

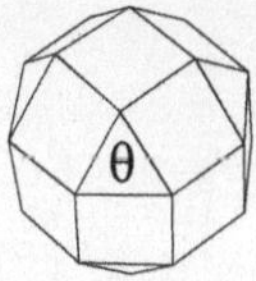

Tous les termes des choses ne sont pas
une partie de ces choses,
Mais sont le début d'une autre...

[Notes de Léonard de Vinci]

Nous avons vécu une époque intense, et maintenant les voilà, ils sont venus nous la reprendre.

Nous avons assisté à la gloire et au carnage.

Nous avons vu tomber plus de princes ces dix dernières années que pendant tout le reste du siècle passé. En Italie, hormis l'Église de Rome, rien ne semble destiné à durer. Nous sommes la terre de l'impermanent, un lieu d'échange et un carrefour. Les idées et les armées, les peuples et les rois, tout ici passe vite. Peut-être parce que aucun prince de mon temps, après le Magnifique et Federico de Montefeltro, n'a su voir plus loin que sa propre ambition, mais aussi parce que personne d'autre, après eux, n'a su nourrir des ambitions aussi vastes et aussi visionnaires. Et si l'ambition manque d'ailes, si elle rampe furtive et visqueuse entre les rochers, comme les vers et les serpents, tout ce qui passe à sa portée se déforme, prend des proportions démesurées, entrave le chemin.

Si les hommes au contraire pouvaient voler, comme les oiseaux, et voir les choses d'en haut, ils ne s'acharneraient pas comme des chacals sur une carcasse qui les exposera immanquablement à des prédateurs plus féroces ou plus puissants. Si les hommes pouvaient voler, comme les oiseaux, ils seraient contraints à la même élégance, ils pourraient apprendre à voltiger et à planer sans fatigue, avec un détachement tranquille, au-dessus de la misère de leur propre sort.

Et ils seraient très beaux, tous, comme les hérons et les mouettes.

Nous avons vécu une époque intense, et nous l'avons jetée aux orties. J'ai vu tout se précipiter – moi compris – vers une même décomposition. Nous avons cherché la liberté, et encore plus de liberté, jusqu'à être libres même de la gaspiller. Peut-être, me dis-je parfois pour donner un sens à toutes ces choses, avons-nous produit par ici trop de beauté ce dernier siècle ; et dès lors, si nous voulons en créer encore, si nous voulons recommencer au début, nous sommes contraints, avant toute chose, de nous détruire nous-mêmes.

Moi le premier, je le répète, j'ai manqué tout ce que j'ai tenté.

Je fuis, comme toujours, mes expériences ratées.

À Milan, je reverrai dame Cecilia, je connaîtrai son quatrième enfant. En suis-je en partie la cause ? J'espère alors que c'est un chef-d'œuvre. Au moins un... La plupart des choses que j'ai commencées, je ne les ai pas conclues. Et les œuvres que j'ai terminées ne me satisfont jamais. Peut-être aurais-je seulement dû écrire le Grand Livre de mes questions. *C'est le seul bien dont je suis véritablement riche, mon seul inaliénable trésor. Même ce que j'ai peint n'est au fond rien d'autre que la mise en scène de mes interrogations infinies. La vérité, la révélation, pour moi, c'est une pierre qui tombe dans un étang et libère des ondes concentriques de mystère, avec une douzaine de témoins qui se demandent ahuris : qui, quand, où ? Une explosion de questions. Ou les portraits dont on ne sait pas, quand on les regarde, s'ils nous regardent ou pas, avec leur expression indécise, comme si c'étaient eux qui essayaient de déchiffrer le paysage derrière vous, pour comprendre de quel macrocosme vous êtes l'énigmatique caisse harmonique...*

Un jour ou l'autre il sera bien que je le fasse, vraiment, l'inventaire de mes questions.

Parce que, d'ailleurs, c'est justement cela le problème : les gens à venir se souviendront-ils de moi ? Si oui, pour quoi se souviendront-ils donc de moi ? Pour mes curieuses machines, que personne n'a jamais utilisées et dont on ne sait pas si elles fonctionnent ? Pour mes fresques qui se désintègrent ? Pour deux portraits des amantes des ducs, ou pour quelques Madones confiées à mes assistants et retouchées par moi, çà et là, par charité de maître plus que par scrupule d'artiste ? Ou pour mes dessins anatomiques, impossibles à imprimer et donc impubliables ? Non, ce n'est pas là mon héritage le plus authentique. Ce que je vous laisse vraiment, en peinture ou sur le papier, ce sont mes questions. La chose la plus belle que j'ai à vous donner, la plus précieuse...

Comment font les oiseaux pour flotter dans l'air ?

En vertu de quelle loi mathématique le font-ils, à quel point semblable à celle qu'Archimède a découverte pour les corps qui ne coulent pas quand ils sont immergés dans l'eau ?

Et pourquoi le ciel est-il bleu ?

Pourquoi la mer est-elle bleue ?

Pourquoi les montagnes semblent-elles se teindre, elles aussi, d'un bleu d'autant plus clair qu'elles sont plus lointaines ?

De quoi est fait l'air ?

Comment bouge le vent ?

Comment fait l'œil pour traiter la lumière ?

Qu'est-ce exactement que le fracas causé par le canon quand il tire, et comment se produit-il ?

C'est tout ce que je peux vous laisser, et personne d'autre, semble-t-il, ne le pourrait. Je n'ai jamais rencontré personne, de mon temps, qui se pose tant de questions, qui se pose exactement celles-là, exactement les miennes.

Qu'est vraiment ce que nous appelons « âme » ?

Quel est son siège, où et quand se greffe-t-elle dans le fœtus ?

Quelles paroles une mère communique-t-elle à son enfant à travers le cordon ombilical ?

Pourquoi tous les nerfs confluent-ils vers le cerveau ?

Comment fonctionne le système nerveux ?

Quelle enèrgheia *le traverse ?*

Pourquoi trouve-t-on des fossiles marins en haute montagne ?

Qu'y a-t-il au centre de la Terre ?

Je n'espère qu'une chose : que ce soient les bonnes questions, et que quelqu'un d'autre, après moi, se les pose encore. J'ai rarement trouvé les réponses, et il me manque les outils pour prouver mes intuitions. J'espère que l'humanité se les posera toujours, ces questions, jusqu'à ce qu'elle trouve une réponse pour chacune, et, pour chacune, cent mille questions nouvelles.

Pourquoi la Lune ne tombe-t-elle pas ?

Pourquoi la nuit est-elle sombre ?

Qu'est-ce que la lumière, et comment se propage-t-elle ?

Quelle est la taille des étoiles et à quelle distance sont-elles ?

COURTE NOTE BIBLIOGRAPHIQUE ET AUTRE

Et maintenant, il nous faut revenir dans notre temps. Enrichis, nous l'espérons, de suggestions et de pensées nouvelles. Et c'est le moment habituel de payer nos dettes. Je remercie, sans distinction, et même si je ne les connais pas personnellement, tous les auteurs des livres qui m'ont été précieux. Pourtant, si je devais les citer tous, cela reviendrait à n'en citer aucun : le lecteur sauterait à pieds joints. Parmi les quelque deux cents ouvrages qui m'ont servi à terminer ce livre, je me contenterai de citer les plus importants.

Le premier, pour des raisons purement affectives : *Leonardo, Omo sanza lettere*, de Giuseppe Fumagalli, Sansoni, Florence 1943. Parce que je l'ai trouvé dans la « bibliothèque secrète » de mon père, la bibliothèque fermée à clé des livres de mathématiques et de philosophie, que nous ne devions pas toucher, et que j'ouvris seulement lorsque je l'ai perdu, prématurément, à la fin de mon adolescence.

Vu la date de publication, ce devait être le premier livre qu'il avait lu après l'Armistice, quand il avait échappé, par un souterrain de la gare de Bologne, aux Allemands qui l'emmenaient dans un camp de travail. C'est bien sûr une anthologie des écrits de Léonard. Je ne saurais pas en expliquer la raison, mais j'ai toujours pensé que l'exigence de lire les notes du génie de Vinci au cœur de l'horreur de la guerre et de l'occupation allemande était un équivalent *a minore* de la tentative de Primo Levi de se rappeler par cœur le chant dantesque d'Ulysse dans la tragédie d'Auschwitz. Dans certains contextes, il doit être très difficile d'éprouver encore l'orgueil d'appartenir à une espèce intelligente. Mais il faut pourtant essayer de le faire, peu importe comment, pour pouvoir recommencer.

Il y avait aussi un livre sur les carrés magiques, dans la « bibliothèque secrète » de mon père. Sur ce sujet, je partais déjà avec un sérieux avantage. Aussitôt après, je dois citer l'essai d'Enrico Gamba qui a fait naître ma curiosité à propos du portrait de Capodimonte avec tout ce qui s'est ensuivi : *Proviamo a rileggere il « Doppio ritratto di Luca Pacioli »*, in AV., *Le tre facce del poliedrico Luca Pacioli*, Cahiers du Centro Internazionale di Studi Urbino e la Prospettiva, AGE, Urbino 2010. C'est le premier que j'ai lu des différents essais d'Enrico Gamba sur le sujet (dans les suivants, il y a aussi d'autres solutions), mais c'est de cet essai qu'est partie, il y a deux ans, cette aventure. La solution de l'énigme des nombres sur le tableau du frère proposée dans ce roman, fondée sur le Pacioli ludique du *De viribus quantitatis* plus que sur une solution purement arithmétique, est totalement inédite, et de l'avis de celui qui écrit, totalement fondée. Il est vrai que le résultat de la division de 2 034 par 1 665 ne coïncide avec la racine carrée d'un et demi que jusqu'au second chiffre décimal, ce qui n'a toutefois pas une grande importance pratique : en supposant que le diamètre des carrés du rhombicuboctaèdre qui est derrière le frère sur son portrait soit de 20 centimètres et 3,4 millimètres, l'erreur qui se refléterait sur le diamètre du cercle dans lequel s'inscrit le triangle équilatéral serait inférieure au demi-millimètre. Et par ailleurs il s'agit de la meilleure approximation possible en utilisant les chiffres d'un carré magique.

Il ne m'appartient pas en revanche de me mêler de la difficile question de l'attribution du tableau de Capodimonte. Je me conforme sans problème à l'opinion de l'immense majorité des critiques sur une matrice antonellienne et vénitienne. Carla Glori exprime une opinion différente dans AV., *Luca Pacioli tra Piero della Francesca e Leonardo*, Marsilio, Venise 2017. En revanche, son attribution par certains à Léonard lui-même me laisse véritablement sceptique, comme on l'aura compris en lisant ce livre.

Tout le monde sait en revanche qu'Urbino est une ville riche en souterrains (comme le rappelle un beau roman « settecentesco » de Marcello Simoni, *I sotterranei della cattedrale*, Newton Compton, Rome 2013). À l'époque des faits que nous rapportons ici, l'oratoire du *Santissimo Crocefisso della Grotta* et les chapelles – détruites et relevées après le tremblement de terre de 1789 – aujourd'hui accessibles depuis la cathédrale étaient également accessibles depuis le Palais ducal. Dans les premières années du XVIe siècle, elles furent données par le duc Guidobaldo de Montefeltro à la confrérie de l'Humilité fondée auparavant par un frère franciscain, Girolamo Recalchi da Verona.

Dans l'immense bibliographie léonardienne, les deux biographies les plus récentes et les plus complètes sont celle de Carlo Vecce, *Leonardo*, Salerno, Rome 2006[1] – tout aussi fondamental, le Léonard bibliophile, qu'il reconstitue dans *La biblioteca perduta. I libri di Leonardo*, Salerno, Rome 2017 –, et celle de Walter Isaacson, *Leonardo da Vinci*, Mondadori, Milan 2017. Mais pour la première période milanaise, on ne peut pas se passer du beau livre de Ross King, *L'enigma del Cenacolo*, Rizzoli, Milan 2012. Un petit livre que je remercie le ciel d'avoir déniché et lu, c'est celui, très raffiné, de Patrick Boucheron, *Léonard et Machiavel*, Verdier, Lagrasse 2008. Il faudrait aussi mentionner une infinité d'écrits de Carlo Pedretti : nous nous contenterons de *Leonardo & io*, Mondadori, Milan 2008. Précieux aussi Antonio Forcellino, *Gli ultimi giorni di Leonardo*, Rizzoli, Milan 2014.

Et puis, bien sûr, tous les autres : Daniela Pizzagalli, *La Dama con l'ermellino*, Rizzoli, Milan 1999, est la minutieuse reconstitution historique de la biographie de Cecilia Gallerani ; le catalogue d'une exposition documentaire de l'Archivio di Stato de Milan, *Ludovico il Moro. La sua città e la sua corte (1480-1499)*, New Press, Côme 1983, m'a été très utile pour reconstituer l'ambiance de la cour de la Milan des Sforza. Sur Piero della Francesca, nous rappellerons avant tout l'extraordinaire recherche de Silvia Ronchey, *L'enigma di Piero*, Rizzoli, Milan 2006 ; puis Marcello Simonetta, *L'enigma Montefeltro*, Rizzoli, Milan 2008,

1. *Léonard de Vinci*, Flammarion, Paris, 2019, traduction Michael Fusaro.

et je dois à Andrea Aromatico un essai sur le tableau de *La Flagellation* d'Urbino : *La Flagellazione. Il romanzo, i codici, il mistero*, Petruzzi, Città di Castello 2012. L'idée que Léonard soit en possession de manuscrits des machines de Philon de Byzance et d'autres manuscrits grecs aujourd'hui perdus remonte à un classique de l'historiographie sur la science de l'époque hellénistique : Ludovico Russo, *La rivoluzione dimenticata*, Feltrinelli, Milan 1996. Et je m'arrête là, parce que si je voulais mentionner tous les catalogues d'expositions, les monographies sur les peintres, les visites personnelles dans les villes d'art et les livres historiques consultables seulement *in loco*, nous en aurions pour la journée, et le lecteur s'ennuierait. Cela a été un agréable voyage, même physiquement, dans les villes de la Renaissance italienne et, compte tenu de mon compagnon de voyage très particulier, avec une attention particulière aux paysages.

Quant aux amis, l'usage veut qu'on les garde pour la fin, pour conclure en beauté. Je dois un remerciement particulier au professeur Davide Anniballi, qui m'a aidé à trouver un bon compromis entre le langage des mathématiques modernes et celui des théorèmes trouvés dans la *Summa* ou dans le *De divina proportione* de Luca Pacioli. Développeur en langage Androïd, déjà auteur de l'application *Poliedri* sur Google Play, il s'est confronté à l'application *Eicosiexaèdre* qui crée l'image virtuelle du mécanisme trouvé par Léonard dans le seizième chapitre de ce roman. Bien que très jeune, le docteur Riccardo Mashadi Mirza, très compétent sur ce sujet, m'a aidé pour sa part à lire certaines pages anatomiques de Léonard, en me fournissant des indices fondamentaux.

Je remercie aussi Silio Bozzi de m'avoir fait lire en avant-première son thriller très particulier, et encore inédit, qui a pour toile de fond la *Flagellation* de Piero della Francesca. Policier, juriste, criminaliste, consultant scientifique d'importants programmes de la RAI, il a eu recours, il y a longtemps déjà, aux techniques de la police scientifique pour identifier Marsile Ficin comme étant le personnage central, au premier plan du tableau le plus énigmatique de la peinture italienne de tous les temps, inscrivant l'œuvre dans un cadre d'initiation pythagorico-platonicienne. Et je remercie pour des raisons analogues – pour m'avoir fait lire en avant-première son roman biographique sur Borromini, inédit lui aussi et riche en informations originales sur le rôle de la géométrie symbolique dans l'architecture italienne de la Renaissance – Romano Benini, journaliste économique et enseignant à la Link University et à la Sapienza de Rome.

Francesca Lang et Fiammetta Bancarelli ont été les premières lectrices du livre en cours de rédaction et des sentinelles attentives à son unité d'action, corrigeant toujours avec beaucoup d'à-propos les plus infimes déviances dans la virtuosité et les intempérances de ma plume – une image qui, à l'ère digitale, est devenue une pure métaphore. Pour conclure, Bruno Biancosino et le professeur Stefano Lancioni qui m'ont assisté avec leurs habituels et fraternels échanges de suggestions bibliographiques. Enfin, mes plus profondes excuses à mon épouse Sylvia et à ma fille Eleonora, qui, pendant deux ans, m'ont vu sortir comme un fantôme des ténèbres des siècles perdus, et parfois totalement désorienté.

— Tu as vu que Matteo Salvini a dénoncé Roberto Saviano ?

— Qui ? Vitellozzo Vitelli ?

— Non, Matteo Salvini !

— Matteo qui ?

pca
cmb
édition pré-presse
livres numériques

44400 Rezé

Imprimé en France par CPI
en janvier 2021
N° d'impression : 2055457

Pocket – 92 avenue de France, 75013 PARIS

Suite du premier tirage : janvier 2021
S31087/02